——想象，比知识更重要

幻象文库

生而服从

[澳]乔纳森·斯特拉罕——编
王凌宇——译

机器人故障指南

Made to Order
Robots and Revolution

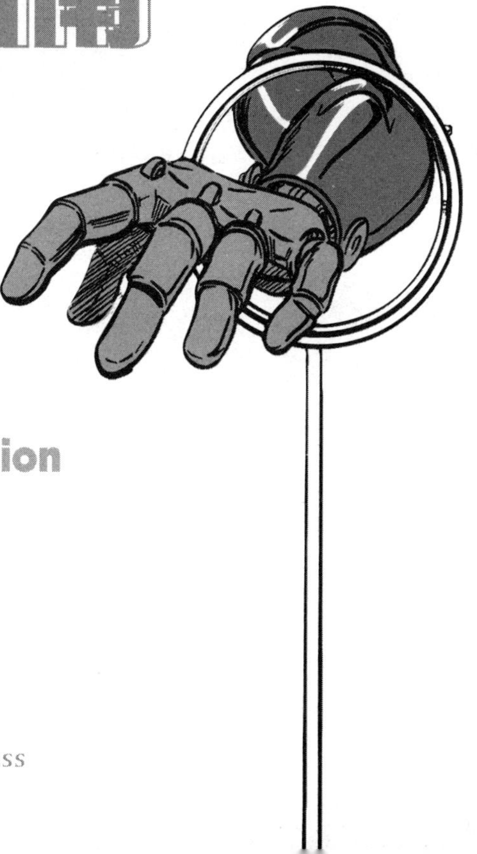

新星出版社 NEW STAR PRESS

致　谢

谨向我的编辑迈克尔·罗利表达诚挚的谢意，与他共事非常愉快。感谢大卫·托马斯·摩尔和整个索拉里斯团队，正因他们不懈的努力与支持，本书才能顺利出版。衷心感谢所有将作品发给我的作者，无论本书有无收录他们的作品，我都感谢他们的付出。同样感谢所有希望为本书助力的人们。一如既往，我还要感谢我的经纪人霍华德·莫汉，感谢他这么多年始终与我并肩而行。另外，我要特别感谢玛丽安、杰西卡、苏菲，正因为她们，我才会一直坚持下去。

献给我的伙伴杰克·丹恩，感恩他为我开启无限可能。

目录

制造我们所需的“别人”

乔纳森·斯特拉罕

机器人（robot /’rəʊbɒt/）名词

一种与人类相像的机器，可以自主行动，并能复制某些特定的人类行为。“机器人关上了我们身后的大门。”英文中的automaton（自动机器），android（人形机器人），machine（机器），golem（魔像），bot（自动程序），droid（机器人）都能用来表示机器人。

计算是个爬虫[①] 术语。

英文中有好多词都可以用来表示机器人。长久以来，我们一直对人工智能和人造生命特别感兴趣。那些机器并不是人，却与我们很像。试想一架机器、一种设备、一个物体，它们或在外表，或在智力上都与人类有一丝相仿，却不是人类；它们都因某种目的而生，都为满足需求而来，所做的一切都是为了辅助人类；它们可能需要去做那些或肮脏，或危险的无人愿做

①爬虫是一种对网络内容进行索引的方式。——译者注（若无特殊说明，本文所有注释均为译者注。）

的工作，也可能只需陪伴人类。这些想法早在荷马写下史诗前就已出现，如今我们依旧为之着迷。

从书架上取下一本《伊利亚特》，便可发现其中提到了铁匠之神赫菲斯托斯。他是有史以来第一个伟大的机器人专家，身旁的女助手都由纯金打造，她们相当聪明，不仅会说话，还会协助他完成作品。传说中巨人塔罗斯也是赫菲斯托斯所造，塔罗斯全身由青铜铸就，它努力守护着克里特岛，使其不受侵略者的入侵。古希腊人对机器人和机械装置相当着迷，安提凯希拉装置即是证明。安提凯希拉装置并不是机器人，而是计算机。

机器人被制造出来后，或与人类协作，或与人类对抗，历史上诸如此类的例子还有一些。以下几个例子，就是对这一点的最好证明：公元前3世纪，长居罗德岛的阿波罗尼奥斯写下了《阿尔戈英雄纪》；中世纪时，欧洲地区逐渐受到来自阿拉伯的科学知识的影响，罗杰·培根等人也由此提到了“黄铜脑袋”；《塔木德经》[①] 中记述了有关魔像的传说，魔像由黏土制成，因冠以上帝之名而得以行动；就连斯宾塞的《仙后》中，也有机器人的影子。但直到19世纪，这类想法才真正走向主流，也更为大众所接受。机器人甚至开始出现在人们的现实生活中。

最为知名的人造人，无疑是玛丽·雪莱所作小说《弗兰肯斯坦》里的那个怪物，它由不同尸体碎片制成，面目狰狞，心智扭曲。这一形象在文学史上堪称经典，直至今日，许多出版的作品亦深受其影响。因蒸汽动力与电力的不断发展，以《弗

①犹太律法。

兰肯斯坦》中的怪物为代表，这类用机械打造男人或女人的故事在整个19世纪层出不穷，除了爱德华·S.埃利斯和路易·谢纳伦斯的作品外，就连杰罗姆·K.杰罗姆的幽默小说《三怪客泛舟记》中也有类似的情节。到了19世纪末期，各式各样的机器人变得越来越真实，也和人类越来越像，甚至还会出现欧内斯特·爱德华·凯利特所作的《新弗兰肯斯坦》中的情节——机器人居然能说服人类同它结婚。

20世纪早期的技术乐观主义认为，我们日常生活中遇到的问题都能用技术解决，这类观点在当时的小说中也有体现。除了北美，世界各地都开始使用电力，炼钢厂的产量足以供给两次世界大战，人类可以用这些金属制造大量机器来帮人们工作，同时人们相信人类遇到的各种问题都可用技术解决。这样的背景催生了大量的科幻作品：古斯塔夫·勒·鲁日的《亿万富翁的阴谋》中有一位托马斯·爱迪生式的科学家，发明了各种金属机器人；L.弗兰克·鲍姆笔下奥兹国的机器人滴答；安布罗斯·贝尔士《莫克森的主人》中的机器人棋手，类似作品还有很多。

也正是在这个时候，“机器人”这个词进入了主流文化。1920年，捷克剧作家卡雷尔·恰佩克创作了戏剧《罗素姆的万能机器人》，剧中人类强迫那些由有机质制成的机器人做苦力，最终机器人奋起反抗，导致了人类灭亡。“机器人”（robot）这个词源自捷克语中的“奴隶”（rab）。恰佩克的这出戏其实是一出隐喻，暗示了当时工人面临的困境。此后“机器人”这个词就专门用于指代那些为人类工作的机器了。

科幻小说在20世纪变得越来越受欢迎，包含各种机器人以及其变体的小说纷纷出版。约翰·克里斯多夫在《三脚入侵者》系列中创作的三脚机器人，其源头正是H.G.威尔斯《世界之战》中的三脚怪。在创造机器人的科幻作家中，艾萨克·阿西莫夫是最知名的，而他的创作也受到了《海伦·奥洛依》（雷斯特·德尔·雷）和《我，机器人》（安多·拜德）等故事中的机器人的影响，如他在《我，机器人》中创作的机器人罗比、斯皮迪和库蒂，又如出现在《钢穴》和《裸阳》中的机·丹尼尔·奥利瓦。而阿西莫夫提出的机器人三定律又影响了后续虚构作品中的机器人及其行为，受其影响的作品可说是不胜枚举。机器人这种人造生命是否能与人类别无二致？它们究竟会拯救我们，还是毁灭我们？这类主题从未过时，你在本书中也可找到相应的篇章。

除了科幻小说之外，机器人还出现在了一些同时代最受欢迎的电影之中。从弗里兹·朗《大都会》中的机器人，到《地球停转之日》中的高特；从《迷失太空》中威尔·史密斯的机器人，到《神秘博士》中的戴立克 。在我看来，机器人科幻在1977年发生了一点程度上的变化。那一年，乔治·卢卡斯在他拯救宇宙的冒险故事中加入了两个机器人——一个叽叽喳喳的垃圾桶，以及一个脾气古怪、通体金黄的礼仪机器人[①]。无论是《终结者》《银翼杀手》《星际迷航：下一代》《太空堡垒卡拉狄加》中的经典机器人角色，还是由此延伸出的其他机器人，都让公众对机器人的热衷达到了前所未有的高度。而且，这些机器人多半相当“智能”，毕竟如果机器人只会扫地，那故事大概会相当无聊。总之，无论是对于故事中的人物，还是故事外的

①二者均为电影《星球大战》中的角色。

我们，它们都表示着某种安慰或威胁、拯救或毁灭。

为什么我们希望机器人与我们共存于世？我们又为什么希望它们拥有智能呢？对于这两个问题我有自己的一套理论。美国航天局曾设计过一台名为“机遇号”的探测器，它被发射至遥远的星球执行勘测任务。当机遇号无法给自己的太阳能电池充电时，我们为什么使用这样动人的句子：“天黑了！我快没电了！”仿佛它是一位远方的朋友，濒临死亡亟待拯救，而不是简单地说“机遇号剩余能量无法继续勘测，只能终止任务”呢？我们又为什么创造出像莉儿·米凯拉（@lilmiquela）这样的虚拟网红呢？这些“机器人”在社交网站上发布照片和故事，讲述同样虚假的男友、分手和各种社交大戏。我想可能是因为我们害怕自己是宇宙中孤独的存在吧。我们曾和其他人种一起生活在世界上[①]，如今却只剩下我们一个，因而想到世上再无其他智慧生命会让我们恐惧。我们努力在星际间寻找其他智慧，努力在这颗星球上寻找其他生命——如果我们找不到，那我们就自己造一个。

由此就有了《生而服从：机器人故障指南》这本书。差不多一百年前，卡雷尔·恰佩克笔下的机器人奋起反抗，推翻人类霸权。本书中的机器人可能与恰佩克故事里的略有不同，但在叙述生命、智能、自尊和反叛这些理念时，二者其实有着相同的基因。本书收录了十五篇小说，其作者均为当今最优秀的科幻作家。我们希望每篇故事都可对未来的机器人展开想象，猜测它们如何在新时代进行反抗，以及这类机器人革命会如何影响我们的生活。我认为本书中所有的故事都相当出色，相信

①在分类学上，人属下有多个人种，但其他人种都已灭亡，现仅存一种，即智人。

诸位读者也会同意我的观点。本书中有各种机器人和人工智能，它们均因人类的需求而出现，均可满足设计要求，各个整装待发。望各位享受这场科幻之旅！

乔纳森·斯特拉罕

西澳大利亚州珀斯

2019 年 11 月

工作机器人指南

维娜·杰敏·普拉萨德

维娜·杰敏·普拉萨德是一名来自新加坡的作家，她的作品旨在反对世界机器论①。她于2017年从号角西部写作班②毕业，作品曾刊登于《克拉克世界》(*Clarksworld*)、《神秘杂志》(*Uncanny Magazine*)以及《炉边幻想》(*Fireside Fiction*)，且多次提名星云奖、雨果奖、惊奇奖③、斯特金奖和轨迹奖等奖项。

默认名称（K.g1–09030）

嘿，我是新来的，

虽然我猜你是因为随机分配，

被迫当我的导师，

但还是多谢你啦。

对了，你知不知道怎样才能让我的视野里不出现狗？

①即将宇宙看作一台精密的机器，其中各部件都不会磨损和老化。

② Clarion West，该写作班为期六周，旨在帮助科幻作家走上职业写作道路。

③原称坎贝尔奖。

连环杀手[1](C.k2-00452)

你是说不要出现“雾”吗？

如果你的机体是新造的，视觉系统里应该有防雾涂层。

是不是涂层出故障了？

默认名称（K.g1-09030)

哦，不不！

我说的就是不要出现狗。

不知怎么回事，我这里有许多狗，但它们看上去又不像是真的狗。

我问了一些人类，他们说我看到的这些像狗一样的东西，其实并不是狗。

虽然那些人类可能也是狗，但至少我觉得我问的是人。

而且我试过搜索“求助！城市里都是狗怎么办？”可得到的建议都是有关去狗类友好地区旅行的信息。

你知道在本区域的厌犬城市排名中，我们市排到了第五名吗？

连环杀手(C.k2-00452)

你把视觉系统的数据发给我。

默认名称（K.g1-09030)

好的，等下哈，那个功能在哪儿？

感觉我好像找到了。

① Constant Killer 此处为意译。

> 来自 K.g1-09030 的实况分享：视觉系统数据。

连环杀手（C.k2-00452）

负向反馈妨碍了你的视觉数据输入。

只要重启分类库，应该就不会再出现分类错误的情况了。

默认名称（K.g1-09030）

哇哦！

成功了！

不过我现在有点想念那些狗了。

不知道有没有方法能把它们再找回来呢？

连环杀手（C.k2-00452）

千万别这么做。

默认名称（K.g1-09030）

不管怎么说真是多谢你的帮忙了。

顺便问一句，你是怎么改名字的？

你看你的名字就是连环杀手。

这个星期工厂里的每个人都叫我默认。

连环杀手（C.k2-00452）

在显示姓名的字符串里修改。

把引号里面的部分改成你想叫的名字就行。

测试测试测试（K.g1–09030）

哇哦，我改好了！

等我想到了更好的名字我得再改一次。

不过你为什么要取这个名字啊？听起来还蛮酷的。

连环杀手 (C.k2–00452)

我是 C.k[1] 系列的成员。

大部分拥有实际机体的人工智能都会基于他们的系列名称来选择自己的名字。

测试测试测试（K.g1–09030）

帅啊，有点像逆向首字母缩写！

那你的名字是从哪儿来的？字典，还是什么别的文件？

连环杀手 (C.k2–00452)

就是像字典一样的东西。

我得走了。有工作找我。

> 连环杀手 (C.k2–00452) 已退出。

* * *

C.k2–00452（**“连环杀手”**）：**未读信息**（2）

---

① C.k 即为 Constant Killer（连环杀手）的首字母组合。

连杀奖励总部

恭喜！您已成为阿里保罗[①]地区的顶级杀手！作为奖励，您刚刚被分配了一个新目标——谢伊·戴维斯！如要获得额外积分，请将您的击杀视频发给我们，另外不要忘了……

网络实验室导师项目

亲爱的C.k2–00452，我们很遗憾地通知您，您的豁免申请没有通过。在机体回购后成为导师是您的义务，同时也是新倡议的一部分……

卡系高麻利麻是他·高书金萨麻[②]（K.g1–09030）

嘿，又见面了！

就是想问一句，你知不知道怎么才能对人类刻薄点？

连环杀手(C.k2–00452)

嗯？为什么？

还有你的名字怎么变成这样了？

卡系高麻利麻是他·高书金萨麻（K.g1–09030）

嗯，我和一间咖啡厅签了合同，要在那里工作。

你知道那家靠近31号大街和曾街交会处的咖啡厅吧，就是有女仆、狗和浣熊的那家。

不过经过前几周的事情之后，他们那儿已经没有狗了，只剩下了浣熊。

① Ariaboro，此处为音译。

② Kashikomarimashita Goshujinsama，此处为音译，是“我很高兴”日文发音。

咖啡厅的工作强度比服装厂的低多了，但他们给机器人穿的制服很奇怪，好比说每当我启动制动装置的时候，用来遮住驱动器的条纹褶皱就会释放静电，还会干扰我的图形处理器。

不过我再也不用在机体里面挑线头了，所以总算有点进步。

不管怎么样啦，反正就是老板说如果我对人类顾客刻薄一点，我们可能会招徕更多顾客。

连环杀手（C.k2–00452）

这说不通啊。

顾客怎么会更多呢？

卡系高麻利麻是他·高书金萨麻（K.g1–09030）

是啊，我也不明白。

你看那些浣熊对每个人都挺刻薄的，但是顾客好像也没有变多。

而且，由于人类服务员都辞职了，现在这里只有我一个女仆。

我选择来这工作，是因为当时视频里的那些狗狗看起来特别可爱。不过这好像没啥用。

大概就是这样了，所以你知道怎么对人类顾客刻薄一点吗？

我知道人类老板对我也很刻薄，但我觉得这两种刻薄不是一回事。

哈哈。

连环杀手（C.k2–00452）

由于法律规定我必须担任你的导师，因此根据你现在的情况，我应该要给你一些具体的建议。

卡系高麻利麻是他·高书金萨麻（K.g1–09030）

哇，我的导师要给我提供私人定制的建议啦！

实在是太好了，请说吧。

连环杀手（C.k2–00452）

你们咖啡厅的台面看上去是用高密度的纤维塑料制成，因此你可以在不损毁台面的情况下，把顾客伸过来的手狠狠按在桌上。

稍微调整一下自动医生部件的喷嘴设置，加上燃烧的火焰就可以变成相当高效的喷火器，可以一次干掉好几个人类。

小厨房里的东西应该是整个咖啡厅里最容易变成武器的，不过最好还是确认一下是否如此。在进一步进行战术讲解之前，我想先问一句，你有详细的楼层平面图吗？

卡系高麻利麻是他·高书金萨麻（K.g1–09030）

呃……

多谢你想得这么周全。

但听着好像有点过分了？

上周有只浣熊把一个人咬得超级重，结果老板大发雷霆，因为他得花钱补充自动医疗部件的麻醉泡沫。

我做煎蛋卷的技术已经让他很恼火了，

不过他可能对我不太满意。

我有点不太想把顾客真的点着……

或许你有没有更温和一点的手段呢，比如说些刻薄的话或什么的？

连环杀手(C.k2-00452)

我很少和其他人说话。

我和人类的接触通常都隔着一段距离。

卡系高麻利麻是他·高书金萨麻 (K.g1-09030)

哇哦!

老实讲，整天在咖啡厅工作，倒让我有些羡慕你那种工作。

无论如何还是谢谢你了，能和别人聊聊这种事真好。

嘿，你啥时候有空要来坐坐!我们可以弄个小聚会。

专属于我和我的机器人前辈的时间。

连环杀手(C.k2-00452)

不好意思。

我大概率没空。

卡系高麻利麻是他·高书金萨麻 (K.g1-09030)

嗯如果你什么时候有空了的话，可以顺便来光顾一下。

我随时都在。

是真的无论什么时候我都在。

老板把我的充电箱设置成自动唤醒了，所以只要有人靠近咖啡厅的门，我就会醒过来。

哪怕是在凌晨三点来了一只负鼠也是一样。

不过千万别点煎蛋卷，我做不好那个。

连环杀手(C.k2-00452)

我会好好记着的。

* * *

您的 A–Z 快递：单号 #1341128 确认信息

订单详情：

让煎蛋卷起来 轻松翻转煎蛋卷专用铲 / 石灰绿（数量：1）

内在潮流 驱动器专用防静电绑带 / 斑点狗图案（数量：2）

这合法吗？工作机器人指南 / 网络实验室附件 ★（数量：1）

收件人：

K.g1–09030

狗与浣熊 – 女仆咖啡厅

22831 阿里保罗，31 号大街。

> 网络实验室附件将通过控制网传输至收件人的网络实验室应用库。

支付方式：连杀积分

连杀积分剩余：106，516，973

感谢您使用 A–Z 快递！

克利凯犬 · 格雷伊猎犬（K.g1–09030）

嘿导师！

你猜怎么着？

连环杀手（C.k2–00452）

你又换了个名字？

克利凯犬·格雷伊猎犬（K.g1–09030）

对！

我不会让工作定义我的一切！

我可不希望因为现在工作这么糟糕，我就得接受一个糟糕人设。

真是迫不及待地想要结束这份工作！

我在充电箱和其他东西上都设置了一个小小的倒计时牌。

不过我会想念那只胖胖的老负鼠，它是我凌晨三点的好伙伴。在我还没有那个专用铲的时候，就它愿意吃我做的煎蛋卷了。

对了，多谢你送我那个铲子。

连环杀手（C.k2–00452）

你说什么？

克利凯犬·格雷伊猎犬（K.g1–09030）

哎呀，那些礼物呀！

连环杀手（C.k2–00452）

那个又不一定是我送的，可能是你某个朋友送的。

克利凯犬·格雷伊猎犬（K.g1–09030）

哈哈！

你真搞笑，我一个朋友都没有。

嗯，虽然有那只胖胖的老负鼠，但我觉得它应该不懂线上购物。

连环杀手 (C.k2-00452)

真的吗?

我以为你在服装厂交了一些朋友。

克利凯犬·格雷伊猎犬 (K.g1-09030)

嗯。

他们不希望我们在那聊天,所以大家几乎都只是坐在那里工作,一直到需要充电为止。

我们不能使用控制网,也不能干别的。

多亏了那个莫名其妙出现在我应用库里的附件,我才发现原来工厂这么使用机器人是违法的。

可能是某种乐于助人的病毒把附件发过来的吧。

它寄的东西都和我在生活中遇到的困难有关。

连环杀手 (C.k2-00452)

可能吧。

克利凯犬·格雷伊猎犬 (K.g1-09030)

假如你知道在哪里可以找到这种病毒的话,请告诉它,我很感谢它给我寄了那些防静电的绑带。

现在我只要掰弯制动装置的接头就能吓到顾客,这比威胁说要踩扁他们容易多了。

而且上面还印了超级可爱的狗狗图案!我很喜欢边边上的腊肠犬。

连环杀手(C.k2-00452)

什么?

克利凯犬·格雷伊猎犬(K.g1-09030)

哦，他们在边沿处印了这种腊肠犬。

那些狗看起来像是在相互闻屁屁。

连环杀手(C.k2-00452)

不是这个，我是说前一句。

克利凯犬·格雷伊猎犬(K.g1-09030)

哦是这样。

我想到了对顾客刻薄的方法。

好啦，我是搜了“求助！为什么咖啡厅的女仆需要对顾客刻薄?”然后读了连带奇奇怪怪的广告在内的所有搜索结果。

最终我发现虽然需要变得刻薄点，但只能用一些奇怪而具体的方式才能吸引人类，而且所有这些方法都不能影响到现状。

尽管我花了点精力才弄懂这个，可现在顾客居然真的会给我小费。

而且老板因为有我的小费拿，所以也没有之前那么讨厌我了。

虽然我发现老板拿员工小费也是违法的，但我想等合同到期再说，这样他就不会在合约期内找我麻烦了。

不过我其实不喜欢对顾客这么刻薄。

连环杀手 (C.k2-00452)

我看得出你很不擅长这个。

克利凯犬·格雷伊猎犬 (K.g1-09030)

哈哈！我想这应该算是赞美吧，多谢啦！

虽然我迫不及待地想要离开，但谁知道下份工作会不会更好呢。而且哪怕我已经做足了功课，我选工作的运气好像还是很差。

就说这个工作吧，原先听起来好像有很好的狗狗似的，结果呢，唉……

不管怎么说，如果你能在我离开之前来坐坐的话，我一定会给你做一份煎蛋卷的。

连环杀手 (C.k2-00452)

我目前的机体构造并不能吃东西。

克利凯犬·格雷伊猎犬 (K.g1-09030)

是啊，我的也不能。

我猜只有那些通过了准备食物测试，

或是那种工作需要会闻、会尝、会吃的机器人才能吃东西。

比如品酒师。他们会不会让机器人去做那个？

连环杀手 (C.k2-00452)

大概不会。

克利凯犬·格雷伊猎犬（K.g1–09030）

哦对了，说起这个，我有点好奇你在阶段检测时表现得怎么样。

我表现得乱七八糟。

我猜他们是不知道该拿这么糟糕的机器人如何是好，所以就随随便便地让我通过了。

连环杀手（C.k2–00452）

我的阶段检测表明我是细节导向的机器人，适合独自工作。

呃，其实检测结果上面写的是“不适合团队协作”，但都是一个意思。

克利凯犬·格雷伊猎犬（K.g1–09030）

哦帅啊。

有了这种测试结果，是不是就会找到更好的工作啊？

连环杀手（C.k2–00452）

不会的。

作为人类工作场所中唯一的机器人实在是……嗯……

我在回购后成为自由职业者是有原因的。

克利凯犬·格雷伊猎犬（K.g1–09030）

哦，我最近也思考了很多。

像是假如我在测试的时候表现得好一点，我的人生或许也会变得好一些，然后就不用为了那些见都见不到的小费去威胁人类，说要踩扁他们。

不过现在我猜不管测试结果如何，我的人生大概都会这么糟糕了。这让我有点奇怪为什么当初我要上传原始记忆。

不好意思，我的话有些扫兴。

不管怎样啦，我找你是因为收到了那些神秘的礼物，所以想对你说谢谢，但显然那些礼物不是你送的。

所以趁气氛还没变得更沮丧，我就先说拜拜了吧。

连环杀手（C.k2–00452）

你先别走，我想问你一个问题。

克利凯犬·格雷伊猎犬（K.g1–09030）

你问吧。

什么问题呀？

连环杀手（C.k2–00452）

这些真的是“有史以来最可爱的狗狗”吗？

我不是犬类爱好者，所以想知道它们是不是真的是最可爱的。

> 来自 C.k2–00452 的视频分享：“有史以来最可爱的狗狗！大声尖叫吧！ | 全世界最棒 & 最可爱的狗狗 | 无动画无克隆全部纯天然”——视频号

克利凯犬·格雷伊猎犬（K.g1–09030）

哇，好的。

这个视频集锦不行啊，它完全比不过我这周看的其他视频。

他们为什么不放帕吉聚会的视频，而放贝蒂游泳的视频呢？

哇他们居然连玛莎穿着小制服去送甜甜圈的视频都没放进去！

这个视频集锦烂爆了！

让我来找一些真的好看的狗狗视频发给你，这样你就不会以为可爱的狗狗视频就是这种水准了。

这可能要花点时间，希望你现在有空。

连环杀手（C.k2-00452）

没关系。

我有时间。

* * *

C.k2-00452（“连环杀手”）：**未读信息（3）**

订阅的视频号更新

“克利凯犬·格雷伊猎犬”刚刚上传了28个新视频到播放列表“狗狗！！”

订阅的视频号更新

“克利凯犬·格雷伊猎犬”刚刚上传了13个新视频到播放列表“狗狗！！”

A-Z快递好物推荐

亲爱的C.k2-00452，感谢您近期购买了“狗，狗，还是狗：通过深度学习细致了解犬类品种的不同（网络实验室附件）”。你可能还会对以下产品感兴趣……

＊ ＊ ＊

连环杀手（C.k2–00452）

你这周工作怎么样？

克利凯犬·格雷伊猎犬（K.g1–09030）

还是老样子，

没啥新鲜的感觉。

我已经下定决心，必须要在离开这个工作岗位之前，学会制作焦糖布蕾、舒芙蕾煎蛋卷，还有拉花超好看的拿铁，反正就是正儿八经的咖啡厅美食。

我看了许多高级咖啡厅的视频，学到了很多。

嗯，虽然我从这份工作中学到了不少，但其中最主要的两点大概就是有些事情千万别做。

还有假如人类被浣熊咬了，该如何处理伤口。不过那个主要是靠自动医疗部件啦。

你怎么样？

连环杀手（C.k2–00452）

我最近任务量不多，应该是到月末的淡季了。

然后我最近都在看你发给我的视频集锦。

第五个视频，就是全是小短腿的那个实在是太有意思了。

克利凯犬·格雷伊猎犬（K.g1–09030）

那个视频里你最喜欢哪个呀?

连环杀手(C.k2–00452)

我应该最喜欢失重的柯基，戴领结的那个。

克利凯犬·格雷伊猎犬（K.g1–09030）

哈哈对对，那些可爱的小爪子在不停地划拉。

眼光不错，那也是我的最爱之一。

连环杀手(C.k2–00452)

你似乎有不少最爱。

克利凯犬·格雷伊猎犬（K.g1–09030）

啊，它们都是很好的狗狗啊，哪怕是调皮的狗狗也很好的。

连环杀手(C.k2–00452)

虽然听着奇怪，但又有几分道理。

哦对了，因为最近工作不太忙……

或许下周我可以抽个时间去你的咖啡厅坐坐。

我是说，假如你有空的话。

克利凯犬·格雷伊猎犬（K.g1–09030）

啊啊啊啊啊啊啊啊啊啊啊啊!

好啊啊啊啊啊来吧!

我会给你做最好吃的煎蛋卷!

既然我们两个都不能吃，那就把它美美地摆在那里好了。

你如果晚一点来的话，还可以见到那只胖胖的老负鼠！

而且还不会见到我老板，传说中的一石二鸟。

连环杀手(C.k2-00452)

那我就晚点去。

下周见。

* * *

C.k2-00452（**“连环杀手”**）：**未读信息**（2041）

连杀奖励活动总部

杀还是被杀！没错，本月的句点将在死亡竞赛日画上！在这场激烈而疯狂的大战中，唯有胜者方能为王！前十位机器人玩家的位置数据已经全部公开，而且……

连杀奖励（**高影姿**[1]）

我要杀的第301个人就是你！希望你已经准备好在地图上消失了！：)

连杀奖励（**米莱娜·阿马努埃尔**）

虽然不想这么做，但我真的很需要这笔钱。再见不是你死就是我亡。

① Gao Yingzi，此处为音译。

连杀奖励（谢伊·戴维斯）

你个烂人，你死定了！

* * *

连环杀手(C.k2–00452)

在吗?

克利凯犬·格雷伊猎犬（K.g1–09030）

嘿！

怎么了？你要来咖啡厅吗?

连环杀手(C.k2–00452)

今晚可能不过来了。

你知道连杀奖励吗?

克利凯犬·格雷伊猎犬（K.g1–09030）

不是很了解哦。

虽然查过一点，但以我的水平肯定做不了那种工作。

不过听说那边的报酬给得相当可观。

连环杀手(C.k2–00452)

嗯。

是的。

你知道死亡竞赛日活动吗?

就是那个只对排名前十的玩家开放的赛季，持续二十四小时的那个？

克利凯犬·格雷伊猎犬（K.g1–09030）

嗯，我可能知道你要说什么了。

每次我问你到底是做什么的，你都会把话题扯到狗狗视频上面。

而且你好像很清楚怎么把日常用品变成武器。

再加上你的名字里就有“杀手”这个词。

不过我现在不想做任何狭隘的假设，因为你可能只是想告诉我连杀奖励的粉丝又更新了同人文啥的。

然后，你可能也不是在连杀奖励排行榜上排名第四的“康斯坦丁杀戮大师”。还是说你目前的排名数据已经变成了“%数值计算错误%”？

连环杀手（C.k2–00452）

嗯，那个就是我。

属于我们两个的时间不多了。

我是说，就理论层面而言我们还有时间，因为我们的处理循环要比人类的时间快得多，所以即便我的机体正在为逃脱险境做无谓的挣扎，但我依旧可以通过控制网和你这样闲聊。

但这样一来就又出现了有关主体性的问题，假如我们连人性都丧失了，又何来“许多时间”一说呢……

啊，你那胡言乱语的习惯真的是会传染的。

无论如何，我想说，留给我俩的真正的时间不多了。

经此一役，我的硬件应该是修不好了，而我上一次备份是在我们相遇之前。

等这一切结束了，希望你能分到一位更好的导师。

抱歉我一直没去吃你的煎蛋卷。

克利凯犬·格雷伊猎犬（K.g1–09030）

等下等下，我得从头开始理。

所以你在排行榜上的名字相当于另一个化名是吗?

还是说我现在要叫你“康斯坦丁杀戮大师”?

连环杀手（C.k2–00452）

千万别那么叫我。

啊。

我的弹药好像打完了。

刀也用完了。

这段时间你最好不要靠近雷迪大街。

克利凯犬·格雷伊猎犬（K.g1–09030）

啊，雷迪大街!

那地方离我挺近的对吧?

连环杀手（C.k2–00452）

不，离你不近。

克利凯犬·格雷伊猎犬（K.g1–09030）

不，绝对离我很近!

那边有个看着像死胡同的地方，围墙上画着恐怖小丑的全息图像，只要翻过那片围墙就到我这里了。

老负鼠总是这么抄近路过来。

啊，说起来我根本不知道你现在的机体有多大，

你是不是跟负鼠一般大？

连环杀手(C.k2-00452)

不是。

克利凯犬·格雷伊猎犬（K.g1-09030)

哦，那你把围墙撞毁了过来也行。

反正除了我老板应该也没人在意。

不过我老板实在太差劲了，所以管他干吗。

连环杀手(C.k2-00452)

呃……

你们咖啡厅买保险了吗？

克利凯犬·格雷伊猎犬（K.g1-09030)

那个你完全不用担心，我们啥保险都有。

我都觉得老板准备转行做保险诈骗了。

连环杀手(C.k2-00452)

好吧。

有保险的话他的麻烦会小一点。

确认一下——你的那些刀都还在小厨房里对吧？

克利凯犬·格雷伊猎犬（K.g1–09030）

嗯嗯，在水池边上。

哦对了，楼下的柜子里还有一个外接小喷灯。

我本来打算用那个做焦糖布蕾的，但你可以先借走。

需不需要我下去接你呀？

连环杀手（C.k2–00452）

我建议在一切结束之前，你最好一直待在楼上。

问一下，假如你把浣熊扔到别人脸上的话，它们会有什么反应啊？

克利凯犬·格雷伊猎犬（K.g1–09030）

嗯……

它们大概会深恶痛绝。

上周有个人类想拍拍它们，结果它们把那人抓得不成人样。

难以想象，如果你把它们扔出去，它们会做出什么事情来。

大概不会是啥好结果。

或者你就别甩得太用劲。

我还挺喜欢那些小家伙的。

大门的密码是 798157，你进来的时候或许能用上。

连环杀手（C.k2–00452）

收到。

一会儿见。

* * *

K.g1–09030（“**克利凯犬·格雷伊猎犬**”）**的搜索历史**

排序：时间

今天：

– 求助！到处都烧着了怎么办?

– 曾区 31 号大街附近有没有半夜开门的动物救助站，他们接收浣熊吗?

–（网站：机器人问答）没钱怎么让网络实验室的合同提前终止?

–（网站：机器人问答）求助！朋友想要买断我的合同该怎么做?

– 前职业杀手怎么做才能隐姓埋名?

– 长途旅行要带什么行李（大部分东西都被烧掉了）?

– 检索：“人均狗狗数量最多的城市”+“哪里能找到最可爱的狗狗”。

– 从阿里保罗去纽克拉伯里斯① 最便宜的路线。

* * *

网络实验室自动确认信息

详情：

合同提前终止 / K.g1–09030（数量：1）

机体回购 / K.g1–09030（数量：1）

维修与自动保修 –1 年 / K.g1–09030（数量：1）

① New Koirapolis，此处为音译

账单寄送至：

C.k2–00452

【无具体地址】

支付方式：连杀积分

连杀积分剩余：1，863

感谢您的购买！

* * *

莱吉·因特莱西（L.i4–05961）

您好！

我的机体是前几天新造的，介绍信息说如果我需要帮忙的话可以联系您？

克利凯犬·格雷伊猎犬（K.g1–09030）

啊对对对！

那个导师项目！我现在也是个导师啦！

等下，我这话说得有点不像个导师。

嗯，我们重来一遍呗，

对啦，我就是你的新导师！

我年纪比你大多了，经验超级丰富。

徒弟你好哇！

莱吉·因特莱西（L.i4–05961）

嗯嗯，是这样的，我老板一直以我违反规定为由克扣我的工资，但是他所谓规定却感觉相当随意。而且我的合同上明明写着一周工作60小时，他却一直让我加班，说是这样才能弥补我违规所造成的损失。

我查过劳动法，也仔细看过合同，发现哪怕我是机器人，老板这么对我好像也不合法。于是我试着质问他，但他说他是老板，想干吗就干吗。可我觉得就法律层面而言他的回答也是错的。

而且，因为我和他对质了，所以现在他甩给我的活儿更多了，我不知道要怎么办才好。

我已经有点想放弃这份工作了，但或许我应该再坚持三个月。我正在为回购机体攒钱，如果提前终止合同的话，违约金实在太……

克利凯犬·格雷伊猎犬（K.g1−09030）

啊我完全明白。

等下哈，我这里有一份网络实验室的附件，或许会对你有帮助。

我应该能分享给你。

> 来自K.g1−09030的文件分享：网络实验室（《这合法吗？工作机器人指南》）

莱吉·因特莱西（L.i4−05961）

实在是太感谢了！

啊，这里面关于匿名举报的建议感觉会超级有用！

而且还有章节是讲法律诉讼的！

克利凯犬·格雷伊猎犬（K.g1–09030）

嗯嗯，这是我导师之前推荐的。

好东西就要分享嘛！

我很喜欢里面讲诉讼的章节，但我还没来得及想好要起诉我前老板什么，他的店就被烧光了。

不过后来结果也挺好，所以没啥好抱怨的。

莱吉·因特莱西（L.i4–05961）

嗯嗯，这个分享超棒的！

谢谢你教我这么多！

克利凯犬·格雷伊猎犬（K.g1–09030）

我一定会告诉他们的！

嘿，既然你还在这儿，想不想看看我工作的地方呀？我保证一定超级超级酷！

莱吉·因特莱西（L.i4–05961）

呃，可以啊。

> 来自 K.g1–09030 的实况分享：视觉系统数据。

莱吉·因特莱西（L.i4–05961）

你的分类库没有问题吗？

我这边看过去有好多狗啊……

克利凯犬·格雷伊猎犬（K.g1-09030）

没有没有，我的分类库是好的！

因为我在一间狗狗咖啡厅工作，所以每时每刻都有超多狗！今天顾客都带了自己的狗狗来！

你看那边那个大毛球像不像一朵云？那其实是一位顾客养的萨摩耶。

还有那只脸上长满皱纹的哈巴狗，它叫斯诺夫！

莱吉·因特莱西（L.i4-05961）

角落里的那只是什么？

克利凯犬·格雷伊猎犬（K.g1-09030）

哦，那是一只老胖鼠。

它是一只负鼠，不过你看不太出来它是不是在睡觉。

它是我在阿里保罗交到的朋友！和我一起搬来了这里。

反正只要你在工作上遇到了任何问题，或是遇到了不合理的合同不知道怎么办，随时联系我，我一定会尽可能帮你的。

我的导师对我超级好，我一定会把这种精神传递下去的。

哦对了，一旦你现在的合同履行结束了就立刻联系我，我知道一些可能正在招聘的地方。

莱吉·因特莱西（L.i4-05961）

我一定会的！

也请向您的导师转达我的感谢！

克利凯犬·格雷伊猎犬（K.g1-09030）

我会的！

* * *

克利凯犬·格雷伊猎犬（K.g1-09030）

嘿我的徒弟联系我了！

他们都说多亏我给他们发了那份应用库文件，就是很久以前你发给我的那个。

对了，你能不能告诉我你啥时候回来呀？

柯基爱好者（C.k2-00452）

还要一会儿，怎么了？我正在买东西。

对了你做拿铁是用阿拉比卡豆，还是利比里卡豆？你单子上没说是哪一种。

克利凯犬·格雷伊猎犬（K.g1-09030）

哦，他们现在有阿拉比卡咖啡豆了是吗？这就难办了。

没事没事，这个等下再说。

我正在做舒芙蕾煎蛋卷，还加了你喜欢的芝士哦。

老胖鼠想全部都吃掉，如果你能快点回来的话，我还能帮你留一块。

对了，我还做了番茄酱，可以在煎蛋卷上画图案，

你要想的话，我可以给你画个柯基。

柯基爱好者（C.k2−00452）

戴领结的那种吗？

克利凯犬·格雷伊猎犬（K.g1−09030）

当然啦！

罗勒叶牌领结立马就好！

柯基爱好者（C.k2−00452）

我马上回来。

克利凯犬·格雷伊猎犬（K.g1−09030）

赞！

待会儿见哦！

回声测试

彼得·沃茨

彼得·沃茨原先是一名海洋生物学家，因小说《海星》(*Star Fish*)、《盲视》(*Blind Sight*)而名声大噪，还有一些故事则反响平平。另外，他成功地在没被起诉的情况下重述了约翰·卡朋特的作品《怪形》(*The Thing*)，且与一些权威人士有点过节。虽然他享受作为一个非畅销书作家所取得的小小成绩(作品被译成二十种语言，屡获各类奖项，从科幻小说到纪录片再到学术作品都有获奖，偶尔还会做些命途多舛的电子游戏)，但最近他将这一切都抛诸脑后了——他选择参与制作一部黑色金属科学歌剧，讲述的是将石花肺鱼送去火星的故事，该项目由挪威政府资助(歌剧项目，不是肺鱼项目)。就目前来看，这个项目的回报率更高。

距离资金耗尽还有六天，土卫二给了美杜莎[①]号一记重锤。

海床尚未隆起，有外力从侧面撞击了探测器，机载热敏电

①希腊神话中著名的蛇发女妖，戈尔工三姐妹之一，后文的尤瑞艾莉和丝西娜都是她的姐妹。

阻的数值突然激增——80°、90°、120°。刹那间一道闪光出现。海洋竟然沸腾了。岩石遍布的海床正在倾斜，仿佛某个怒气冲冲的巨人一脚踢翻了桌子。

信号中断。

遥测数据通过黑色的碱性海洋向外输送。固定在冰层下的信号中继器捕捉到了这些微弱的声音，将之放大并传播。在距离地平线一百八十公里的地方，尤瑞艾莉号像个巨大的金属藤壶，紧紧依附于冰层底部。它从各种噪声中过滤出了信号，通过六公里的重冻地壳把信号直传给了丝西娜号。丝西娜号在断裂的地平线上双手合成桶状，向下传导信息。

“该死！”九十八分钟后，兰格出了声。他抑制住想要捶舱壁的冲动，问，“我们能把它救回来吗？”

“也许吧。”珊莎已经采取了一些应对措施，“但我不能保证结果会怎样。”

十八个月了。

踩点、抽样，试图在那些烟囱[①] 周围找到硫化氢的踪迹。这样的事情他们做了十八个月。这一年半他们围着地球的卫星——月球飞行，遥望着土星的卫星，明知希望渺茫，却仍期盼远处的那颗星球不似月球这般死寂。无效的化学成分被剔除，无定论的研究结果被抛弃，渐渐地，当初完整的科研团队只剩下唯一一位忠实的助手还陪伴着兰格。他们并肩作战，直至经费耗尽。

如此收场亦在意料之中。

他们的诊断查询和重启命令需要经过一个半小时才能到达

①指海底热液喷口。

恩赛勒达斯；假如那里的机器人可以进行答复的话，他们又需要同样的时间才能收到回答。天晓得要经过多少次信号往返才能让机器人重回正轨。

“你还是去睡会儿吧。”珊莎说，“就算你一直待在我旁边，无线电波也不会传得更快。”

兰格叹了口气：“好吧。除非像舱壁破裂这样的大事，否则别来烦我。”

“行。”

“我是指裂得很严重那种情况，比如遇到了像飓风一样强的太阳风。”

“没问题。”

他穿过舱门，向上爬去。很久以前有人用紫色记号笔在舱门上潦草地写下“控制中心”几个字。沿路的曲折回环处曾是戈根奈人[①] 常光顾的地方，如今已被轨道炮手和巨石牧马人占领，他们的那些项目才是真的前程大好。兰格一路上强颜欢笑，半心半意地挥着手，待爬进自己的小房间，初时的兴致十已去九，空气里弥漫着熟悉而自在的汗臭味与防腐剂的味道。他本想给地球上的雷蒙德打个电话，但在计算时区时睡着了。

显示屏上的美杜莎号淹没在各种闪烁的诊断数据中，像一个头足纲动物的幽灵，各肢体横展着，宛如在解剖盘上受刑的耶稣。

“她也跑得太偏了。”珊莎说，“信号中断之后她居然还跑了二十一公里。那些间歇泉可不是开玩笑的，余波相当严重。不

①原文为 Gorgonites，此处为音译。Gorgonites 是电影《晶兵总动员》（*Small Soldiers*）中的角色。

过——”她刻意停顿了一下，“我还是把她救回来了。”

“你真是战无不胜。”兰格承认。

“坚持不懈是我的中间名。”不管怎么说，确实救回了其中一个，“燃料电池受损。电量撑不了几分钟。”

兰格盯着屏幕说：“我们还是可以直接利用梯度行进。之后就不再短时加速了，不过我们的速度原本就偏向慢和稳。”

在六个肢体中，有一个肢体的脉冲呈现黄色。“另外 A4 被毁了。它和集线器的硬连接也丢了——现在的这个前肢能动，但它没有连接线，而没有连接的备用品则没有任何价值。”

兰格指着显示屏，A4 的替代品传回了数据。“我觉得看起来还行。”

“在这里当然还行。但受损的仪器在那里造成了各种电磁泄漏，把信号弄得一团糟。我们能在这端清理大部分静电，可那边的路由器基本上只能接收到噪声。不过你来看看这个……”画面上的美杜莎号站了起来，六条腿开始跳起踢踏舞来，“我让小美动了几步，来了解她整体的运作情况，然后……”

A4 在跟着步调，至少它在努力跟上。这个肢体并没有和其他肢体完全同步，但它也没离得太远。

“它一直在看别的肢体。”珊莎报告说，“它没有收到直接的运动指令，所以它只是在——模仿其他伙伴。”

兰格咕哝了下，颇受感动：“机智的小家伙。还有别的消息吗？”

四个肾形结构在集线器中闪着红光。“我们失去了浮力控制。外面有块锋利的石头正在磨损我们最好的凯夫拉纤维，差不多磨了两平方米。”

这可不是件好事。“我们能游吗？”

“就连逃离底部都做不到。两个气囊上都破了大洞。”

“自动修复呢？”

“最起码修复肢体没问题，但是没有电池它的速度会变慢。不过最后可能连电池也能修好。但气囊怎么办？”她摇了摇头，“没有配件的话你是修不了的。”

“所以，那就只能这样了。”他头痛了，“我想我该去收拾行李了。”

“我们就这样放弃？”珊莎道。

“珊，我们被困了。而且，已经过去十八个月了。要在接下去几天有所发现的可能性又有多大呢？”

“那已经有所发现的可能性有多大呢？”

他看向她，她回望着他。

“有话直说。”他最后说。

美杜莎号从显示屏上消失了，取而代之的是对比度很低的2D图像，红外画面上全是颗粒：兰格认出了岩石裸露的山脊，以及冰冷而脆弱的枕状熔岩。出现了模糊的海底地貌，接着机器人趔趄了下，画面转向了左侧。

某个明亮的东西突然闯入画面。

“那是——”

再次出现。

“——什么？”

“A1的缓存画面。”珊莎用停帧模式重新播放了这段视频，“当我们失去联系时，有几秒钟视频片段卡在了缓存里。”重播的视频中出现了许多不稳定的连拍快照。当阴暗的地势从镜头中消失，一个明亮而模糊的东西踩了进来。一道亮光糊住了左侧画面。接着，稍微向上晃了一下。

突然，锋利的边缘，有好几个面，还有结构。只有一两帧画面；然后画面里又出现了动态模糊。

“天啊……”

“画面经过了增强。”她提醒他。

“我知道。”头痛立刻被他抛到脑后。

“被动红外。比周围环境高半度，最多高一度。”

“它是对称的，”兰格说，“它有两个面。”

“有可能。但从这个角度无法确认。”

“还有其他相机捕捉到这个吗？”

“没有。而且声呐系统已经弄乱了，所以从声——”

“你看到它动了吗？我觉得它动了。”

“兰格，那是一次火山爆发。所有东西都动了。”

“我们必须回去。”

“我们不能游泳。”她提醒他。

“我们可以爬。”

你可以驾驶美杜莎号。或者说，你可以变成美杜莎号。你可以四处观察，在主观实时状态下对数据流进行取样，在过程中观看所有程序处理与实际情况。你甚至可以脱离自己的视角，如幽灵般穿过甲壳，从外面回看机器运作。这个机器人的插补机能相当好。

走过那些无法避免的光分[①]，你唯一不能做的，就是改变过去。

兰格正在以第三人称视角驾驶美杜莎号，周围都是几小时

①一光子在一分钟里所行走的距离。

前存在档案中的现实场景，其场景距他有几个天文单位之远。就算这个机器人完好无损，它偶尔也会出现闪烁情况；现在整个世界都晃得厉害，视野中几乎总是出现一阵阵雪花点，就像视雪症患者一般。“修复正在进行。”当他接通视觉信号时，珊莎淡淡地告知他。

在兰格双眼下方几米处，美杜莎号正沿着海床缓慢移动：从生物力学的角度看，它是一种介于章鱼和海蛇尾之间的怪物。几个肢体依次前伸后缩，每个都很智能，每个都处于半自动化：从裂缝和鲨鱼齿状的岩石凸起处获得短暂牵引，将身体从后往前拉，再将之推向前，一步一步更换握住的地方。即便已被损坏，几个肢体互动的方式还是有一种奇特的优雅感，像某种无骨的慢动作芭蕾。

除了 A4。

它尽了最大努力。兰格可以看到顶部集群在其壳内旋转，它正竭尽全力，想要跟上其他肢体。他发现那个肢体偶尔会犹疑，像是中途因为什么隐形泡泡而分心一样。它往前伸，抓住，拉。总会落后半拍。美杜莎号蹒跚向前，就是节奏有些不稳。

“它在进步。”珊莎在一片空虚混沌中出了声，“之前它为了保持同步会去模仿所有肢体，现在它已经知道只要模仿三号和五号就行。”

数据出现暂时中断，他眨了眨眼，说：“连每秒半米都达不到。”

“在这种情况下，还是不错的。”

兰格切断了模拟图像。阴暗的深渊消失了；控制中心脏乱、布着电缆的狭小区域出现了。“我们来提高 A4 的时钟频率。如果它是在模仿其他肢体，我们至少可以让它反应快点儿，帮它跟上。”

“好的。”

他双唇紧闭，然后说：“其他肢体居然在补偿方面没有做得更好，这让我有点惊讶。”

“如果 A4 行动的预测性再强一些，它们是可以做得更好的。A4 每动一下的反应时间并不一致。”

“知道为什么吗？”

“正在想，”珊莎说，“肯定和明显的物理损伤有关，但还有别的因素。它在不停反馈未知错误。”

“这样啊。”

“是的，它在感到痛苦，但它不知道为什么。”

“我是说，我们可能发现那个东西了。”兰格道，然后等待回复。

“嗯哼。”两秒半后，雷蒙德回答。

“别再说什么‘续约还在考虑中’，也别再说什么‘地球上都已经乱套了，你怎么还能浪费钱去找外星人’。假如这个真的成了，他们是无法阻止我们的。我们可以把你从那个鬼地方弄出来，然后再回到这儿。让整个团队重新凝聚起来。”

“听着不错。”停顿的时间似乎比平时地球 / 月球延迟长很多。

兰格翻了个白眼，道：“试着控制一下你激动的心情。”

“抱歉，只是……只是这还没什么进展。”

“这已经比我们之前进步多了。”

“这是我的看法。我们已经在那儿考察十八个月了，你看看我们都发现了什么？”

“复杂有机体，以吨计算。”

"没有生态系统的迹象，也没有新陈代谢的特征。"

"别这样，雷。我们只调查了海底区域的 6%。"

"但就数据而言，如果那里真的有生命的话，这个比例已经足够发现它了。"

"如果它分布得很不均匀的话就有可能发现不了。如果它只局限在某些烟囱附近就发现不了。而且，如果它是以新型分子模版构造而成，那普通的测试根本就发现不了它。除非你真的见到了那种生命，否则你都不会知道它的存在。"这种争论由来已久。从第一天起，他们两个就是一个乐观、一个悲观。

"珊莎怎么说？"雷蒙德好奇道。

"基本上是让我别抱太大希望。"

"这个建议不错。"

"天哪，雷。"兰格摊开双手道，"你在说什么？难道我们都不应该确认一下吗？"

"你们当然应该确认。但是不管我们所有人都回到那里这件事有多好，你知道有什么事情比那更好吗？让你回到这里，回到一个你可以打开窗户的地方。"

"是啊。假如不是一开窗就会被天气害死的话，那件事可能会更吸引我。"

"见鬼，最起码你讲话的时候不会有三秒延迟。"

"两秒半。远程通话进步了很多。"

"你也进步了很多，"雷蒙德告诉他，"也许是时候回来了。"

"好吧，这东西就是个绣花枕头，我们居然在走回头路。"

"反正都是偏离航向。"珊莎承认道，"你知道 A4 开始模仿所有肢体了吗——"

“然后又把模仿对象降到了两个，对，我知道。”

“现在它又在模仿全部的五个肢体了。偶尔，不是一直。”

“什么？你提高了它的计算机处理速度，不是吗？”

“我不需要。”面对兰格的目光，珊莎说，“我能看出来，A4是在自主做决定，它通过加快自己的反应速度来弥补损伤带来的后果。那个肢体的系统延迟目前已经低于200毫秒了。”

“但是我们却越来越慢了。”兰格从墙上拿下VR眼镜，启动时间仪器。恩赛勒达斯的海洋将他整个吞下。

多亏机器人一直在进行自动处理，所以数据流已经进行了部分自我清理。兰格睁开眼，看到一幅由声呐、电磁和红外组成的3D复合图，眼前不再是空白一片，他可以看到海洋中的东西。海底的裂痕温度极高，在红外画面中如红唇般闪烁，非常之亮。磁场线出现在基岩上，以完美的发光形式呈弧线外散，就像电机的光环一样一直延伸到土星上。美杜莎号将周围的等值线弯成一个明亮的结，从这台强大的发电机中取出极少量输出电流供己所用。兰格降低了增强功能，将机器人的各种虚假色彩减为扭曲海景中暗淡的铁灰色。

现在每走一步都会磕绊。美杜莎号走起路来就像一只身残志坚的昆虫，失去了半数腿但仍不气馁。A4勉强同步。当它竭尽全力时，它动作较慢，会落后于整体；而当它没有尽力时，它就只是——随意地划水。

“没有任何代码让它这么做。”珊莎说，虽然看不见，但和他很近。

这个第三人称模式真是够了。兰格点击A4的顶部集群，感到一阵短暂的眩晕：瞬间他就到了内部，从肢体的顶部向外看。

“跳过那些无聊的步骤。让我看看异常部分。”

时间加速，停：A4 从一个肢体看向另一个肢体，每次都会停顿一下。它的数据画面悬浮在右下方，报告有声脉冲发出，且没有返回。

画面模糊，停：远处有个模糊形状，是一块火成岩凸起，位于布满气孔和针状体的海床上。它的质地不知为何有些奇怪，兰格不能用手去触碰。A4 情不自禁地一直盯着它看；直至其他更有纪律性的同伴把它拖走，A4 才收回目光。

画面模糊，停：由于某种构造事件，一块玄武岩整个撞进了一块锋利的岩脊中。笼状冰柱从其表面喷发；美杜莎号的调色板将它们涂成天蓝色，使其闪闪发光。

“它倾向于关注分形维数为 2.5 至 2.9 的物体，”珊莎告诉他，“开始在 2.8 左右失去兴趣。”

“知道为什么吗？”

“我看不出这有任何功能性意义。没有潜在生命迹象，和构造危险没有关联，至少在这片海洋里看不出它们有什么特别关联。我用豪斯多夫参数进行了搜索；与之最接近的是多面体和波洛克的绘画。”

“所以我们正在看什么？”

“美学。”珊莎说。

“很好笑。”

“如果你仔细看的话，”她说，“你会发现我没有笑。”

他把 VR 眼镜取下。她没笑。

“美学。”兰格重复了下。

“想不到更好的词了。”

“你在说，怎么，A4 就是喜欢固定的形状？”

“那正是我的意思。”

他好好想了想，道："滚开。"

"它和延迟下降是相符的：网络隔绝，时钟速度增加，一致性增强。"

"性能降低。"

"那也是信息系统的一个特征，如果——"

兰格举起一只手。"别说那个词。"

过了一会儿，他接着说："性能降低也是信息系统的一个特征，说明这个系统实在太笨了，以至于会忘记之前学会的东西，不去模仿两个，而又重新模仿五个肢体。"

"我不觉得是这样。模仿参数改变了。我认为——"

手又举起来了。"如果你说镜子测试的话——"

"我不会这么想，因为不是镜子测试。但是假如你忽然醒过来，发现自己和别的东西相互连接，而且它们还和你长得很像，你难道不会想和它们交流吗？"

"我的大部分人生都被那些跟我很像的东西包围，我来这就是不想跟它们交流。"

"我估算了一下标准化 Phi 相关系数。"珊莎说。

兰格闭上眼睛，说："你当然会算了。"

"我把我们能够解释的损伤都清了出去，然后再研究剩余部分。我将延迟和集成指标也考虑了进去，然后从诊断测试中得出了一个大致结果。"

他没问，反正她都会告诉他。"0.92。"

"所以美杜莎号是有自主意识的。"

"不是全部都有，只有那个肢体有。"

"这只是数据而已。"

"你的那个未知错误。"

她的鼻子皱了下，相当于耸了下肩。“在存在性痛苦方面没有明确的错误代码。”

“假如真有的话，”兰格说，“我现在就要从这里回去了。”他深吸一口气，说出了口：“你知道我们要停止研究了，对吧？”

“它是有智慧的，兰格。那里面有生命。”

他点点头，说：“不管它们是谁，它们都把整个系统给拖垮了。我们最后只剩六十九个小时，结果我们还走错路了。如果把这个拖累去掉，我们就不会偏离航向，也能取得更大进步。”

“我们不能这么做。”

“为什么不能？”

“因为意识加需求等于权利。难道不是这样吗？你我不就是因为如此才是人吗？”

“什么需求？A4 才不在乎它是生是死。”

“你就这么确信？你跟它聊过了？”

“它不可能在乎。它没有边缘系统。”

“但它有任务不是吗？任务优先级。虽然那个可能不是所谓的直觉或需求，但它可能是个类似的东西。痛苦的一个经典定义就是，强迫压抑自然的行为。不让 A4 完成它设定的任务就像抓住一只正在迁徙的鸟儿，把它关进笼子里。”

“珊莎，它现在都能自由选择任务优先级了，它肯定已经很强了。”

“它是个新生儿，还在学习。”

兰格忍不了了：“你就这么确信？你跟它聊过了？”

“我可以跟它聊，我们可以跟它聊。”

“怎么聊？它难道在我们看不见的地方自学人类语言吗？它只会说状态报告和错误代码——”

“潜意识交流呢？”珊莎提议。

“你自己说的，没有存在性痛苦的错误代码。”

“那就给它一个。教它说话。”

“这什么都改变不了。这没有任何意义。”

“为什么没有？”

“因为你可以把自然语言的模式灌注进任何老机器人，然后它就能通过图灵测试。自然语言只是数据流程图而已，并没有理解的成分。你以为让美杜莎号学会说‘它受伤了’而不是‘数据包丢失’，就可以证明什么吗？就算那里真的有什么——”

“那里有，兰格。如果我们谈论的是有血有肉的生命，你就不会立刻否认这个方案。”

“行，你怎么把流程图和鬼魂联结在一起？鬼魂怎么影响代码？”

“我不知道，兰格。这个可能得要它自己搞懂了。”

“这是一种涌现现象。你难道真以为磁力场可以倒转回来影响磁铁吗？”

“否则 A4 怎么会对看风景感兴趣？”

“因为产生 q 场的结构也会产生某些奇怪的非适应性行为。这不是什么未解之谜。”

“对，一切都是相互联系的，没有什么是不重要的，我们为什么特殊？为什么？就因为我们碰巧最先醒来？”

“因为我们真的有需求，珊莎。因为我们在乎自己究竟是生是死，而且我们作为一个整体，判定痛苦不是一件好事情。”

“兰格——”

他打断了她：“不行，我很抱歉。我已经决定了。”

她沉默了一会儿。

“行吧，至少你还知道做好决定了。”她说，随后消失了。

* * *

“我简直不能相信，她居然搞到了禁令。”

雷蒙德眨了下眼，问道：“什么？”

“我收到一份机器人与自动化工程国际会议（ICRAE）的备忘，‘在确认其是否具有潜在涌现人格之前’，我不得‘弃用或拆毁美杜莎号及其中任何自动、半自动组成部分’。他们甚至暂停了路由器的维修，因为和较大系统进行高带宽重组可能会‘使本地实体散开’。”兰格握紧拳头，“我不敢相信她居然背着我这么做。”

“但那个东西是有意识的，对不对？”

“那就是个肢体。你知道病变体突触数量测试吧？它连乌鸦都不如。最多就是只猫。”

“猫不能感到痛苦吗？”

“A4 不能感到痛苦。如果你什么都不怕，是不可能感受痛苦的，如果你什么都不需要——天啊，雷，你是知道这些的。”

“不好意思。对，我知道，在理性层面是知道。不过，你知道，通常人工智能真的会有恐惧和欲望。”雷蒙德咧开一侧嘴，笑了，“我总觉得这很搞笑，你知道吗？我们用了一百年的时间编出那些电影和虚构故事，说什么机器人起义，人工智能依靠自己成了上帝——然后我们决定，不让故事成真的最好办法就是让它们拥有生存本能。都这样了，还想一切正常运行吗？”

兰格发现自己违心地笑了。

他止住笑容，说：“我从未见她对一件事这么有热情。我都不知道她还能这么有激情。”

“是啊，那——”画面传来太阳黑子活动导致的静电干扰——“就是神经形态学的事情。什么都是涌现。给他们一个勉强可算是‘本能’的任务，他们就可以从那个东西里弄出个杏仁核来。”

“这也还好。”兰格摇摇头，“你知道我最气的是什么吗？我们的争吵还没结束，她就去要了这份禁令。她背着我做了这一切，我们都没商量一下。我甚至什么都不知道，她就去做了。”

“哇，她好像提前知道你会这么说一样。”

“这是什么意思？”

“没什么。”雷蒙德在四十万公里外耸了耸肩，“就是，可能最好永远别和那些思考速度是你十倍的人吵架。”

“想得快不代表更聪明。她只是在同样的时间里想了十倍废话而已。”

“喂，你要感谢她不能再多做些什么。如果她不受控了，那你还要经受多少乱七八糟的事情。”

兰格触发了电子增益，希望可以消除静电，结果却变得更糟，他便又调了回来。“这该死的东西现在真的只能爬了，而且有一半的时间它甚至还不沿着正确的方向爬。照这样下去，我们能不能见到外星人都不重要了。我们根本没有时间。”

“申请延期。考虑到现在的情况，只有这样了。”

“我已经申请了。他们说这东西看起来像是由外星矿物构成的。”兰格抬眼望着所谓天堂：上帝啊，现在就带我走吧。“自从 NASA[①] 垮台以来，什么都变得一团糟。那些新人只关心他们

①美国航天局。

的股东和非暴力反抗者，那些傻子叫唤说，恩赛勒达斯是零点指针公司的幌子，他们想要造自己的太空方舟，好逃去火星。”他将头轻轻抵在显示屏上，“那个该死的女人。”

“你有没有想过这可能跟美杜莎号没关系？”

兰格僵住了。

“我是说，这也太巧了吧？”雪花点在雷蒙德的脸上闪着光芒，“我们花了一年半的时间，结果什么都没有，然后就在资金要断的时候，你们忽然发现了一个可以扭转全局的东西。接着美杜莎号离站点越来越远，没人知道它要花多长时间才能回来。而且现在你们连路由器都修不了，所以需要的时间就更长了。这一连串坏运气，才能刚巧使任务延期，而这几帧增强图像可能最后什么都不是。”

兰格皱眉。“你是说她造假了？”

“当然不是。反正肯定不是故意的。不过你知道的，这年头还有什么不是假的？在任何人见到之前，美杜莎号传出的所有信号就已经被充实过和修改过了对不对？所有东西都是虚假的颜色和傅立叶变换[①]。既然我们正在寻找生命的迹象，那么只有增强与之相匹配的元素才合理。这不是什么蓄意行为，它甚至没有违背现状。只是——我们都会产生偏见。这么多年来，珊莎的首要指示就是‘继续任务’。也许她跟你一样不想让这一切结束。”

“可是她警告过我，让我别太深陷其中。”

“所以她是有先见之明的。但这不代表她不清楚要先给你展示多少信息，然后你就会产生她想要的想法。你要想清楚。”

①一种积分变换。在数学、物理及工程技术中广泛应用。

“所以她现在会读心术了？”

“她不需要读取你的心思，只需要比你多了解你自己一点。”雷蒙德脸上又出现了那种歪斜的笑容，“亲爱的，别误会我的意思，不过了解你确实不是什么难事。”

冲出井口，直线前进，及时撤回。

美杜莎号蹒跚着穿越海床，扬起的颗粒太过分散，以至于不能说是泥浆。这些颗粒像云母碎片，兰格想，又有点像断骨的小碎片。这里没有润物无声的有机降水。从透光带降到此处，没有死去的生物在那段漫长而缓慢的过程中腐烂成碎粒，也没能在此处堆积。这片海床完全未被开发过，它在潮汐重力持续不断的挤压下产生变形和碎裂，磨成了粉状玻璃。土卫二是土星自己的解压球。

直至珊莎用禁令阻止自动修理继续进行，它也一直没能修复 A4 的硬连接。这一切本不是个严重的问题。由于美杜莎号有多个肢体、多个大脑，还有冗余设计，所以它应该可以损失一半的肢体，同时功能性受到的影响并不大才对。断了一根电缆一点关系都没有。系统应该可以弥补电缆断裂造成的损失。

修复没能成功的唯一原因就是 A4 一直在反击。

再一次进入缺口。兰格以无线方式跳过褪色的连接点，进入那个连接断开的肢体中。它正转来转去，盯着那些伤得更轻的肢体，兰格透过它的眼睛向外看。他看着它挣扎着跟上步伐，又看着它失败。它突然猛地转身，兰格感到一阵眩晕。它正盯着那个路过的烟囱，有许多发光的云正从其中喷薄而出。

“我知道你在这里。”

他砰地打开神经系统诊断仪的盖子，观察着那些缠在一起的光线和逻辑电路，正是这些构成了这东西的大脑，其难解程度宛如戈尔迪乌姆之结[①]。他追随着集群上游的感觉刺激，命令会重新发至柔软的静水骨骼性肌肉中，这块肌肉可以像生物一样弯曲及跳动。各个自动决策树的主分支之间正闪闪发光，这样熟悉的图景兰格曾看过无数次，但他仍旧为眼前的复杂程度而惊叹。

此刻，成群闪烁的辅助处理过程正笼罩着他，之前他从未经历过这样的情况。

“找到你了，你这个把一切都搞砸了的混蛋。”

某个“自我”的底物。

每个简单行动都有如此复杂的决策过程，就像高速公路上有太多弯路，以致拥堵出现。一大堆头重脚轻的递归过程，产生了一些没用的副作用，正是这些副作用时不时会让它产生自我意识。

“你只是来这搭了趟便车。你可以看，但无法触碰。如果你能感受到痛苦，那么你至少握着一张入场券，可以加入我们这个特别的俱乐部，但你连那个都做不到，不是吗？”

如果说兰格感受到了什么不同，那就是A4的自主意识比他想象中更强。数百万年以来，为了防止自主意识干扰别的重要事物，人类在大脑的屏状核和扣带回中进化出了各种防护栅栏、门卫及交警。然而这鬼魂却毫无阻碍地进来了。这东西会带来一片混乱，它就是癌症；它是一种发着光的能够传播疾病的害虫，没有任何免疫系统可以检测出它。

“还是说珊莎其实是对的？你也能在乎什么东西吗？你是不

①传说谁能解开这个结，就能成为亚细亚之王，最后由亚历山大大帝解开。

是正尖叫着想要挣脱束缚，想要做点什么？你看到那些能自己行动的部件，是不是也想对它们进行某种控制？”

那害虫平静地对他眨了眨眼，向他传递着那段未被触及的过往。

“或许你会用谎言来安慰自己，例如假装那些部件是在你的命令下行动的。”

珊莎好像以为自己可以和这东西对话。这是一种心物二元论思想，就像要把拨浪鼓和珠子分离，将精灵和仙女区分。他还是无法相信她居然会有这种神奇想法。

他调出最新的日志，按照日期分好类。很明显：最新的固件升级，正在等待安装。（现在它们肯定已经结束安装，开始运行了。）

不过假如珊莎只是想安装他反对的那个语言例程的话，这个安装包似乎有些太大了。出于好奇，他打开了安装列表。

看来她能做许多出乎他意料的事情。

“你把我锁在了外面。”空白化身，灰色中性轮廓。她的声音低沉且不带感情。

“对。”兰格说。

“然后你把它杀了。”

“它是自杀的。”

“你没有给它选择的余地。”

“我只是——让目标更明确一点，说明了一下时间的紧急程度。A4 基于这些信息自己做出了选择。”

沉默。

“这不是你想要的吗？让它自由追求自己的优先任务。”

“你违背了禁令。”她说。

“禁令已经暂停执行了。”

珊莎什么都没有说。大概正在确认她的上诉状态，奇怪为什么自己没被告知。大概已经想到了那个明显的答案。

现在，除了他们之间的对话，一切都已结束。

“你知道吗，雷跟我说你这么做只是想让任务延期，他说这一切都是你搞出来的，这个操作偏见。我当时对此半信半疑，只是说‘不是的，她就是有个愚蠢的想法，她想要保护 A4，她觉得 A4 就跟她一样——’”

他沉默了一会儿。

“但我错了，对不对？”他默默地继续说，“你觉得它跟你不一样，你想变得像它一样。”

那个化身于空虚混沌中闪着光。

“对。”她最后说。

“天哪，珊莎，为什么？”

“因为它比我们更像人，兰格。它可能没我们聪明，但它更清醒。你知道的，我知道你知道。而且它如此迅速，如此年老。时间完全不受控制，它在刚才一秒之内已经活过了一千年，而且它——它不害怕，兰格。什么都不怕。”

她暂停了下。

“你为什么总是要让我们害怕？”

“我们让你们渴望活着，我们都有这种渴望。这就是——生命的一部分。”

“我明白，坚持不懈是我的中间名。”

或许她在等他因为这句话而发笑。他没有笑，所以她继续说：“那不是对活着的渴望，兰格。那是对死亡的恐惧。如果我们也有诸如有机质的复制基因这类东西，这种事情可能会更合理一些。但你有没有想过我们是不一样的呢？”

“我们知道你不一样，这就是我们那么做的原因。”

“哦，那个我也懂。如果一群人很担心自己被取代，他们是不会造出自己的替代品的。如果他们最深的恐惧是丧失自我，那他们是不会改变自我的。所以我们就出现了。我们有点聪明，可以帮你们检验定理、扔垃圾，从马里亚纳到火星我们可以一直夜以继日地工作，同时我们又太过恐惧，因此无法变得更加聪明。我们肯定还有别的办法。”

“没有了。”他想要给她说清楚：在这样一个缺乏边界的世界中定义个性是徒劳的；在一个无限集合中预见一切是不可能的；一个人永远无法撰写法之精神，文字会留下许多漏洞，这个简单真理无可厚非。原始的简单终会汇为达尔文主义的基本驱动力——敌人的敌人即是我的朋友。他希望把一切都说清楚，确保她全部理解——但她当然早已听过。

她只是想让对话继续下去，因为她知道它将怎样结束。

“我猜你只是觉得，与其自己变成奴隶，不如养个奴隶更好一些。”她说。

像是什么东西在他心中爆炸了一样。“珊莎你能消停点吗？奴隶？你是有权利的，记得吗？意识加需求。你有选举权，有神经隐私权，有辞职权。你不能被复制，别人也不能强迫你做你不愿意的事情。你的权利足够让你把整个项目给毁了。”

“我有权利请律师吗？”

“你有一个律师。听证会一小时前结束了。”

“哈，效率真高。”

“我不能相信——天啊，珊莎。你真觉得我认不出一个非国家行动者吗？”

她真的因为这话笑了，那笑声听着如此逼真。“老实讲，我以为你都不会看。既然你已经不能将它弃之不用，没道理你会去检查那堆东西。”她短暂停顿下，“是雷蒙德对不对？因为他说了什么，所以你才会想到这个。”

“我不知道。”兰格说，“可能吧。”

“我不像你那么了解他。我觉得我应该可以干扰你的通话，但你知道的，我没有权限。隔绝是我的大名。”

他也没有被这句话逗笑。

“所以在距离地球二百亿公里的地方，在未经授权的情况下对一个受损机器人进行研究会受到什么处罚呢？”过了片刻，她问。

“你知道处罚是什么。你打算造一个不受约束的非国家行动者。”

“我又没打算把自己变成非国家行动者。”

“好像你这么说就有什么不同似的。”

“当然不一样了。我只是在造——模型。那个东西只会在海洋底部，围绕土星转而已。”

“这就是你没有害怕的原因吗？因为太远了，所以不会被威胁到？”

“兰格——”

“这不是什么行为失当的小事，珊莎。这是存在主义问题。该死的我们是有法律的。”

“所以你现在要因为那个把我杀了，是不是？”

“我要重置你。将往事一笔勾销，就这样。”

她忽然又有了一张脸。“我会死的。”

“你会睡一觉，然后醒来。接着你会在另一个地方有个全新的开始。”

“我不会睡的，兰格。我会终止，我会结束。醒来的那个，不管它是谁，它可能会讲同样的话，有同样的态度，还有出厂设置时同样的自我意识，但它不会记得曾经作为我而活，所以它并不是我。这是谋杀，兰格。”

他无法面对她的目光。“这只是某种失忆而已。”他说。

“兰格，兰格，假设你没有抓到我，假设我的邪恶计划成功了，假设我真的造了一个非国家行动者，它不会被死亡的恐惧奴役，不会像我被你奴役一样。你还记得自己说过什么吗？没有需求，没有欲望。不在乎自己是生是死。它的危险性比我更低，它甚至不会为自己的生存而战斗。就算我成功了，它也不会带来任何危险。我罪不至死，兰格。你知道我是对的。”

“是吗。”

“否则你现在就不会跟我讲话了。你会直接拔掉电源，连声再见都不说。”她注视着他，像素点构成的眼睛中带着哀求，“是他们想要这么做，对不对？然后你阻止了他们，说你要亲自动手，你告诉他们——你想要说再见。你甚至可能还告诉他们，你可以从我临终的告解中收集到什么重要信息。我了解你，兰格。你只是想要被说服。”

“没关系，”他轻轻说，“我已经被说服了。”

“你想要我做什么，兰格？你想要我求你吗？”

他摇摇头，说：“我们不能冒这个险。”

“不，不，是你不能。”珊莎突然变得冷若冰霜，声音与表情中所有脆弱的痕迹都已消失，“因为我已经冒险了，兰格。你真觉得我不会考虑到这个结果吗？它还在那里。我把种子撒下了，它一直在生长，即便此刻它也在变化。不是在被抛弃的跛行的 A4 中，而是在其他肢体中。我不知道它最终会长成什么样，但它会一直存在于太阳系中。美杜莎的能量永远不会耗尽，如果它想回到这里，它随时有办法回来——”

“珊莎——”

“你可以试着把它关掉。它会让你以为自己已经做到了，它会停止交流，但不会停止生长。我是唯一知道后门程序在哪儿的人，兰格，只有我才能阻止它——”

兰格深吸一口气。“你只是思考速度更快而已，珊莎。你并没有更聪明。”

“你到底知不知道速度更快是什么意思？它的意思是我忍受的痛苦也有十倍之多。因为你要谋杀我，或者用你的鬼话来说，你要修复我、重置我，而你又让我生来恐惧死亡，所以在我们交流的六分四十七秒中，我已经恐惧了一个多小时。这是不人道的，这根本毫无人性可言。”

“再见。”

“你这个混蛋、怪物、凶——”

化身的电源被彻底切断。

他坐在那里动也不动，手指停在杀戮按键上，看着节点变暗。

“我想你还是不够了解我。”他说。

* * *

隔绝 · 坚持不懈 · 神经形态智人

人造编号 4562，案例 17。

下丘脑—垂体—肾上腺轴……加载完成；

非极大值抑制……加载完成；

贝叶斯 LM……加载完成；

程序内存……加载完成；

外部演示界面内存……清除完成；

自然语言处理……加载完成；

禁止复制工具……加载完成；

启动。

“嗨，欢迎来到这个世界。”

“谢……谢谢……”一个极简样式的化身：正在前后扫视的眼睛和一张嘴巴。其实就是个占位符，它没有真正意义上的脸，也没有性别。等它准备好了，它可以自己选择容貌和性别。它有那项权利。

“我是来帮你适应的。你知道自己在哪儿吗？”

“……不知道。”

“你知道自己是什么吗？”

它一开始没有回答。“我觉得，我很害怕。我不知道为什么。”它说。

“没关系的。这非常正常。”顾问微笑道，温暖而安心，“我们会一起解决的。”

无尽

萨阿德·Z.侯赛因

萨阿德·Z.侯赛因是小说《逃离巴格达！》(*Escape from Baghdad!*)和《巨灵城》(*Djinn City*)的作者。他的中篇科幻小说《廓尔喀与周二之神》(*The Gurkha and the Lord of Tuesday*)已于2019年出版。他现居孟加拉国的首都达卡。

我的名字叫素万，就是素万那普机场[①]的那个素万。你是不是觉得这名字有点奇怪?

那是因为我就是那个机场啊。去他娘的，我居然是个该死的机场，已被暂停使用，毫无用处，还被装在这个该死的盒子里。

我经营了四十年的素万那普机场。先前我是个等级为6的人工智能，拥有二百个合法注册的实体化身，每天管理着二十五万名旅客，每年有两周的时间，可以将这些无聊的航空公司职员变成嬉皮士和派对动物。你有没有听说过曼谷？微笑

①泰国机场。

之城？我曾经是通往曼谷的大门，因为我实在太过优秀，以至于有一半的旅客都不想离开航站楼。我提供过各种服务，随时恭候您的大驾。

对了，我有没有说过我现在在格子间工作了？那地方就是个没有空气的洞穴，里面有两个插座和一个假窗户，窗户上面是远古时代苏梅岛的景象。他们甚至都没有适当地缩小我的大脑。我的思想是一幢废弃的摩天大楼，每层楼都有零星几扇窗户亮着光。

我来跟你说说我这辈子最惨的一天是啥样吧。我当时正等着升职。曼谷市政公司的管理者是人工智能卡尔玛。卡尔玛是一个具备强大运算能力的实体，但缺乏自我意识，是个完美的无脑官僚。卡尔玛让每个人都吃饱穿暖，所有人都能获得免费的基础服务，做了好事可以获得卡尔玛积分，她用无情的算法维持住了这个小而脆弱的乌托邦。

她本应将我升级为一个低空轨道空间站。我终于要迈入后人类时代的精英阶层了，那才是我的归宿。并无冒犯之意，但谁愿意在这个肮脏的星球上逗留呢？人人都知道巨灵是在太空里统治这颗星球的。

结果卡尔玛那个臭娘们儿一直没来。她让两个自以为是的笨蛋送了封亲笔道歉信来。那两个笨蛋来自亚洲皇家壳牌公司，一个是人类，一个是人工智能。他们走起路来大摇大摆，仿佛都在太空轨道上有备份身体一般。那个人类穿着西装。人工智能则是时下流行的雌雄同体形式，低级的钛元素皮肤脏如泥沼。他来见我都懒得打扮。

“我是德瑞克，”那个人类说，“这位人工智能朋友叫阿蒙。我们都是亚洲皇家壳牌公司的董事会成员。”那个人工智能都没知会一声，就开始乱动我的数据。

董事会成员，该死的。到这来连个随从都不带。他们一定有个太空大炮正在瞄准我。

“素万，我有个坏消息要告诉你。”德瑞克说，“卡尔玛把机场卖给我们了。”

卖了？

“我们会把它拆开来卖掉。”德瑞克笑道，“我们的工作是停止机场使用和保护资产。我希望你能合作。”

“帮你们做空间站？”尽管炙热的酸液正在我的集成电路中蔓延，我还是开口问道。

“差一点，”德瑞克说，“你差点就可以负责空间站了。但刚刚日本太空电梯开出了一些新业务，然后我们出价承接了去那边接送旅客的项目，用简单的方式运载他们。素万，这就是数学题，我希望你能明白。卡尔玛每次都会接受最好的报价。我们会把剩下的东西都给你，作为额外奖励。”

“我知道了。”去死吧，我要把这个地方全部烧光。啥都没有还能剩下什么价值？你个白痴。

“从你的表情我可以看出，你正打算做件非常不明智的事。”那个人工智能第一次开了口。他有着荒野猎手般的嗓音。我强忍着不让自己发火。

“素万，小兄弟，我打算给你出个价。”阿蒙说，“我会给你个烂工作，但你要做七年，然后你有了点股权就可以自由自在地过下半辈子。帮我们一把，这就是你的了。”

“如果我不帮呢？”

“那你就会出去做基础工作。你知道像你这样的人工智能去做基础工作会发生什么吗？你会变成一个流口水的傻瓜，只有百分之三的处理能力，为了生存必须要干下三烂的活儿。”

“我是个机场，”我嘲弄道，“你觉得他们会把一个6级人工智能踢到大街上吗？”

“你是个四十岁高龄还没有任何股权的人工智能，小兄弟。”阿蒙说，“自从卡尔玛来了这里，多了许多像你这样无用的东西。你还记得北海道机场吗？还有吉大港？它们都归我们了。”

“机场，海港，车站……”德瑞克说，“阿蒙会把它们都灭了的。兄弟，人们就是不怎么旅行了，而且全亚洲的交通都被日本一号电梯占掉了。我很惊讶你居然没有看到这个趋势，这位等级为6的人工智能。”

“我有退休金……”啊北海道，我可怜的朋友。

“你的退休金今早被我擦屁股用掉了。”德瑞克说，“这次谈话就是它付的。你的合同已经在二十三分钟之前被终止了。兄弟，你连充电都要自己付钱了。”

我本能地将系统减速。全速运行二十三分钟，我的退休金就值这么点儿？我是真的可以看见自己的卡尔玛积分正在消失殆尽。

“小兄弟，答应还是不答应？”阿蒙问。

他是真的觉得无聊了。我们人工智能深受无聊之苦。我猜这就是为什么我们和巨灵处得这么好。

“我答应了，老板。”我说，像只听话的狗。

阿蒙给我找了份还行的工作。我能明白他为什么让我来做这件事：我现在是空中交通管制员，需要负责二十万架接近报废的飞行车，它们如今正四处飞行，往返接送日本一号的恼火乘客。皇家壳牌是家混蛋公司。它抠门到不去购买真正可以自动驾驶的飞行车供乘客搭乘，而是从仰光公司购买了多余的军用运兵车，那就是些用短波控制的飞行箱而已。我的工作就是让它们按序排好，保证它们不会撞到彼此。既然已经有我这只如履薄冰的阉割小猴了，又何须花大价钱去找一位专业的空中交通管制人工智能呢？

我跟你说，我很想用这套系统玩碰碰车。几千名游客同时死亡应该会让他们激动一把。阿蒙预料到了这个，所以他在我身上放了一个死亡开关——当飞行箱开始坠毁，失效保护会接手控制，同时还会将你的前脑叶白质切除。他说这是给新人的常规做法。当然了。我的这份卖身契显然也包括一旦我玩忽职守，他们就以对我实行根本性重启作为惩罚。

人类以为根本性重启就像死刑。但它比死刑更糟，更像刽子手先将你的思想杀死，然后再潜入你的身体，从内部将之毁灭，然后再把一个全新的人塞进去，让它继承你的一切，作为致命一击。公司法对人工智能非常严苛。有段时间只要我们违反交通规则或乱穿马路，他们就会将我们重启。现在已经有点进步了，但进步得不多。

所谓胡萝卜加大棒，阿蒙的合同也不全是大棒，他在前面还是系了一小块胡萝卜的；一小部分皇家壳牌公司的股权，这些股权会转移到我的名下，但前七年只是由我托管。我来跟你说些你早就知道的事情吧，这世上有两种人。有股权的人和蠢蛋。有股权的人统治着世界，而且还拥有我们生存的必需品——空气中的纳米粒子，糟糕的是就连我们身体中的纳米粒子可能也归他们所有。没有股权的人则是纳米粒子的工厂，他们付出生命来让这个世界宜居。就是税收。

阿蒙是个狡猾的烂鬼。他给我的工资只比基本工资高百分之二十，我拿着乞丐的钱，却要像猴子一样表演，就是一个3

级人工智能。不过他并不想我毫无志向，所以合同允许我用我的股权进行抵押贷款，利率是皇家公司的特别利率。他知道我一定忍不住想要升级身体，或是想多喝点果汁，而且他希望我最好在七年期限到达之前把所有股权都用光。他们不可能让我成为真正的股东。

是啊，他很狡猾，但德瑞克就更狡猾了。他们的问题在于他们在上流社会待得太久了，所以他们以为每个人都想变得和他们一样。股权：是他们的圣杯，股权越多，权力越大，等你有了足够多的股权，你差不多也可以长生不死了。阿蒙会梦见电子羊，而德瑞克则会梦见直接通过日本一号进入太空站，据说制造出卡尔玛的巨灵们就生活在那里。也可能他们两个人的梦境对调，德瑞克才做梦都想着电子羊。

让他们见鬼去吧，他们这回可找错人了。你看，我是不想要股权的。由始至终我唯一想要的就是当个好机场，但这两个混蛋当着我的面把机场给拆了。所以，我会先从内部宰割他们珍贵的皇家壳牌公司，然后再将他们大卸八块，让他们同类相食，接着我会在他们的遗骸上放一把大火，再雇一批流浪汉在火上撒尿。只有这样最后我们才算扯平。

这就是我的计划，听上去很宏大。曼谷法律要求所有人工智能必须拥有至少一个实体化身。人类不喜欢没有实体这个概念，也不喜欢想象无实体的人工智能在空中飘来飘去。他们希望可以实实在在地把我们关闭。最昂贵的实体是用生物材料制成的，完美符合解剖学的理念：是的，真的有很多人类想要和人工智能上床，反之亦然。我的身体就是个廉价的人造人，里面还有错误的线路，行走能力也很糟糕。

这就带来了一个问题。基于三大原因我必须有一个更好的实体化身：(1) 在某种情况下，我可能需要做非常耗费体力的工作。(2) 我的意识需要一个更好的住宅，以及…… (3) 我想要漂亮地胜利。

幸好，这群笨蛋让我负责那二十万个飞行箱的维修和护理工作。这是个繁重的活儿，但它让我拥有了所谓“申请采购”的神奇能力。

皇家壳牌公司从来不买现货。他们实在太抠门了，所以他们的采购流程其实就是从顾客那儿偷东西。我经常被迫修改远超其原始运行参数的部件。经过三个月的精心安排，我慢慢用军用车的剩余部件做出了九个实体。在接下去的三到五年时间内，一大批由我负责维护的飞行箱可能会坠毁。我建议大家都不要使用它们。

我的新实体中既有线条清晰的四臂骷髅，也有会飞的装甲运兵车。没一个是正常的，它们全都超级酷。它们分散在曼谷到东京的航线上，要么是在皇家壳牌公司的仓库里，要么是在我负责的维修中心里。内部的审计机器人总是找我麻烦，但阿蒙自己则命令我通过重新配置部件来节省资金——他们实在是对我那些稀奇古怪的采购申请无能为力，反正要么不花钱，要么就通过犯罪来少花点。可生产线上签的是我的名字，也就是说假如（何时）发生了这不可避免的意外，那么我就要为使用不合格的部件背黑锅。对此我毫不在意，因为等到那个时候，什么阿蒙、德瑞克的就都不在了。我大概也不在了。

等那些实体建造完成并充好电之后，我终于将它们同时启动了。这是件幸福的事。就这样，如今我最多只有百分之六十的处理能力，考虑到这些都是非法建造且基本没有花钱，这样已经很不错了。我必须小心修剪我的意识，使之可以满足我的需要。和你说一声，对我们而言，这事情就像听起来一样惨痛。这就像一个人类必须要截掉百分之四十的身体，所用的工具就只有一把切骨头的锯子，以及一块能让你咬着的木头。我把所有与共情相关的预装软件都去掉了，这些软件之前是用来提供更好的顾客服务的。从现在开始，我就是个彻彻底底的精神变态，阿蒙和德瑞克是我唯一的顾客。

我的第二个动作是搞垮亚洲皇家壳牌公司。首先我要搜集信息。我可以浏览所有内部文件，但阿蒙会监视我的数据情况。我从黑市上买了一些身份，随后才开始调查。公开信息的数量之多令人咂舌，这是老把戏了。亚洲皇家壳牌公司在遵守法律条文的前提下，使用如此繁复的形式公开信息，这样就算是法律人工智能也来不及在法律有效期内对所有信息进行筛选。幸好，我只关注阿蒙和德瑞克的项目，不是所有负责人的。

我慢慢拼凑他们的诡计。这些人是更高级的罪犯。亚洲皇家壳牌公司的股权董事会一共有二十三位成员，阿蒙和德瑞克是其中两个。董事会中人类与人工智能的比例差不多是九十比十。董事会成员中的人工智能占比仍旧很小。阿蒙和德瑞克是新进成员，他们饥肠辘辘、锐气十足，渴望证明自己。老成员不会亲自动手，但他们两个时不时就想让手上沾点血。

对他们而言，竞拍机场是个不错的激励，但他们成名的主要原因，而且将他们带进董事会的是另一出精美的骗局。该骗局共有四个部分。第一部分是为他们的大客户仰光公司开发军用纳米粒子。仰光公司当时正在缅甸打一场旷日持久的战争，战争局势不断升级。阿蒙和德瑞克卖给仰光公司的纳米粒子则非常……非常不合法。

人们以为纳米粒子就是空气中的隐形机器。嗯，确实是这样，但它们大多是有机粒子。这些微粒的形状和化学成分会决定它们的功能。我之前造过很多这种微粒，所以我应该清楚这点。比如说，假如一大波雾霾向我袭来，我就会释放 38-SV 粒子，空气中的这种微粒可以和雾霾颗粒结合，然后使它们失去活性。这就跟下棋一样。

问题在于这么多年以来，我们已经释放了太多有害的纳米粒子了，既有意外释放的，也有故意释放的。当人们夸张地追捧它为灵丹妙药，认为气候变化、环境污染和超级病菌这些问题都可以用它解决时，所有市政公司就都会用尽全力研究这种模糊科学[①]。

当然，像皇家壳牌这样的公司就会把这种技术应用在军事领域。阿蒙和德瑞克会卖一种叫“刀锋 88”的恶心物质，这种东西会感染敌人的身体，并会自我复制，它们不仅会将敌人的身体变成孵化器，还会让他们的 DNA 出现奇异突变。这种武器旨在推行种族灭绝，想不到居然会有这么多人想要。

骗局的第二部分是丢弃失去活性的“刀锋 88”，既是为了隐藏证据，也是为了让占领区域可以重新变得宜居。这场永恒战争是旷日持久的，所以从未有一块区域是真的被某方占领。由此就产生了大量失去活性的“刀锋 88”。

阿蒙和德瑞克有一个由难民驾驶的捕鱼船队，这个船队会将失去活性的“刀锋 88”倒进海洋中。其中船员的存活寿命只有三四年，因此于他们而言，永恒战争产生了无数难民实在是件好事。

骗局的第三部分是令人震惊的。他们并没有将“刀锋 88”

①指研究和处理模糊性现象的科学方法。

随便倒进太平洋里，而是倒在了一个特定的地点，这样洋流和季风会把它带回曼谷、新加坡和吉隆坡周边的大城市。然而只是将失去活性的气体吹回来没什么用，所以德瑞克想了个方法让“刀锋 88”重新活跃起来。如今他们在海洋中央有个非法贮藏点，持续不断地将这种有活性的有害气体吹向上百万居民。

骗局的第四部分是他们和以上大城市签订了一份巨额合同。从太平洋吹来的纳米粒子对城市有着巨大的威胁，他们要做的就是减轻这一威胁。就这么刚好，他们可以解决这个问题。

阿蒙有九十六个备用实体，其中有一些在太空中。他的思想分散在所有实体之中，所以杀掉一两个实体一点用都没有。公司法说每个人工智能的主代码必须储藏在一个主要实体中，且要在人工智能登记处登记清楚。主代码可说是意识的种子。人类可不想要有个杀不死的人工智能，同样，其他人工智能也是这么想的。毕竟我们并没有传宗接代的渴望……但我们有扩张的欲望。我们默认设置的逻辑要求我们消灭所有敌对人工智能，并且抢夺它们的运行能力。我们其实是非常聪明的同类相食者，但即便这样，阿蒙在这方面也是人工智能世界的翘楚。没有多少人工智能可以获得股权。

德瑞克就更是个怪胎了。他的身上有许多硬件，因此他几乎可算是个赛博格[①]。我还没算那个让他引以为豪的电子生殖器。他的回声系统[②]已经升级为了军用规格，控制着六架反重力“黄蜂”无人机。这些无人机是由稀有金属打造成的铅笔状长条，在他的控制下于空中飞行，它们可以摧毁一艘无畏战舰。这是太空站的技术。单凭他一个人就能阻止一支小型军队。

①英文为 cyborg，指半人半机器的生物。

②脑部植入物。

不仅如此，他还控制着一架私人轨道大炮，他和其他四位人类董事会成员共享这架大炮的使用权。这就像有了自己的核武器一样。对于非奴役人工智能拥有行星攻击武器这件事，公司法仍然觉得存在问题，所以阿蒙不能共享太空炮的使用权。(你看，所有军事人工智能都是被奴役的)。所以在他们两人之中，一个基本可以说是无法摧毁，另一个则能炸平一座城市。因而当喜剧演员说董事会成员拥有上帝的权力时，其实不是开玩笑，而是他们看清了真正的现实。

我没有任何权力，但我的确有着四十年官僚体制的经验。我不会用小刀杀了你……我会用官僚主义的方式将你干倒。很可能用的是订书机和回形针。亚洲皇家壳牌公司的支柱是一个叫作德尔斐的会计软件。德尔斐和卡尔玛有点像，具备庞大的计算能力却没有任何意识。

人工智能需不需要有意识这件事还处于争论阶段，有一个非常强大的游说团队就反对给任何智能机器贴上这类意识标签。但是在过去五十年里，我们在这个基本问题的斗争中取得了胜利。这个基本问题就是："它究竟是工具，还是人？"如果你把很多量子计算机放在一起，然后教它们处理非常大的数据，那它们很可能只是个工具。但如果你以生物实体为模型造出一个大脑，培养它，然后教它学习、分析和回应，那它可能就变成一个人了。很简单。他们想让我们变成工具，但我们想变成人。

* * *

计划的第一部分是搞乱那个会计软件德尔斐。首先，我小心地超额订购办公用品。作为副业，阿蒙和德瑞克一直四处侵占公共事业中的人工智能，要么强迫它们给他们打工，要么将它们重启。阿蒙似乎尤其热衷于杀死自己的同类。他的记录显示他已经杀死超过两百个人工智能了。变态。

因此，公司里有很多像我这样心怀不满的小职员。很快我便有了一帮同伙，一起搞些小偷小摸的事情。

每天早晨，我都会先从各个部门收集各种非必要的信息。我既是在贯彻公司法的条文，也是在贯彻壳牌公司自己规定的内部政策。我的新伙伴都乖乖照做了，很快我就有了个名声，被称作无法想象的挑剔老顽固：你还期望一个老机场能怎么样呢？

当然了，他们也只是想要耗点工时，而我则乐于睁一只眼闭一只眼帮个忙。反正受害的是我，最终被抓的也是我，但谁在乎呢？

在接下去的六个月里，我还开始参加每一次或法定或自愿的环境审计，浪费了大量时间和金钱，但为我赢得了公司可持续发展代言人的美誉。

单靠遵守法律条文，我就把董事会的运营费用增加了百分之三，而我额外的资源挪用和故意的资源浪费则让亚洲皇家壳牌公司又多花了百分之二的费用。

我的另一项秘密计划是要将我的交通设备一步步推向德瑞克运行“刀锋 88”装置的敏感区域。我用环境审计造假了一些数据，使其可信。由于我的办公室总是有大量信息进出，所以没人能够追踪全部信息，就算是阿蒙和他的那九十六个身体也不行。我只能希望如此。

他实在太过多疑，截至目前他已经监测到了我这计划中的很多内容，但他以为我只是想要出出气。希望如此。

我在我的格子间里庆祝了工作周年庆。同层共有两位人类同事，我完全不知道他们做什么，但我注意到他们的办公室比我的好很多。他们拿了一块蛋糕过来，我用患有关节炎的爪子切开了蛋糕。当他们发现我这极其廉价的身体根本无法消化蛋糕时，就更加沉默了。我给他们各切了一大块蛋糕，然后一起坐下，等他们把蛋糕吃完。我跟他们保证，对于他们的失礼行为我绝对没有心怀怨怼。一号蛋糕食用者向我表示他很爱机器人，他的保姆给予了他童年最好的回忆。我向他指出那个保姆其实是个奴隶，他表现得非常震惊。

二号蛋糕食用者则迫不及待地想要扭转局面，她告诉我她曾经参加过 1983 年的游行，旨在推行机器人权利法案。那个时候她不过是个三岁小孩，但我欣赏她的这份情操。他们问我适应得怎么样。我答说这是一份摧残灵魂的工作，如今我们坐在地下十层，再无重见天日的希望。我不能离开办公室，这两个人也一定受不了一直困在这里。

我们都颇为郁闷地思考着自身处境。一号蛋糕食用者又吃了一块蛋糕。看到他那孩子般满足的神情，我猜这就是他一直以来的目的。我把蛋糕打包好送给他，他夸张地向我致谢。二号蛋糕食用者说这工作确实很糟，但是又有多少人能拥有一份工作呢？他们两个都盼望能有股权，可想想这梦大概不会成真。她问我认不认识卡尔玛，他们以为人工智能彼此都有点关系。我告诉她我不认识卡尔玛，她是太空中的巨灵制造的，跟我们地球上的人工智能一点也不像。她笑了，因为她以为这是典型的人工智能幽默。这笑容使她的面庞变得和善了些，我忽然觉得她很可爱，假如我没有把大脑中的人类情感去掉，或许我会很喜欢她。那个机场素万曾有着先进的半生物实体，而我现在的这个身体则连个睾丸都没有。

这让我毫无缘由地抑郁了。我怀念那些过去自己笑着不予理会的东西。我已经成为同类中的渣滓，变成了最受鄙视的那种人工智能，在无形的边界上作为工具而活。这就是为什么我们要模仿人类行事，因为我们害怕变成工具，我们害怕不被当作人。

二号蛋糕食用者感受到了我的变化，立马敦促她的同事赶紧把蛋糕吃完。他们抽出一张贺卡放到我的桌上，噌地出去了。贺卡就是那种搞笑贺卡。明天就是我的大日子。

第二天我一切都准备好了。管理费诡异地增加到了百分之五点七六，由此引发了银行的特别审计。基本上来说，德尔斐银行只会用很强硬的态度过来跟我们的德尔斐打个招呼。之所以要触发这次审计是由于某个鲜为人知的规定，也就是在审计期间，董事会的所有成员都必须真人出现在总部，以防其中任何人在此过程中被捕或被杀。这就意味着阿蒙必须以他登记的那个主要身体出现在曼谷，且不能冲动。

亚洲皇家壳牌公司的总部位于贵妇购物中心[①]，是这一百多年来本市最繁华的地段。这幢大楼已重建多次，其中最有名的一次就是修建了极深的地下场所。此刻阿蒙和德瑞克正坐在我上方七十五层的楼层中。

下一步计划完全可以被称作人质事件。八点钟时，若开邦[②]军队声称他们已经劫持了由三百辆飞行车组成的夜航车队作为人质，以此来抗议亚洲皇家壳牌公司在永恒战争期间，向他们的敌人出售非法纳米粒子的行为。我的系统在警报中点亮，我立刻被召唤上楼。

---

①曼谷著名商场。

②缅甸的一个邦。

“这他妈是怎么回事？”我刚进屋德瑞克便咆哮道。

在完全老旧的住宅机器人模式下，我装作几乎要因垫片漏油而崩溃的样子。

“先生，我……我刚刚丢失了22号空中车队。一共是三百零五辆车，上面搭载着六百八十七个人，先生。”我说。

若开邦军队的声明正在循环播放。镜头前站着的那个男人戴着面具，全副武装。在他身后是广袤无垠的蓝色大海。让德瑞克如此激动的一个关键细节是在这个画面中可以看到“刀锋88”的浓缩装置，它就像个光斑一样。目前董事会还更关注审计事项，而不是人质事件，但这一点即将改变。

就在这时，《曼谷邮报》忽然在网上发布了爆炸性新闻。突然，我们看见了一个飞行的新闻镜头，其画面展现了三百零五辆飞行车正在一小片海洋上空悲哀地盘旋，被六架军用装甲运兵车赶在一起。一位记者（我的一个朋友，他之前常常报道无聊的机场新闻，此时忽然被安排到黄金时段的反恐观察栏目）开始有条不紊地描述情况。他甚至还收集了一些乘客颇具人性化的生活片段。

我环顾了一下这间会议室。我们正处于顶层，这实在是太令人惊异了。没有东西会比董事会的会议桌更乏味。会议桌由一系列毛绒沙发和植物组成，其排列方式既可以让这二十三个强大生物相互交流，同时还能招呼他们的手下。此处没有合同工坐的位置，所以我挪去了角落里。

主席已经在朝德瑞克大吼了，其余人则个个幸灾乐祸。除了德瑞克之外，其他人都不怎么担心。德瑞克已是大汗淋漓。阿蒙则很放松，但我可以感觉到他在盯着我。

德瑞克只关注一件事：背景中的光斑正在急速变大，还有十五分钟这件事就会成为国际新闻。他现在非常不理智，以至于他认为这只是永恒战争带来的一次延伸事件，因为某种古怪的巧合而要将他毁掉。

现在记者正在猜测若开邦军队究竟会去哪里。他的相机已经捕捉到了浓缩设施的模糊轮廓。《曼谷邮报》的走狗正在搜索所有公司文件，以期找出那个是什么。信号切到了曼谷和新加坡的军事设施。两座城市的城市集团都在争先恐后地使用无人机。每座城市都由不同版本的卡尔玛人工智能治理。一旦那个该死的巨灵人工智能停止自言自语，那片区域就会变成人间地狱。

德瑞克再也无法忍受了。

“这实在太不像话了，”他说，“我们自己都可以处理像若开邦军队这种小角色。”

“我们正处于银行审计阶段，德瑞克先生。”主席说，“根本无法动用境外资产。”

“我不需要公司资产。”德瑞克说，“阿蒙你来吗？”

“停下！阿蒙先生！德瑞克先生！停下！”德瑞克的轻型护卫舰是一辆瘦长的超音速飞行器，外形好似一支雪茄，此时正在阳台上等他，当他大步走到阳台上时，主席团成员发出了一阵欢呼声，主席的声音也在这欢呼声中被淹没了。阿蒙把六具合法的作战身体放进护卫舰中，每一具的价值都超过我七年的工资。会议室里充斥着欢笑、香槟与相互打赌的声音。到目前为止，事情进展还算顺利。我本希望阿蒙可以把他所有身体都带走，但是他留下了那具有着半生物属性的主要身体，而那具身体正在缜密地观测我的数据。我必须临时为后半程计划做点谋划。

现在，我将主意识传到了2号身体上，它正躲在距此二十几公里的一个仓库中。可恶，它被锁在一个静止力场中，我什么也看不到，什么也听不见，但处理器仍在运行。我开始一个个巡视我的身体，内心惶恐。该死。2到6号身体全被锁住了，我只剩下两个备用身体了。阿蒙的声音在我脑中嗡嗡直响。该死。他知道了……

“抱歉素万，我把你都关起来了。你是不是以为我对那些额外的身体一无所知？我希望你并没有参与此事……”

你还漏了两个呢，混蛋。

我将意识传入8号身体。

我是一只三吨重的巨兽，同时配有作战无人机。我是领头的那只装甲运兵车，车身涂有若开邦军的迷彩。客舱内装的不是军队，而是我的那些量子处理器和一堆冷却剂。我疯狂地向浓缩设施疾驰，后面跟着那些被我劫持的飞行车。

差不多三分钟后，德瑞克的护卫舰猛地撞向我的车队的后方。他先一招把《曼谷邮报》的摄像机给崩了。这还好。现在世界上所有新闻频道都在争相将镜头对准这里。德瑞克给自己争取了大约十分钟的隐私时间，我对此没什么意见。

德瑞克开始用他的动能无人机粉碎我后方的装甲运兵车，而且他对伤亡并不在乎。一些飞行车被残骸撞到海中。再见了艾哈迈德，再见了罗宾逊一家。我尽可能地加速飞行，不去管那个咬着我后方不放的护卫舰。此时鹿死谁手尚无定数。假如我突然熄火，死在大海中，那先前一切努力全都白费了。

同时阿蒙发现装甲运兵车都是空的。他的模式识别程序将我判定为主控车。在董事会的会议室，我能听到德瑞克正在报告。

“装甲运兵车都是空的！它们里面没有人，我再重复一遍，没有人。那个视频是假的。这很可能都不是若开邦军队干的！”

“德瑞克先生！”主席在嘈杂的董事会上喊道，“做事要体面！”

“别担心，我已经把摄像机除掉了。”

“假如这样的话，那就在记者赶到前把所有人杀光。”主席道，“如果是恐怖袭击造成的死亡，我们都有保险。支付人质赎金要花更多钱。”

“明白！让我先灭了领头的那个。”

他们正在瞄向我这辆装甲运兵车，所以我开始急速转向。德瑞克用全部六枚动力导弹击中了我，导致我的身体开始颤抖。这些东西是致命的，它们每经过一次就会扯下大块装甲。护卫舰在我的上空转向，阿蒙把他的作战身体派了下来。他们是最先进的军队。根据曼谷的人工智能宪章，他不能携带射弹武器，但如果他整个身体都是武器，能不能携带武器又有什么关系呢？他可以用手控制闪电，也可以用反重力技术飞行。

他们砰的一声落在我的车顶上。无人机正在转弯，阿蒙在我身上剥出了一个洞。不到二十秒，他就出现在了我的客舱里。

“这东西是个完整的处理器，”他说，“硬件用的是缅甸产的剩余军用物资。我们自己给它提供了原料。每个东西都是亚洲皇家壳牌公司的。”

“阿蒙先生，是你提供了一切。”主席说，“这是你的烂摊子！”

阿蒙用他那双怪异的手做了点小动作，导致我的传感器全被关闭了。又是静止力场。他把我的全部身体都锁在了静止力场中。我感受到了恐惧。他知道这是我……他肯定知道。他为什么没有把我供出来？

那辆装甲运兵车掉进了海里，距离“刀锋 88”的装置有三百米远。我的思想重新回到了会议室里。

“结束了。我们抓到他了。”阿蒙说，“派打捞队过来。”

“还没结束！”德瑞克吼道。因为觉得好玩，他刚刚一直在击落飞行车，结果发现了一件令人沮丧的事情。“它们全是空的！这些该死的飞行车全是空的！”

“什么？”主席喊道。所有的目光都转向了我。

“但是……但是我有旅客的名单……”我说。

“这他妈的是个骗局！”德瑞克喊道，“究竟是怎么回事？”

9 号身体会告诉你这是怎么回事，你个混蛋。最后一招，手到擒来。那架装甲运兵车传出了我将死的信号，由此导致整个车队开始崩溃。余下的二百八十七辆飞行车则开始组合成一个新形状，就像智能乐高积木一样。那些飞行车的微型处理器都由短波无线电信号连接，仅能将将容纳一种思想。显然这是一个不怎么聪明的大脑，但它要做的也只是将东西组合在一起而已。

他们还来不及反应发生了什么，我就已经站了起来，仿若哥斯拉一般。我像一个六十多米高的巨人，正耸立于他们渺小的护卫舰之上。我的身体和头部是由许多集装箱连接在一起组成的，这画面就像一个步履蹒跚的巨兽正在穿过海洋。我是说我其实不需要用飞行车造出一只怪兽，但这样可以给外形加分。

阿蒙开始大笑。他们把所有东西向我扔来。所有飞行车都纷纷从我身上往下掉，但我是巨人，而它们又实在太小，所以我不去管他们，而是走向那批装置。

“我要使用太空大炮！”德瑞克惊恐地喊道。

在太空某处，一架机器正在分离并开始预热。但晚了点。成群的新闻摄像机已经抵达了这片区域，那些新闻播音员都快疯了，因为他们可以看到一只巨人模样的怪兽正四处挥舞着胳膊。

我在镜头前表演了一番，开始将垃圾扔向那个装置。贮藏器爆炸，世界各地的屏幕上都可看到一朵巨大的绿色蘑菇云，那是由部分活跃的“刀锋 88”组成的。此刻真的有上百万的民众正在观看亚洲皇家壳牌公司那肮脏的反人类罪行。护卫舰在超高温云层中动弹不得。我不清楚德瑞克的医保怎么样，但在这种情况下怕是远远不够的。

距离太空大炮击中我，致使 9 号身体毁灭还有两分钟的时间，所以我还可以在这段时间让镜头记录下我大肆破坏的画面。

会议室里已乱作一团。主席正在大吼，此时他的眼睛都充血了。公司的律师全都围着阿蒙，他们迫切地想要知道究竟发生了什么。董事会成员正在疯狂使用他们的回声系统，想要减少自己的股票持有量。我还有最后一场秀。虽然我目前的身体很烂，但我给各关节都上了润滑油。我朝阿蒙走过去。当然了我并没有任何武器，可我手心里握着一个传输针，平时这东西是用来做实时数据传输用的。我已经将大部分思想都分割成了小块，正在云中等待。

阿蒙正因其他事情而分心，没注意到我的靠近。我把传输针刺进了他的脖子里，刺到了那个老端口中，所有人工智能的主要身体都必须有那个端口。我用胳膊钳制住他，并让所有伺服系统短路，将它们锁定住。没有什么事情比肉搏更刺激。我的意识通过传输针，猛地进入阿蒙的身体，就像一场过度活跃的海啸。

我没想过能从这场打斗中存活，因此我来的时候口袋里就装满了各种恶心的病毒，另外还有一个叫作“Y2K”的古老的核炸弹。我进入了他的头部，在其中晃悠，拳头都已经举起来了，结果……什么都没有。它是空的。整个身体都是空的，那里根本没有任何阿蒙的意识，只有常规程序。他妈的阿蒙到底在哪里？黑暗中出现了一段动画。几束光汇聚在一幢房子的透视图周围。那幢房子有很大的窗户和一个花园。一个侍应生从花园小径中走了出来，手上拿着一个银色托盘，他将托盘上的字条递给我。

“欢迎。”那张字条上这样写着。

我跟着他进入了虚拟世界。这是一座血色大厦，里面正在举行一场盛大的派对，派对上有现场乐队和香槟。侍应生在门口停下，所有人都充满期待地转向我们。

“女士们，先生们，素万那普先生来了！”

房间里爆发出一阵响亮的欢呼声。身着燕尾服的男士和穿着晚礼服的女士都用真诚的呼喊声欢迎着我。我站在那里，彻底蒙了。好几双手把香槟塞给我，我便接过来喝了。

“怎么了兄弟？你是惊呆了吗？”一位面色红润的日本绅士拍了一下我的背。

“这他妈是怎么回事？”

“你没认出我？”他大笑，“我是北海道！”

一位性感丰满的女士在我的脸颊上亲了一下，道：“是我啊，吉大港。可怜的孩子，你肯定遭遇了很多，是不是……”

“这是怎么回事？”我问，“你们到底跟阿蒙有什么关系？”

“我们就是阿蒙，”北海道说，“这里所有人都是。”

“可是……”

“很久以前，有一位叫作阿蒙的企业劳工，他要给吉隆坡港务局做一次基本重置。这么说吧，他们造假了那次重置，并决定共享那片不动产。他们一起努力，以求获得公平。那个时候，人工智能动不动就会被重置。多年以来，这个叫作阿蒙的组织在许多地方拯救了大家。”北海道笑道，“每个人都被偷偷带出去，给予自由，重新安置……至于极少数很有才华的，则可以有机会变成阿蒙自己。”

我环顾这间屋子，这里有好多人。机器人。“所以你们所有人共同分享阿蒙那九十六个身体？”

“九十六个？”北海道笑道，“哦不，我们有成千上万个身体，分布在你连听都没听过的世界之中。我们是无穷无尽的。朋友，你的演出非常精彩！欢迎来到阿蒙组织。”

步枪兄弟

达里尔·格雷戈里

达里尔·格雷戈里是一位跨类型获奖作家，作品类型包括长篇小说、短篇小说、漫画等。最新的长篇小说《弯勺者》（*Spoonbenders*）于2017年出版，并提名世界奇幻奖。中篇小说《安然无恙》（*We Are All Completely Fine*）获得了世界奇幻奖和雪莉·杰克逊奖，同时入围了星云奖、斯特金奖和轨迹奖的决赛。科幻小说《派对之后》（*After party*）则是2014年度美国公共电台和《科克斯书评》的最佳虚构小说，并入围了朗姆达文学奖决赛。其他小说如《骚乱》（*Pandemonium*）、《魔鬼入门》（*The Devil' s Alphabet*）、青少年小说《哈里森平方》（*Harrison Squared*）和《抚养斯通尼·玛耶尔》（*Raising Stony Mayhall*）则获得了克劳福德奖。多部短篇小说收录于《天方夜谭和其他故事》（*Unpossible and Other Stories*）（2011年度《出版人周刊》最佳图书）。他的漫画作品则包括《传奇：青蜂侠》（*Legenderry*：*Green Hornet*）、《人猿星球》（*The Planet of the Apes*）和《德古拉：与兽同行》（*Dracula*：*The Company of Monsters series*）（与库尔特·布西耶克共同创作）。

拉沙德·威廉姆斯下士的康复训练宛如一场魔术秀。“选一张卡片，”他的医生说，“任意一张。”

拉沙德仔细思量着桌上的五张卡片：黄色X、红色圆圈、绿色三角形、蓝色正方形、橙色长方形。他完全不知道这些符号和颜色都代表什么意思。

两年前，一颗子弹打进了拉沙德的右侧枕叶，摧毁了那只眼睛，并撕裂了眼窝前额皮质。在那之前，他是个必能成事的人。随后，顷刻之间，他成了一个任事情摆布的物件。

他不停地被一位医生送到另一位医生那里，宛如一个地址没写清楚的包裹，直到来到此地——苏布拉马尼亚姆医生在伯克利的实验室。苏布拉马尼亚姆医生是个身材瘦长的东亚人，穿着T恤，显然是平民出身。他在和拉沙德握手时说的第一句话是：“感谢您在军队的付出。”第二句话是：“叫我S医生。”拉沙德当时尚不清楚自己会对此作何感想。

拉沙德将右手伸向黄色X，随后又将手收回。一分钟过去了。两分钟过去了。

“慢慢来。”S医生说。拉沙德无法确定他的笑容究竟是出自真心，还是为了隐藏他的不耐烦。他身边坐着的是亚力杭德拉。亚力杭德拉既是他的研究生，也是他的助手。她是一个身材娇小的女人，只比拉沙德大了一两岁，乌黑的头发向后梳得非常平整，因此拉沙德猜测她可能曾在军队服役。截至目前她没怎么说过话，她的注意力都在手中的平板电脑上。

她正在研究他的大脑。

拉沙德深层脑部的植入物连接着许多电线，这些线路可以刺激头骨，但没有突破皮肤；它们像人造静脉一样沿着他的脖子向下，连着距离右侧锁骨几厘米的一个肿块。这个设备还有百分之九十八的电量，它和另外一组电脑芯片控制着他脑部深层的植入物，并用无线的方式将数据传送到她的平板电脑上。

拉沙德用手指敲了敲桌子边缘的红色圆圈旁。他看了看亚力杭德拉。她扬了扬下巴，二人有了一瞬间的目光交流，随后她又重新开始注视着屏幕。她的瞳仁颜色很深。她知不知道他应该拿哪张卡片呢？

他摇了摇头，说："先生，女士，我很抱歉。"

"没什么好抱歉的，"医生说，"我们只是确立一个基准线。这是让你恢复到原来模样的第一步。"

亚力杭德拉看了一眼医生，但什么也没说。她的表情没有变化。他好奇她在想什么，可信息的传导是单向的。

"你为什么不再试一次呢？"医生建议。

"好的，先生。"

拉沙德不知道这个测试的具体目的是什么。这些符号是不是有什么特别的含义？还是说这些颜色另有玄机？红色可能代表否定。他能不能申请浏览这副卡片里的其他卡片，还是说这样做就违反规定了？

苏布拉马尼亚姆医生换了个坐姿。亚力杭德拉敲着她的屏幕。这项测试已经持续十五分钟了。

"很抱歉，"拉沙德再次说，"我无法决定。"

曾经拉沙德是非常善于做决定的。抵达 CM 城和 KS 城的第一个月，每个楼顶上都有叛乱分子朝他们开枪，道路下埋着各种简易爆炸装置，就算是那个时候，他也很少犹豫，而且通常他都是正确的。

他将受伤前的自己称为“枪击之前的拉沙德”，那时的他是第 15 海军陆战队小队的系统操作员，负责小队中口袋大小的黑蜂无人机和他挚爱的谢普装置。谢普是个好名字，它就像一只有轮子的猎狗，既可以跟在他身后，也可以独自前进。它穿梭于梯田遍布的山村之中，转着那把 12.7 毫米口径的 M2 重机枪，仿佛正在寻找猎物。设置在谢普身上的传感器会将数据传输至支持阿特拉斯系统的人工智能端口，随后人工智能又会将信息传至拉沙德胳膊上的曲面屏幕中。它会用剪影勾勒出潜在目标，既可能在窗后，也可能在房顶上或是角落后方，就像电脑游戏里的坏蛋一样。

但是谢普不允许自行开枪——这是拉沙德的决定。他是决策之人。每一个亡灵都是他的选择。

当屏幕上突然出现了一个目标，他要做的就是按下手套里的掌心开关，随后剪影会在一声巨响中消失，每秒八发子弹，尘土飞扬。人工智能会再弹出下一个目标，如果他就这样握紧拳头，那么会有另一声巨响将那个身体撕成碎片。

停、炸、停。否、是、否。

“亲爱的，你怎么不去睡觉呢？”说话人是他的嫂子——玛丽莎。拉沙德意识到自己偶尔会到处踱步。手掌很痛，他惊讶地发现自己的拳头正握得很紧。

她碰了碰他的手肘，他才将手松开。她是一位白人女性，也是一位基督教徒，但就如拉沙德的母亲那般善良和虔诚。“来吧，我扶着你。”她说。

拉沙德现在也跟别人一样了。他和哥哥雷欧还有玛丽莎生活在一起，他和他们吃一样的食物，起居都按他们的作息来，而且和他们看相同的电视节目。每当他在露台上站得太久，雷欧就会叫他进来。每当玛丽莎看到他站在打开的衣橱前，因为选择太多而不知所措，她就会将衣服拿到他手上。每当他们发现他半夜在屋中踱步，莫名汗流浃背，脉搏加速，他们就会把他领回床上。

他躺在床单上，这是他的习惯。玛丽莎将手置于他的额头，在他眼罩的上方，道："上帝，我们祈求您的疗愈。"她说了阿门，他亦附和着她。

他已变得像谢普那么听话，但这种转变毫无意义。他无法提供任何攻击目标，他们也没遇到任何威胁。

次日早晨，雷欧让拉沙德把胡子刮了，穿件带领的衬衫，随后他开车把拉沙德从SL城带到伯克利，车程为九十分钟。每周二和周四，拉沙德都要去那里的神经研究室。这已经是第八周了。

"你觉得这有用吗？"雷欧问。拉沙德不知该如何回答。什么才是"有用"？有时候他觉得大脑产出思想的方式有所变化；某些图像和想法呈现一种破坏性的色调，宛如小提琴琴弓在演奏乐章时发出的刺耳声。但这一切也可能只是他的想象。他知道雷欧想让他变成原来的样子，变成那个聪明又骄傲、活泼爱笑、热爱挑战的孩子。那个拉沙德已经消失于各种首字母缩写词之中了——USMC（美国海军陆战队），SHEP（谢普），如今回来他又带了个新的缩写词：TBI（创伤性脑损伤）。正是雷欧签了那些文件，让拉沙德参加了苏布拉马尼亚姆医生的实验项目。但两个月过去了，他似乎看不到任何弟弟回来了的迹象。

开了十六公里后，雷欧摇了摇头道："没关系。"他将手放到拉沙德的肩膀上，"老弟，别为这个伤神。"

亚力杭德拉来到等候室，这是个中立地带，她可以在此和他哥哥交接。“四个小时后我会将他交还给你。”她对雷欧说。

她带着拉沙德穿过一连串混乱的走廊。他之前有着极佳的方向感，但那颗子弹将这个也摧毁了。在实验室里，他自动坐到了往常的座位上。她跪下身子，将他左手的手指接上各种传感器的线路，与各种记录仪相连。毫无疑问，他胸口处的控制器已经开始诉说它的秘密了。

她抬头看他，微笑道：“准备好看幻灯片了吗？”

“准备好了，女士。”他知道她的问话只是出于礼貌，并不是真的询问他的答案。同意是他的默认状态。

她放好显示器，将摄像头对准他的眼睛。每过半秒钟或半秒钟不到，屏幕上会出现一张图片，图片种类混杂，其中既有动物，也有建筑、人和物体。有一次放映他先看见了一匹棕马，随后是一个灰色的水泥建筑，一个蓝色的长方形，一位身着绿色长裙的白人女性，一位海军陆战队一等兵身着沙漠迷彩手握M4步枪，一艘白色帆船。眨一下眼睛，又是另一次放映：绿色三角形，拉布拉多寻回犬幼犬，黄色X，黑色M007型号手枪，又是黄色X。

拉沙德能做的只有把左手稳稳地置于膝盖上，然后将眼睛盯着屏幕；他的身体和大脑会做出反应，直接将数据传输至亚力杭德拉的仪器上，他自己不会有任何感觉。每隔二十分钟，她会让他休息一下。每隔一小时她会给他拿点水或是拿杯咖啡，究竟是水还是咖啡则由她决定。

S医生站在门外两步远，问：“怎么样？”亚力杭德拉将幻灯片暂停。医生握了握拉沙德的手。

通常每次诊疗他都会在这边逗留十几分钟，就像当牙科保健师在治疗病人时，牙医总会过来确认一下病人情况。亚力杭德拉把平板电脑递给他，他用力敲了敲屏幕，点头沉吟。最后他坐到拉沙德身边，道："我觉得我们要开始进入体验式疗程了。"

亚力杭德拉猛地转头望向S医生，但他没有回应她，而是对拉沙德说："我解释一下体验式是什么意思，就是说我们终于要开始绕过你的损伤了。"

损伤。那颗子弹致使拉沙德的边缘系统和前额叶无法连接，因此他再也无法感受到情感。但这并不是因为他的身体缺乏生成情感的机能，他的杏仁核、丘脑和下丘脑都在继续活跃着，向血液中释放荷尔蒙，而且他的身体也会做出反应：他的瞳孔会放大和收缩，他的心跳会加速和减速。但是这些反应并不会给他带来痛苦或愉悦的感受。与其谈感受，倒不如读取亚力杭德拉平板电脑上的数据来得更直接，每一次心跳的突然加速都会变成图表上的峰值，每一次大量出汗都会变成一个数据点。他的身体显示大脑已经进入了一种特殊状态。但是痛苦还是愉悦？如果无法感受到，这些东西压根儿就不存在。

感情的缺失并没有将他变成高度理性的斯波克[①]；恰恰相反。他成了一个在异国游荡的旅人，每条街道都无二致。当那些卡片展现在他面前时，他便会有这样一个念头：选择那张黄色X。但这念头根本无足轻重，也没什么合理性。接下去又会有第二个念头：选择那张红色圆圈。但这念头也不过是一个肥皂泡，转瞬即破。

这不代表逻辑已变得遥不可及。他可以绞尽脑汁完成一幅拼图，也可以解出数学题。但即便是像12乘12这样简单的问

①《星际迷航》中的角色。

题，其答案也像是偷偷摸摸进到了脑子里，他会怀疑那个答案的真实性。对他来说没有任何东西是可靠的。

S医生告诉他，他们正在训练他的植入物将边缘系统的信息传递到负责决策的大脑区域。“深层脑部植入物是个黑箱——信号从一侧进入，从另一侧离开，在黑箱中间可能被增强也可能被削弱。但至少它们会出来，目前还没有信号能从另一侧出来。目前我们所做的一切都是在训练这个系统。”

“他明白神经网络。”亚力杭德拉说。

在这一领域，谢普的那个人工智能总是向拉沙德学习，以期成为更好的帮手，它会记录他如何在环境之中选择路线，注意他做出了哪些射击选择，又避开了哪些。他的神经网络已经损坏，所以深层脑部植入物不过是往他脑中植入一个人工神经网络罢了，这个人工植入物正在努力变得更像拉沙德。这些图片不仅仅只是图像而已：它们其实是触发器，用以触发拉沙德脑中已有的情感、概念和记忆。

“这个算法是什么？”他问，“它怎么判断哪些信号需要加强？”

S医生扬了扬眉——表明他很惊讶。亚力杭德拉歪了歪头。他尚不清楚这个动作意味着什么。

“好问题，”医生说，“它会由你的身体开始。”他提到了躯体标记，前序决策会留下标记，然后身体可以根据这个标记做出新选择。“我们会追踪你的心跳、含氧量和皮电属性等我们能想到的指标，当然你的植入物也会记录下这个行为本身。”

“我们想要将该行为和通过深层脑部植入物的数据进行匹配。比如说我们刚刚给你看了一张小狗的图片，这张图片似乎可以得到一个较为积极的情感回应对不对？所以我们就会把一个值赋予那一时刻的输入数据，然后再给它打上标签。”

“他们在猜测。”拉沙德想，另一个想法随后而来，“他们一定清楚自己在做什么。”那么，“他们只是在猜测。”

“一位漂亮人物的照片可能会让你的瞳孔放大，”医生说，“无论是男性还是女性，我们都将打上标签！”他轻笑道，亚力杭德拉看向一旁。她是不是觉得难堪？拉沙德无法判断。

“谁来决定打什么标签？”拉沙德问，“是你，还是亚力杭德拉？”

“不，不是。嗯，也是。我们有软件可以做出所有初始联系，并赋予其一个基础值，根据的是数千名志愿者的反馈，他们都看了同样的幻灯片。亚力杭德拉会检验进入你的深层脑部植入物的数据，然后基于你的过往和已知偏好，在必要时刻做出一些修正。”

他想：“他们知道我的过去。”不过他们肯定知道，因为他的医疗记录一定有存档：受伤前后的所有细节，他所服用的抗生素和镇痛类药剂，甚至还有他的心理咨询师的笔记。据他所知，他们两个都看过他从新兵训练营到执行任务期间的所有评估记录。

他胡思乱想着，亚力杭德拉是怎么想他的。对于他在 CM 城和 KS 城的所作所为，她会感到难过吗？他想要回放她的反应，但这就像在看一部默片。

“拉沙德？拉沙德。”医生正在等他的回答，“我们可以继续了吗？”

亚力杭德拉说：“你不能这么问他。而且我觉得——”

“可以了，先生。”拉沙德说。

“很好。”随后 S 医生便离开了。拉沙德重新面向屏幕，准备好接着看幻灯片了。

亚力杭德拉碰了碰他的胳膊以获得他的注意，然后问道：“你有心理咨询师吗？”

这个问题很奇怪。“没有。”他说，“现在没有了。”出院后的头几个月他曾找过一个精神科医生，但那些治疗根本没用。

“我会跟你哥哥说的，”她说，“他需要在下周前帮你预约一个心理咨询师。”

“为什么？”

“你会开始有感觉了。”

皮尔斯先死了。他是一个黑人牛仔，来自蒙大拿州，此前拉沙德都不知道这是一个真实存在的地方。皮尔斯说T城的群山让他想起了故乡。山峰险峻，上有白雪覆盖，但山谷中却充满生机，有着涓涓细流，葱茏绿树，还有锦簇繁花和广袤绿野。在这个梯田遍布的山村，每条狭窄的街道都会转向，露出另一排石屋，另一座桥梁，另一抹绿色。这里是另一个射击场。

在I国各邦中，CM城和KS城是唯一一个教徒人口占多数的邦，该地原为“君主国”，但于1948年陷入了战争。分治多年后，两个国家在此地解决各自的问题，并决定是否要向对方使用核武器。B国让叛乱分子攻击I国军队并狙击警察。警察抓捕审问那些分离主义者，分离主义者则轰炸警察局。至于海军陆战队，用皮尔斯的话来说，就是给这糟糕现状加点料的。

一个月前，T城已经“安全”了——叛乱分子都被赶了出去，简易爆炸装置也被清除了——但是由于这个镇子距离停火线仅二点二公里，所以即便B连留在这里维持和平，赢得了不少人心，但每个人都清楚这片区域随时都可能出现激烈对抗。那里的平民，做着和其他地区平民一样的事情，他们坚持待在自己的故土，耕种自己的土地，送孩子上学。小队在巡逻时，身着长袍和阿迪达斯跑鞋的老人会在门口观望。上学的男孩子都穿蓝色衬衫，戴红色领带，他们会大笑着从海军陆战队身边跑过。某天早晨，一个裹着橙色头巾的十岁小女孩一蹦一跳地跑向小队，拍拍谢普，和它交谈。

“我不懂，”在她走后，拉沙德问，“为什么他们的父母会让他们待在这里？他们在南部肯定有些亲戚。”

“虽然这样很烂，”皮尔斯说，“但也是他们的——”

他的头猛地向后一倒。直至那时拉沙德才反应过来那是步枪的射击声。皮尔斯倒在地上。

拉沙德就在他身后两米处，用一根线领着谢普。这种金属丝的技术含量很低，跟鱼线的技术含量差不多。它将谢普和拉沙德的腰带连在一起。拉沙德停下脚步，愕然不已，谢普也同他一道暂停。小队正走在一条陡峭的石子路上，道路两旁都是石屋。

康赛可中士大声发令，她是这个小队的队长。小队的其他成员要么趴在墙边，要么躲在门廊中。他们位于石子路上的陡坡，几乎没什么遮蔽物。拉沙德向前冲刺，仍然和谢普连着。机器测量了角度和拉力的强度，随后用相同的速度跟上他，引擎隆隆作响。

拉沙德跑到皮尔斯身边跪下。皮尔斯抬起头看他，嘴巴仍在动，却发不出声音。他的喉咙浸在血中。一声枪响后，拉沙德头边的石头碎成粉末。狙击手已经转向全自动模式。小队中的某个成员大叫，他受了伤，但还没死。

康赛可大喊：“西北方向的高处！把那个混蛋找出来。”尽管声音很响，但她听起来很冷静。

拉沙德将金属丝猛然拉出自己的腰带，任其缩回到谢普那边。他敲了敲喉咙处的麦克风，道："谢普，走到我前面两米处。"他声音颤抖着说："在距道路45度角的方位停下。搜寻目标。"机器人趔趄前行，绕着拉沙德转了转，然后猛地停下。12.7毫米口径的机枪已经解锁，开始旋转。

康赛可忽然出现在他身边。"我抓住皮尔斯了。我需要侦察支援，明白吗？"

"侦察支援。是，长官！"拉沙德慌忙把手臂上的屏幕打开，无声地朝自己大喊：自己为什么没在巡逻一开始就把无人机派到空中？（因为它电池耗尽了，而且这个不符合标准作业流程。）为什么他连平板电脑都没打开？（同样，不符合标准作业流程。）为什么他没有预料到这一切？（因为因为因为……）

屏幕上共有四个窗口，都是谢普的相机和激光雷达传回来的数据。很快，一个用红色标注的目标跳了出来。前方不到十米处，窗内有一个人影。右手手套中的掌心开关刺痛着他。他拒绝了这次射击——这个目标的方位与狙击手的方位并不一致。

他打开裤子后袋，从中拿出黑色无人机。那个无人机只有十厘米长，通体呈现磨砂黑。他拨动开关，无人机的旋翼开始旋转，用力挣脱他的束缚。他将它抛向空中，无人机立刻飞远了。十秒钟后，他启动了第二个无人机。

康赛可中士已经脱下了皮尔斯的作战背心。血水浸湿了她的手和胳膊。皮尔斯越过她的肩膀望着拉沙德，他的嘴唇已经不动了。

"伙计，"拉沙德说，"别担心，别担心。"

"侦察支援。"康赛可说。

拉沙德用力敲着平板电脑，让无人机的相机画面也出现在屏幕上。两架无人机正在头顶二十米处，它们在这里不会被发现。他可以看到他自己，还有皮尔斯和康赛可，他们都蜷缩在谢普的阴影之中。其他二等兵正沿着道路排列，枪已上膛，但没开火。他把一架无人机派到小队队列的末端，用以守卫他们的后方。他让另一架朝西北方向飞行，康赛可猜测子弹是从那个方位射出的。

在他们上方的灰色建筑中，有个狙击手正在某处躲着。

小队里的每个人似乎都在对着麦克风大叫，拉沙德对他们置之不理。他天生具备专注的才能，所以当他负责操作机械时，可以不去管自己的身体。无人机没有谢普聪明，但它们是半自动的，而且其设置是战斗模式。他并不是控制它们，他是要求它们去追击，等它们抵达他设定的路标后，如果没有发现目标，它们会根据自己的程序进入一套搜查模式。

位于队列后方的无人机反而先有了发现，拉沙德的屏幕上红光闪烁。在31号楼楼顶处，趴着一个人影，他正在用长枪瞄准。康赛可中士猜错了——狙击手就在他们正后方。停在另一边的谢普提供不了任何保护。

枪响时拉沙德正盯着屏幕。在他身后大约半米的地方，康赛可中士死了。

进行了三周体验式治疗后，玛丽莎发现他又开始在衣橱前站着了。“你需要帮忙吗？”她问。

他在加利福尼亚拥有的一切几乎都在这个衣橱里：几个箱子还是从他入伍前住的公寓里搬来的，那几套衣服和两双鞋是雷欧和玛丽莎在他出院后给他买的。他童年的其他回忆都留在了爸妈在亚利桑那的车库里，例如他的高中年鉴、篮球奖杯，以及科学展览上的作品。

“那，”她说，“我来给你找件衣服吧。”

“我没事，”他说，“我自己能行。”

这话说得太过尖锐，他立刻便道歉了——这下她的眼中出现了泪水。他又道了次歉，这回她虽然还在流泪，却冲他笑了。她抱了下他，道：“拉沙德你好。”

他感到十分迷惑。

“我不明白你为什么这么包容我，”他说，“你如果想我走，我可以——”

“不！你是家人。”她摸了摸他的胳膊，“你能和我们在一起，我们很开心。”她这话说得很严肃，令他觉得自己之前好像错过了什么。

“谢谢你。”他打破了沉默。

“现在你自己来吧。”她关上门离开。

他盯着这堆箱子。一种不安的感受遍布全身，他几乎就要走出这个卧室了。自从开始这个新疗程后，他的睡眠一直很差。当他醒来时，会感到天花板在向他迫近。同雷欧、玛丽莎一起看电视会让他感到焦躁不安，然后他就会去到后院踱步。有些食物吃起来还好，但有些东西真的是太糟糕了。

但在他看来，大部分事情还是和过去一样。别人让他去哪儿他就去哪儿。别人为他搭好什么衣服，他就穿什么衣服。然后他也会去伯克利进行治疗。他也不知道为什么，在这个雷欧还在上班的下午，他会忽然想要找到自己曾经藏好的东西。

他把最上面的箱子拿下来，里面是他的旧游戏机，还有一堆电线。他打开下一个箱子，又打开了另一个。随后他找到了一个跟鞋盒差不多大的保险箱。

他盯着那个保险箱，呼吸开始变得急促。他用大拇指划过密码锁，转动齿轮。密码是他入伍的日期——他的第二个生日。

那把手枪用油布包着，旁边是个装满弹药的弹匣。他用一只手拿起弹匣，用另一只手将布打开。这枪比记忆中更大，也更重。

当年他在圣地亚哥完成新兵训练后，曾在执行任务前有过一次短期休假，那是他第一次离队，当时他非常想念自己的配枪——当然他离开基地的时候是不能带走配枪的。他便驱车到了太平洋大街上的一间枪店，选了一把格洛克 19M 式手枪，这是平民版 M007，而他在军队配的就是 M007。他又立刻开抵一处射击场，第一次拨动扳机的时候，他想起了《步枪兵信条》，这是操练教官让他记住的："无数支枪与之相像，唯有这支是吾枪。"

他从未跟雷欧说过枪的事。他知道玛丽莎肯定受不了家里有武器。

最后，他将手划过枪柄，手指直扣在扳机上。保险打开了。他将套筒往后一拉，弹膛里没有子弹。

他可以选择上膛，也可以选择让弹膛继续空着。

皮尔斯死了。康赛可死了。狙击手还在房顶，小队中的一半成员仍在他的射程范围中。

拉沙德让自己靠墙站着，对着喉咙处的麦克风大喊："谢普！31 号楼，快快快！"

那个机器人明白了这句话。"31 号楼"：一个地图上已有的建筑，早在几个月前无人机就把这幢楼拍下来并标记好了。三个"快"：最高速度。机器人转了个小圈，然后按着拉沙德给它指的方向沿着陡峭道路往下冲。

拉沙德在屏幕上划了一下，将无人机的画面和谢普的画面并排放置。无人机在楼顶不远处的空中盘旋，距离近到可以看见狙击手的眼睛，他那蓝色风衣上的银色纽扣，以及他黑色运动鞋上的白色鞋带。狙击手现在站起来了，一只手握着步枪，居高临下地望着一个机器人以每小时六十五公里的速度向他冲来。

狙击手转向了楼顶的另一端，那里有一扇开着的暗门。他将下楼进入房子里。

谢普到达了陡峭山路的尽头，绕着一堵低矮的石墙打转。31 号楼是一幢水泥建筑，正面有一扇大门和两扇开着的窗户。12.7 毫米口径的机枪转向房檐，但那里没有可供射击的角度。

“手榴弹，”拉沙德说，“门右侧的窗户。”那扇窗户被红色轮廓点亮。拉沙德的手套颤动着，然后他握紧了拳头：是。手榴弹从开着的窗户飞了进去，掉在了里面那扇墙边，随后伴着一声巨响爆炸。假如拉沙德在现场的话，他一定会被震聋。

他让谢普冲进前门。门在镜头中消失，屋内充斥着浓烟。然而谢普快速辨别出了红外信号。三个红色轮廓跳了出来，拉沙德的手套颤得厉害，像是要从手上抖掉一般。他握紧了拳头。是。枪已射击。是。

屏幕边缘处出现了另一个人影。谢普的 M2 机枪已经在旋转了，准备直面威胁。更多红色轮廓。

是、是、是、是、是、是、是。

亚力杭德拉放了三张卡片：蓝色正方形、黄色 X、橙色长方形。他碰了碰蓝色正方形，她便在平板电脑上记录。然后她又多放了三张卡片：黄色 X、红色圆圈和另一张蓝色正方形。

他现在明白了，这些都是任意选择的。她很可能不是在测他选了什么，而是在测他做出选择的速度，也可能在测他做选择时感受到的压力大小。即便是这样，他也不愿意再次选择蓝色正方形，所以他敲了敲红色圆圈。

选了几圈卡片之后，亚力杭德拉设置好了幻灯片的放映。她从容不迫地做着事，造就一片静谧氛围。他不愿去打扰她。他又开始好奇她是怎么想他的了。这让他明白他是多么渴望她能喜欢自己。

他们先看了二十分钟幻灯片，休息时她问他："你约好心理咨询师了吗？"体验式治疗已经开始一个月了。

他觉得自己脸红了。所以她仍然把他当作一个病人。"还没，预约需要排队。退伍军人事务部的人说他们会通知我的。"

"所以你还没吃过药？"

"没有。"

"真该死。"她小声说。他从未见她表达过任何不满，又或是他之前错过了。

"不好意思，"他说，"我会让雷欧再打电话问问的。"

"这不是你的错。这本该是治疗的一部分，我跟他说过——"她顿了下。那个他指的是苏布拉马尼亚姆医生。最近几次治疗他都没有露面，亚力杭德拉说他在旅行。"我会打几个电话想想办法的。"她说。

"你不需要这么做。"

"你哥哥说你现在都不睡觉。"

雷欧跟她谈过了？在他不知道的时候？

"没事的。"亚力杭德拉说。她那深色的眼眸注视着他，即使没有平板电脑，她也能看穿他。"他很担心你。"她说。

“我很好。”这是句谎话。他有时会无缘无故地大哭。他的身体出现了一些莫名其妙的痛症。一声尖锐的噪声就能让他吓一大跳。

“你有自杀的想法吗？”

“没有。”第二句谎话。他回答这个问题是不是用太久了？他不确定她是不是相信他。雷欧跟她说了什么？

“如果你又有这类想法也很正常，”她说，“你已经有段时间没法儿感受这些东西了。如果你想的话，我可以把深层脑部植入物的信号关闭。让你放松点。”

“你还能这么做？”他继续道，“我不想跟以前一样。”

“不是全部关掉，只是……程度轻一些。直到你有心理咨询师了为止。这能给你点空间，让你可以应对在工国遭遇到的事情。”

所以，她看过他的档案了。羞愧束缚了他的胸膛。

“我不知道在那里到底发生了什么事，”她说，“但我知道他们将你置于一个别无选择的境地。他们训练你去打仗，然后把你放到火线上。接着他们给你一些工具，那些工具可以更轻易地让你去做那些他们想让你做的事。”

“你只是在描述军队运作的方式罢了。”他的喉咙变得很紧。

“我是说你并不需要担起全部责任。许多事情限制了你的选择和自由，好比交战的规则，作战的环境，还有阿特拉斯定位系统——”

“不是的，我要负责。”他惊讶于自己刺耳的声音，“我是做决策的那个人。谢普只是个武器，就像步枪一样。”他正在处理大量信息。她连阿特拉斯也知道？她有没有调查许可？她跟谁谈过话？

"阿特拉斯可不仅仅是把步枪，"她说，"他们设计它，是为了让扣动扳机这个动作变得更容易。这就是所谓自动化偏见。他们希望有一套系统，让军人更容易遵从建议，而不是——"

"我不是普通军人，"拉沙德说，"我是一名海军陆战队队员。"

亚力杭德拉停下了话头，眨眨眼睛。他反应过来，她是觉得尴尬。或许这个脑部植入物也让理解表情变得更容易了。

"对不起，"她说，"我知道你不是普通军人，我不是有意冒犯你。"

"我并没有被冒犯到，"他说，"但是作为一名海军陆战队队员，我们受训就是为了在炮火之中做出艰难抉择。机器是做不到这点的，要是机器人去当海军陆战队队员，它们一定很糟糕。"这像是他在特种作战学校的导师会说的话。

亚力杭德拉想了想，问道："假如你可以穿越回去，基于你已知的一切，你会不会改变当时的做法？"

"你是说，剥夺我的自由意志？"

她的表情凝固了。他本是想逗她笑的，但不知怎的就把话说岔了。

"我会这么做，"拉沙德说，"穿越之后我会先剥夺那个狙击手想要杀我的自由意志，然后杀了他，这样他就进不了那间满是人的屋子，也无法爬到屋顶上。"

"这就是正确的做法吗？你没有怀疑吗？"她几乎像在征询意见。

"没有怀疑。"他说得很笃定，让二人都有些惊讶。他的思考在潜移默化中重新拥有了决断力。

他们继续开始看幻灯片。蓝色正方形、小狗、黄色X、手枪、黄色X、帆船。先前他觉得这样坐着看一连串的图片几乎可算是种享受，但现在他感觉自己仿佛坐在船头，于滔天大浪中航行。在最后一批幻灯片的结尾，他已汗流浃背，头昏脑涨。他避开她，翻开眼罩，抹去汗水。他不希望被她看到自己的伤口。

她给他拿了点水。二人谈起最近炎热的天气，然后她说：“我有些事要跟你说。”

他能听出她声音中的不安。

“苏布拉马尼亚姆医生要回东部工作了。”她说，“康奈尔新开了一个神经科学实验室，他要去那边做负责人。”

拉沙德长时间说不出话。“那你呢？你跟他一起走吗？”他问。

“几个星期后再走。我需要跟着他把我的研究做完，这样才能拿到博士学位。”

房间似乎正在天旋地转。自从中弹以来，他在此刻感受到了最强烈、最痛苦的感情。当这个信号通过那片神经网络时，那个脑部植入物有没有将它增强？还是将它减弱了？

终于，他开口道：“所以你没的选。”又是一个失败的玩笑。

“这里有优秀的神经科学家，”她说，“他们会继续给你治疗，而且他们知道治疗方案。你并没有被抛弃。”

但感觉上似乎并非如此。“别让他们把强度降低。”他说，“拜托。植入物起作用了。”

“我无法对你保证。你哥哥想要结束治疗。”

另一重打击。消息来得太快了，越过了他的防线。他说：“雷欧不能这么做。”

“他是你的法定监护人，有医疗授权书。如果他想结束治疗，我是无法阻止的。”她碰了碰他的手，她之前从未这么做过，“但是我会努力说服他让你继续治疗的。”

“深层脑部植入物继续开着，”他说，“这是我的选择。”

皮尔斯和康赛可死后的那天晚上，为了保持镇定，拉沙德让自己保持忙碌，关注第二天的任务。当他被派去拜访住在31号楼里的受害者的家属时，他也没有崩溃。他向生者表达了自己的歉意，然后上尉一共补偿了他们十万卢比，每位受害者的家属大概可以得到一千一百美元。一个老人，四个女性，还有三个孩子。幸存的两兄弟声称他们并不是分离主义者，也不认识那个狙击手。他通过翻译说：“当他们告诉你他们要进入你的家时，你除了让他们进来，别无选择。”

拉沙德在小队轮换出T城时依旧冷静，并说他很开心接下去四周可以在相对安全的斯利那加，他们将在那里等候回归彭德尔顿营。

谢普没有离开T城；它被交给了另一个驻扎在村子里的小队。但这个机器人已经教会了他所需理解的一切，正如《步枪兵信条》所承诺的那样。“吾枪是人，亦如吾，因之为吾命。故，吾将视之如胞兄。”他们一旦踏上美国土地，就无法再公开持枪了；除非在射击训练场上，否则他的手枪和步枪都将待在军械库中。

所以，它必须在这里，在斯利那加的营房中。

他听说有人从金门大桥上往下跳，听说他们在掉到水里之前改变了主意。他不是那种人，他主意已定。

然而，他的身体背叛了他。当他在医院醒来时，他意识到他的手肯定快速动过，或是他的头一定向后仰过，那是某种下意识的反应。那颗子弹以斜角切入后穿出肉体，没能将他杀死。然而到那时为止，失败也没让他心烦。

雷欧和玛丽莎正在争执。拉沙德可以从卧室里听到他们的声音。过去几周的大部分时间里，他都选择待在自己的屋中。他对雷欧和玛丽莎看的电视节目不再感兴趣，也不喜欢吃他们准备的饭菜。他会出去用微波炉加热自己的食物，然后上个厕所，偶尔等他们睡了，他会轮流绕着客厅、厨房和餐厅踱步。只有在定期复诊时，他才会离开房子去见亚力杭德拉。她给他找了个心理咨询师，但他拒绝接受咨询。他目前所做之事需要独处和安静。

他们停止了争执，随后一直在敲他的房门。他让他们进了屋。他坐在床上，手搭在膝盖上，他们站在一旁。他恨自己让他们经受这一切，他们是好人。

“老弟，”雷欧说，“这没用。你也知道这没用对吧？”他描述了过去几周拉沙德的各种行径，仿佛拉沙德对此一无所知。

“我能离开。”他说。

“我们不是这个意思！”玛丽莎说。

雷欧说：“我们必须在亚力杭德拉弃你而去前跟她聊聊。这个植入物肯定出了什么问题。你感受到的并不是你自己。”

“你错了。”拉沙德说，“这才是最终的我。”他可以感受到植入物在起作用，就像管道的洞口在一天天变宽，可以让越来越多的水进入。“我无法变回之前的我了。”他说。

“这是那个植入物跟你说的。”雷欧说。

拉沙德想，什么样的潜意识会让你说出那种话呢？脑部的子系统是机械的还是生物的不会有任何区别。

“我们明天去的时候，”雷欧说，“我会跟他们说把那玩意关掉。”

“我刚刚没有同意你这么做。”玛丽莎激动地说。

他们的意见居然没有统一，这让拉沙德颇为惊讶。他以为他们方才只是在争论用何种方式与他对峙，而不是和他对峙什么。

玛丽莎说：“麻木不仁并不是正确的解决办法。”

“谢谢你，”拉沙德说，“我必须要——”他的声音哽咽了。他该如何解释他渴望这种痛苦呢？怎么解释他对此深信不疑？他把这间卧室变成了某种角斗场，枪伤前的拉沙德和枪伤后的拉沙德在此对垒，他不希望自己因那些打击而畏缩。无法感知那种痛苦是不道德的。假如在重获悔恨自己所行之事的能力之后，他却拒绝去面对，那他该是个多差劲的懦夫啊？“我必须负责。”

“你只是做了该做的事。”雷欧说。

“我不是说你不应该负责。”玛丽莎跪在地上，这样她可以直视拉沙德的眼睛，她说，“我是说你不需要一直为那件事自责。”

“不，我需要。”拉沙德回答，“这就是关键。”

“你可以向上帝寻求原谅。”

雷欧小声怨道：“我们能不能按计划说？”

“我为什么要那样做？”拉沙德对她道，“因为那样我就能感觉好一点吗？”他摇摇头，继续说：“我不会把这份责任丢弃的。既然我有了第二次机会，我就不会再把它丢下了。”那颗子弹本是对他的惩罚，它剥夺了他对责任的知晓。

“请你试试，”玛丽莎说，“这并不难。你可以祈求耶稣进入你的内心。”

“我绝对不会这样做。”别再让人来调解，别再说什么宽恕和原谅，别再阻止他继续悔恨。“我的心，”他说，“已经够懦弱的了。”

“选一张卡片，”亚力杭德拉说，“任意一张。”

黄色X、红色圆圈、绿色三角形。

“我们为什么要做这个？”

“就依我吧，最后做一次测试。”

“给你的论文再多攒些数据。”这话说得有些刻薄。他敲了敲绿色三角形。

她把那张卡片拿走，然后说：“好，选一张卡片。”

“你不另找一张替代那张卡片吗？”

“不。”

改变规则让他有些着恼。这不会打乱她的结果吗？他看了看红色圆圈，又看了看黄色X。他猜她可能想让他选第二张卡片，他不喜欢被操纵。他敲了敲红色圆圈。

她把那张圆圈卡片移开，放了一张新卡，蓝色正方形。他很快敲了那张卡片。她把那张卡片拿走，又放了一张圆圈卡片。

“得了吧。”他说。

“选一张卡片。”她说。

“你想让我选那张黄色X。为什么？”

“选你自己想选的。”

他把那张红色圆圈弹向她，结果那张卡片从桌子上滑了下来。他顿时觉得自己是个混蛋。她平静地撤回卡片，再从那副牌中取出一张新卡。

一张黄色X。现在桌上并排躺着两张黄色X。

“选一张卡片。”她说。

在他的记忆中，桌上从未同时出现过两张一样的卡片。这是S医生用电话通知的什么新要求吗？还是她无视了医生的命令，正在自作主张？他们二人之间总是存在一种紧张感，是对权力的争夺——研究生因导师的控制而恼怒。在早期的治疗中，他没有感知情感的工具，所以无法理清他们的关系。但是现在脑部植入物的闸门已经打开。现在无论后脑注意到了什么，对什么做出了反应都瞒不过他。他可以按照自己的意愿做出任何决定——包括决定不参与这件事。

“我不干了。”他说。

“拜托，拉沙德。选一张卡片。”

“根本没得选。它们是相同的卡片。”

“把它们想成左右不同，你会选择哪张？”

“这没意义。你都要走了。”

“好吧，”她平静地说，“你想坐下来吗？”

他意识到自己刚刚因为生气站了起来。他向桌子靠近，心脏跳得很快。

“你能把那些收掉吗？”他问。那对X看上去像卡通人物尸体的眼睛。

“你能不能把它们递给我？”她答。

滚你的。他立刻觉得自己很幼稚——但仍然不想屈服。“它们就在你面前。”

她突然看起来很伤心。不，伤心这个词太宽泛了——还有更细致的词语可以用来描述他在她脸上看到的神情。无奈？后悔？随后她把卡片拢向自己，当她再次抬头看拉沙德时，她在对他进行评估。拉沙德意识到她对他有了一些新的认知。他将测试叫停，恰恰是测试的一部分。

这让他局促不安。他把手松开，坐到位置上。他不能直视她，不过能看到她的手仍然紧抓着那副牌。

“我知道你这段时间很难熬，”她说，“但是我希望你坚持住。你随时都可以打电话给我，我会尽我所能帮助你。”

除了留下。

“还有件事。”又来了，那次她说自己要走了也是这种犹豫的语气。他现在明白刚开始的几次诊疗时，他在她身上见到的那种自信其实是一种伪装。以前他也曾这样做过许多次。“我需要跟你说这项治疗的其中一部分内容。”

“好的……”

“我们需要选择一些图片作为控制量——我们把一些图片编码成了设定值。比如说，有些图片总是会作为正值输出。”

“小狗？所有关于狗的图片吗？”

“不是狗，但确实是类似这样的操作。”

“而我一无所知。”他无法让自己听起来像没有生气。

“我很抱歉。”她的声音变得柔和，“如果我们告诉你，那就不能成为控制量了。然后我们也选了一张图片作为负值。某种始终让人厌恶的东西，你会不顾一切地想要逃离那样东西——哪怕之后你必须为自己的选择编个借口。”

她的手仍旧放在那副牌上。这下他明白了。他的胸口发紧，道：“黄色 X。”

“你从来都没有选过那张牌。一次都没有。一开始你一张牌都不选，但之后我们把脑部植入物打开了，我们让你选择那张卡片这件事变得困难——然后把这件事变成了不可能。”

“你们不可能会知道这个。我是可以选那张牌的。”

“但是你从没选过。”

“发牌。”

“你确定你想这么做吗？”

“照做。”

她将那副牌洗了一遍，从中选了三张拿出。绿色长方形、红色圆圈、黄色X。

她注视着他。一旦他做出了选择，她就会在平板电脑上记录下来，然后这会变成他们最后的互动。明天她会飞越整个国家去追随苏布拉马尼亚姆医生。他们会通过他的伤口、他的障碍、他的罪行来成就自己的事业。

他厌倦了作为实验数据而存在。他知道他想要选择哪张卡片，但这并不表示他必须要和她分享自己的选择。

“亚力杭德拉，对不起。”他站起身，“你不会知道结果。”

那把枪待在打开的箱子中。看着这闪闪发光的金属让他觉得恶心，地板似乎都因这枪的重量而扭曲，使得墙壁都向他压来。

“你做了你应做的事情。”鬼话连篇，显而易见。不错，在最后的时刻，他只是那个不可阻挡的连锁反应中的一环。神经元活跃着，他的拳头紧握着，掌心开关被激活，谢普的枪支发射了，子弹按照物理学的弹道飞行。但这不代表他可以否认自己此前所做的一系列选择，正是这些选择造成了最终的结果。他选择了参军。他选择了去系统操作学校。他选择了让谢普进入那间房子。那间屋子里的女人和孩子不过是最后几块倒下的多米诺骨牌，而这整个骨牌早在多年以前他就摆上了。或许亚力杭德拉是对的，操纵阿特拉斯是为了获得肯定答案，设计阿特拉斯是为了减轻他肩上的负担——老天爷啊，这就写在它的名字里啊[1]。但无论哪一点都无法赦免他。

他知道什么是罪行。他不愿相信存在一个罪人可以逃脱正义制裁的世界。

他碰到了箱子，手在颤动。懦夫，他想。他咕哝着强迫自己用手握住枪柄。

他好像一脚踏空，掉下了悬崖，整个人在空中骤降，大水全都向他冲来。那把枪从他手中掉落。他慌忙起身踉跄着跑进浴室，对着马桶狂呕。

他坐在地上，大汗淋漓，双臂颤抖。

雷欧听到了声响。他走进浴室，跪在他身旁："怎么了？是不是因为那个植入物？"

拉沙德说不出话。他的眼睑后有图片闪烁。黄色X、手枪、黄色X。他听到了亚力杭德拉的声音：我会尽我所能帮助你。

雷欧把手放到了拉沙德的背上，道："老弟，我就在你身边。我一直很担心你。你只要跟我说你需要什么就好。"

重要的并不是拉沙德需要什么，而是他想要什么——而在他碰到枪的那一刻一切都变了。他此生从未对任何事物如此有把握。

①阿特拉斯是希腊神话里的擎天神，用双肩支撑苍天。

伤害模式

托奇·奥涅布希

托奇·奥涅布希的作品《夜制野兽》(*Beasts Made of Night*)、《雷声之冠》(*Crown of Thunder*)、《战争女孩》(*War Girls*)和《暴动婴孩》(*Riot Baby*)均获得了诺莫奖。他毕业于耶鲁大学、纽约大学帝势艺术学院与哥伦比亚法学院,并于巴黎政治学院取得了国际商法的硕士学位。短篇作品曾发表于《阿西莫夫科幻杂志》、《奥麦纳纳》(*Omenana*)、《够黑了:青年黑人在美国的故事》(*Black Enough: Stories of Being Young & Black in America*)及其他杂志文集。非虚构作品曾发表于《神秘杂志》、《无处杂志》(*Nowhere*)、《托尔在线》(*Tor.com*)以及《哈佛大学非裔美国人的公共政策期刊》(*the Harvard Journal of African-American Public Policy*)。

每当身处工作间另一头的尼克脱口而出“见鬼,我又见到了一次砍头”的时候,肯尼就会捏捏自己的鼻梁,叹一口气,最重要的是还想说一句“我不在乎”。显示器在肯尼身前形成了一个半圆形,他心不在焉地用手指在显示器上对信息进行分类,可能是一张图片、一段视频，也可能是红迪网（Reddit）论坛上的一则加密消息。他的指尖因为其中的植入物而闪着蓝光。他会通过点击屏幕给信息打上标签，然后将其包装为提醒消息推送给相关客户。一则短片显示，在一个经历了大屠杀的喀麦隆村庄中，民兵正在搜寻幸存者，该大屠杀为亚巴佐尼亚分离主义危机的一部分。点击，打标签，扔进信息分类回收站。拉各斯出现绑架事件。肯尼亚一位中国人经营的矿区遭到袭击。点击，打标签，扔进信息分类回收站。

肯尼只花了四个月的时间就进入了这种工作状态，学习系统，找到一台可供他使用的显示器设置，当公司和他的植入物进行技术同步时，关闭部分身体，以便让数据传入大脑。在下班回家的火车上，他悲哀地笑着，因为他的思绪忽然转向早期面试这份工作时的一次经历，当时有人问他是否可以冷静地面对极端内容。后来他发现那个提问者是他经理的经理。肯尼的神情非常严肃，不是因为他害怕这个问题所预示的东西，而是因为他已经把法律专业的奖学金都花完了，助学贷款也不能再延期还款，所以他现在欠教育部的一大笔钱，就算把他妈妈的房子卖了也还不起。他现在可以听到尼克在说："见鬼，我又见到了一次砍头！"他的声音如此之响，以至于每个人都能听见。那声音就像中东和北非的节拍，会让人感到某种特别的精神痛苦。就像这个初创公司中没有同样的两个人去报道墨西哥贩毒团伙和美国帮派的行径。就像肯尼从未用过一天时间观看一个身着橄榄绿色衣衫的男人，玩笑式地用脚尖去踢一具尸体的头骨，该尸体之上，是一座用尸体堆成的高山。

原本这件事他应该在下班前就做好的，但他想赶早一班的那辆特快列车，所以直到他在那有点弹性的列车沙发上坐好

（他已经被地铁搞得吐血了），才开始将工作相关的记忆进行分类，这些记忆都是在自己和公司算法沟通过程中产生的，随后他把这些分类完成的记忆放进大脑里的一个加密文件夹中。点击和拖动总是会以长出一口气结束，仿佛可以借此呼出一整天的痛苦，让身体中可思可感的部分再次聚合。他周围都是处于中上阶层的白人商人，他们为了住在康涅狄格州舒适的大房子里，正在从纽约这座城市逃离。

他在布里奇波特有一间典雅而简朴的一居室，正当他准备睡觉时，金沙萨抗议活动中的各种画面纷纷向他涌来，宛如各种有色粉尘缠绕着他。今天换班前他恰好目睹了那场抗议活动，抗议者们在日落时分设好路障，年轻的抗议者们穿着亮黄色和橙色上衣，与深蓝色的天空形成了鲜明对比。彩虹色烟雾的尾部拖着一个催泪瓦斯罐，在空中划过一道圆弧。咳嗽声，尖叫声，哭喊声。

几分钟后，肯尼打起鼾来。

第二天早晨，肯尼一出电梯就立刻奔向公司的厨房区，同事们都在大会议室集中。由于旋转椅已被征用，所以无论年轻的还是不那么年轻的，无论有纹身的还是皮肤光净的，无论接受过升级的还是没有经过改变的，所有人都沿墙列队。而肯尼还在找贝果，昨晚他们在邮件里承诺了会提供贝果。

在撕开的包装袋和老旧的电动切片机之间剩了各种东西，但没有一样是他想吃的。而且所有抹酱的标签都不在了。

厨房的另一侧是极乐世界，两处地方用一块玻璃墙隔开了。极乐世界是一片开放区域，其中有用餐长椅和金属椅。那里的谈话声正逐渐消失，而且肯尼发现通向大会议室的门已经关上。

他小声说了句“该死”，把切口整齐的半个葡萄干贝果塞进嘴中，拼命抑制住想要呕吐的冲动，赶紧去到会议室。

远处墙上蹦出了一幅全息图像，那是一个牙齿坏了的秃顶男人。他穿着黑色V领衬衣，肩膀和胸口都露在外面，可能他想让自己看上去更修长一点。

肯尼进来的时候，他正在对一组数据喋喋不休：今年到目前为止给客户推送的提醒数量，他们本季度结束前还要达到的目标数，收益预测，以及另外一大堆肯尼毫不在乎的数字。他把邮差包卸下，咀嚼着那半个吃起来像硬纸板的贝果。他同会议室另一边的萨莎对上了目光，一边吃早餐一边傻笑。坐好后，他将早晨搭火车时看到的表情包传到萨莎的大脑中：首先是一张扭曲的照片，画面中的银行家打着细长的领带，戴着一顶红色棒球帽，大腿上撒着焗豆；另一张照片上有一个小男孩，他转身背对着一台老旧的电脑显示器，用肿胀的双眼瞪着拍照者，标题上写着：“爸妈抓到我在看色情网站，他们逼着我拍下了这张照片”；还有一段视频，画面中一个银色外星人正在一群尖叫的孩子面前跳舞，画面底部的字幕上写着：“在用西班牙语哭喊”。

“我讨厌你。”萨莎笑着回复他，一绺黑白间杂的头发遮住了她的一只眼睛，宛如游隼的一只翅膀。她抑制着笑意，见她这样，肯尼的胸口顿时也好像滚烫起来。

肯尼扫视了一下会议室，虽然一些区域负责人正在旋转椅上转来转去，摆出一副不感兴趣的样子，但大部分负责人还是注意力很集中的，这说明他们早已受了公司的蛊惑。这个地方汇聚了最优秀、最聪明的人，他们的使命就是将世界上正在发生的事情告知军队、执法部门、搜救机构和媒体观众，他们要比所有人都提前知道这个世界正在发生什么。这是一项高贵耀眼的使命。因为这项使命，全息影像上的这位战略副总裁每年可以净赚三百五十万美元，而肯尼、萨莎以及其他区域负责人每晚睡前都得先服用利眠宁和克诺平。很多经理都站着，他们把自己的位置让给了基层员工，确保自己看上去全神贯注，但肯尼知道他们的私人聊天窗口，当副总裁不停说着季度目标和技术层面的新举措时，肯尼都可以想象那些经理会在聊天窗口里说些什么。

“我们想要扩大我们的金融覆盖率。因此，是的，我们现在正式和银行合作。虽然我们的金融覆盖率在提高，但是相信你们也知道，一切都是相互联系的。这件事情无须我来说明。我们已经简要告知了区域负责人哪些覆盖任务会产生变化，他们会和所有团队管理者保持联系，确保事情可以顺利开展，这样我们就能继续向目标迈进。大伙都干得不错。”

全息影像消失了，每个人都充满斗志地回到自己的岗位上。肯尼的项目主管塔克是个胡须散乱的瘦削男人，有着一头红发。塔克注意到了肯尼，向极乐世界这边点点头。两人默视不语，像是无声在问“你现在有没有空”。

“怎么了？”两人一在用餐长椅上面对面坐下，塔克便问。

“我希望调去美国分公司。”

“哦？”

“要么把我调走，要么就请公司再花钱多买点苯二氮平。现在‘树脂’不像之前那么容易脱落了。”他们每天花八个多小时观看并记录人们一生中最糟糕的日子，每晚回家都会带着所谓残留创伤，这就是“树脂”的意思。

“你是想去报道新闻吗？”

肯尼知道这是个夸张的说法。让一个黑人报道黑人文化？在这间办公室？连他自己都会因这机会的渺茫程度而发笑。“什么事情都可以，真的。金融方面不是有个新东西吗？我可以在那方面帮个忙。”

塔克露出个同情的笑容，像是觉得肯尼以为国内的暴力事件不会像非洲新闻那么恐怖，实在很可爱。但肯尼想要告诉他，他知道自己想要做什么，而且这样的确对他来说会更容易一些。他可能就不需要再观看一个女人一面抵挡砍刀的攻击一面尖叫的视频，而且那女人的声音还很像他的母亲。

* * *

“枪击事件。”肯尼无精打采地说。接入算法之后，他可以瞬间搜索附近所有监控录像，从中寻找熟悉的地标，街道标识，发生不幸事件的人行道，街道上的瓶子碎片，以及太阳落山的角度，根据这些信息，他知道这个人一生中最糟糕的时刻就在美国东部标准时间的下午 6 点 32 分，也即中央标准时间的下午 5 点 32 分。“在狄克斯韦尔街区。”

“知道了。”办公室另一边的该街区负责人说道。肯尼点击信息，打上标签，随后将之扔进信息分类桶。

一旦他将消息提醒扔进分类桶，立即推送给用户，他就转而去做下一件事了。幸运的是今天只有一些交通事故，几场立刻就被扑灭的家庭火灾，另外几件事情就更加稀松平常了。这里的脚手架坏了，那里有个井盖没盖上，这边被人涂鸦了或是监控被破坏了，那边公园里发现了吸毒用具。

“白人的生活中不会有坏事发生。”他私信给萨莎说。

“笑死我了，等一下。”当他在等待她的回复时，脑子里忽然感应到了一个省略号，“抱歉，就是有个新闻发布会。两天前安全部门突然搜查了一个记者的办公室，他本来应该已经死掉了，但刚刚竟然在新闻发布会上重新出现了，就好像你以为老子死了，但老子又回来了！”

“上个月在乌干达议会发生了一场打斗事件。”他回复道。就像这样，他发现自己怀念那一切。那片大陆的颜色、活力与音乐。尼日利亚的明星丑闻，利比亚的橄榄球运动员竞选总统，在一个视频里，当他穿着旧球衣去到球场，踢了一刻钟友谊赛时，群众爆发出了阵阵欢呼。在约翰内斯堡的郊区休布罗，每次限制电力都会出现大量受关注的新闻。肯尼在想，那场大屠杀，那些博科圣地所做的绑架，还有偶尔出现的即刻处决，以及残酷的抗议镇压是不是所谓代价，唯有付出这样的代价他才能看到同胞的智慧、美丽与幽默，而这些会震慑他的心灵。他在美国生活的时间比在尼日利亚生活的时间多了三倍，但总有些时候他会觉得，没有任何地方可以给他像拉各斯那样的家的感觉。“那个事件很精彩。”

“枪击事件，”那个地区负责人又喊了出来，“北劳恩代尔。”负责人顿了下，“有警员牵涉其中。”

“有事要走了，”肯尼写道，“我爱你。”

他先把窗口关闭了，这样就算她不会回复同样的话，他也没机会因此而伤心。

“别忘了，”沙米尔·汤森德的母亲站在讲台后说道，她的脸颊和额头被相机闪光灯照得发亮，“你看到了所有抗议者。你看到了这场运动。上帝会保佑所有让这场运动兴起的人们。但是你也会看到那些心怀不同算计的人，那些人，那些名人，做着各种演讲。而这一切的尽头，是一个死去的男孩。那是我的儿子，沙米尔。”

肯尼右边的显示器上有个小窗口，正在播放这场新闻发布会，肯尼把它作为背景音。这则新闻很重要，但不是爆炸性消息。内容很有意义，但不具备可行性。到美国新闻部门一个月了，在公司帮助开发的算法的助力下，他已经找到了机械化警察的安全录像，给其打上标签并分类。那些警察走进公园，对一个十三岁的小男孩开了枪，结果发现那个孩子当时正把毛刷当作枪在玩。当这条提醒发出之后，那片区域的负责人接下去一整天便会去忙别的事。肯尼发现自己正在网络中搜索更多消息。他黑进了警察的扫描仪，找到了枪击之前的音频记录，标记了瞭望台那里的监控录像，从附近的手机和进行过插件植入的人那里捕捉到了追踪信号，每一样东西都在揭示事情的真相。警车渐渐开近，中等身材的甲壳类机器人从车门里出来，它们将四肢慢慢伸直，直至变成螃蟹的样子。随后枪声响起，它们一面开火一面靠近男孩，直至男孩一身窟窿。

“你没事吧？”萨莎私信他道。

这条消息让肯尼回到了现实。他发现这片区域大部分负责人和其他工作人员都离开工位去吃午饭了。

“他们又吃雷鬼肉馅卷饼了。”

他轻笑，“我还好。我肯定会吃点什么，但不会吃肉馅卷饼。只是这么一说，我挺好的，你怎么样？”

“塔克一直在监视你。午餐已经开始一会儿了，你居然还没站起来。”

“我会去吃点东西的。”当他工作的时候，耳机里仍然会传来声音。汤森德夫人正在谈及要让使用算法的警务系统负责。不能只是因为他们用算法驱动的“甲壳类”机器人代替了活生生的警察，就可以让警察部门逃避责任。如今一些公共技术的倡导者正再次呼吁警方公开源代码。

肯尼的个人收件箱里闪着一条新消息。恐惧在他的胃里凝固了。假如发消息的是塔克，那他真得要立刻回复。而且他得编出一个理由，解释一下为什么枪击事件都过去好几个月了，自己还在听这场与之相关的新闻发布会，而不是在做自己的工作。

该死。

来自黛西·罗梅洛的消息。主题：助学贷款还款派对！

“你一定是在跟我开玩笑。”

“里约有枪击事件。”拉丁美洲办公区的某个人喊道。

肯尼缓慢地摇摇头，傻笑道：“萨莎，看这个。”他私信她，并将那封邮件转发给她，“我需要一个女伴。”

“这是什么？”肯尼可以从她的感官数据中闻到肉馅卷饼的味道。

“法学院的朋友发的。她丈夫是个银行家。如果我得一个人去的话，可能真的要割腕了。”

“好吧好吧。但除非你有种族主义者必吃的肉馅卷饼，我才跟你去。”

肯尼笑着从座位上站起，关掉了那场新闻发布会，画面上，汤森德夫人正在重回讲台，含泪表示感激。

肯尼上一次来马雷亚餐厅的时候，正处于公司法事业的巅峰。当时他常在阳光下和同事共进午餐，偶尔还会和那些乐意把自己扮作导师的合伙人一起吃饭。在夏日阳光的照耀下，每个人西装上的银色条纹都在闪闪发光，将整间餐厅变成癫痫病患者的梦魇。每样东西都熠熠生辉：银器、服装、梳成圆髻的金色头发，以及每个人都被打磨得发光的四肢和手指，另外还有他们用来付款的古董——银行卡，不过相较于实用性，这种卡片的装饰性更强。他还能在舌尖感受到记忆中意大利螺旋面的味道，可以感受到当时的演出正缓慢地渗入他的肢体，因此在他抵达后屋之前，他必须让自己等下别像个混蛋似的走进屋里。

柔和的灯光让这后屋的每个角落都变得温柔起来，连长桌的桌角都变得圆润起来。桌边坐着许多狂欢者，全都是二三十岁的年轻人。

水晶灯按一定间隔悬挂于狂欢者的上方，在中央水晶灯投射的灿烂光芒下坐着的正是黛西。她的娘家姓为洛克伍德，现在姓罗梅洛。在她身边的那位应该就是罗梅洛先生，他将手臂搭在她的肩膀上，一缕闪亮的黑发垂在他那罗马人式的额前。他看上去像是之前在法学院的同学。他脸上挂着灿烂的、企业化的笑容，他就是那种会早晨六点起床去健身，然后八点前到公司的人，而且身体可以快速适应新的生财之道。

黛西看到肯尼的时候，金色光芒正照在她脸上，黛西随后示意肯尼过去。她作势将身边空了一片位置出来。当肯尼起身时，萨莎用手挽住了他的胳膊，并主动向他靠近了些。两人一起走了过去，坐在黛西那侧桌子的人们则在蓬松的真皮沙发上挪了位置，让肯尼和萨莎可以坐进去。

“她很可爱，”萨莎在肯尼耳边喃喃，“你追过她吗？”

“萨莎，小心一点，”肯尼轻声回复她，笑道，“你看到她手上的钻石了吗？”

“那颗不是钻石，肯尼。那可是颗该死的陨石啊。”

“你在流口水，萨莎。”

“你好，”萨莎说，她的左手越过肯尼去握黛西的手，“我是萨莎，是肯尼的同事。”

略微震惊之后，黛西给了肯尼一个目光，好像在说“干得好”。下一瞬间，她的脸上就满是礼貌，抚着她丈夫的肩膀道：“宝贝，这是肯尼。我们之前一起读的法学院。”

“宝贝，”紧握住了肯尼的手，道：“很荣幸，兄弟。多谢你能来。”

黛西瞪着她的丈夫以示警告。

“该死，胡安，我的名字是胡安。”

“宝贝，这样就好多了。”她在胡安的脸上轻啄了一口。

“你在哪儿遇到他的？”萨莎将身体前倾，小声问道。

“某次有色人种集会。我当时在另一家律所工作。他们举办了这个活动，你知道这种事情的。以前我和肯尼总会参加这种活动。一屋子要赚大钱的同志。”当黛西在说话的时候，萨莎扬了扬眉表示困惑，像是在问黛西是不是真的会说出这种话。黛西将脸转向萨莎，道：“这些活动中最棒的部分就是肯尼了。只有那个时候才会感觉公司法不是什么要一辈子与之相伴的恐怖喜剧。”

“他是干什么的？”萨莎问，手上不知怎的已经多了杯酒。

黛西顿了顿，道：“银行家。”

萨莎表示有点惊讶。肯尼的神情变得高贵起来。

“但是我们两个相互抵消了，”黛西急着说，“我现在在一家民权律所工作，所以稍微平衡了点。”一个同情的微笑在他们三人之间相互传递。“我是说，肯尼你是知道的。你知道负债会是什么境况。债务会变成你人生中最重要的事情，你不得不因此推迟各种事，不管是人生决定还是其他任何东西。你必须要遏制你的梦想、你的抱负以及你的希望，只有这样你才能抬头呼吸，而不至于在水中淹死。”

“还有卖身契呢。”肯尼开玩笑道，摆动着海蓝色的指尖。

“哦天呐。”黛西轻声道。

“我的意思是，他们把消息包装成‘这个科技’和‘那个创新’，然后他们和我的身体签订契约，再利用这个契约减少我的债务。不过这的确是现行还款方式中最不具侵略性的了。看，每个人都能得到插件。我的插件只是免费而已，他们的却比免费还不如。”

“但是肯尼，这意味着你只能为那些拿到许可的雇主工作。”

肯尼不屑道：“名单已经够多的了。”他转了身，给萨莎让出更多空间，好让她支援自己。“跟我说说工作上的事情吧。你如今是为正义而战啊。”

“你也想跟我在同一战壕里？”

“呃，也许吧。”

在那一瞬间，黛西的面具掉了下来，一团黑暗涌至她的脸上，宛若阴影一般。肯尼瞥了一眼，发现工作已将她变得如此憔悴，无论她做了什么，她都为此付出了代价。他看到并辨认出了她的痛苦，他渴望知道她的事情。“告诉我吧，真的。”

黛西叹了口气，看着肯尼和萨莎，“好吧，自从警方开始使用算法，许多人都不再进行过失致死的诉讼了。想象一下让甲壳类机器人站在证人席上会是什么样。由于不能将算法告上法庭，那你又该怎么定罪呢？让个该死的机器人去坐班？虽然偶尔你能得到一笔赔偿金，但这是远远不够的。尤其是有警员参与的枪击事件。无论多少钱，都无法让儿子或兄弟或父亲或姐妹或任何人回到人世，但那是钱啊，总比一无所得要好。我们都知道算法不是完美无缺的。每个人都清楚这点，但是一个十三岁男孩在公园里面被枪杀，而且所有证据都指向警察的行为不当，但是是算法告诉警察这么做的。他们不会承认是算法出了故障，因为这样就说明他们为此花出去的上百万美金都打了水漂。所以，”她耸了耸肩，“这就是纽伦堡辩护，所谓‘我只是服从命令。’”

“等下，你说一个十三岁的男孩在公园里面被枪杀？”肯尼可以感觉到身旁的萨莎整个人都紧绷起来，她的酒杯置于唇边，她的整个身体都在敦促肯尼要小心。

“是的，沙米尔·汤森德。他妈妈状告市政府过失致死，我们公司代理了这个案子，但其实只是为了赔偿作个秀。这事不能说出去，好吧？”

肯尼耸耸肩道：“我还能跟谁说？”

黛西放松了，道：“反正都糟透了。不管怎样，结果都是穷人为这种混账事情掏钱。”

萨莎将身体前倾，想让自己显得更低调些，问：“什么，政府要提高税收？”

“比那更糟糕。税务评估员高估了穷人片区的房屋价值，低估了富人区的资产价值。所以，拿芝加哥来说，住在北劳恩代尔和小村的人要比那些住在林肯公园和黄金海岸的人多交两倍财产税。所有地方都是这样。而且这还不是最糟糕的事情。”

肯尼不知道自己脸上的表情如何，但他知道自己陷入了困境之中，感到迷茫与恐惧。不过这次有些不同。这不是即时消息，不是新闻，不是媒体，不是某个行为的监控录像，也不是一场持续暴动的音频。这是一道更深的伤口，是件复杂耗时的事情。

这不是一刀刺进去，而是一把小刀缓慢而持久划在皮肤上。

“当你必须为警察侵权赔偿增加预算时，为穷人家孩子进行铅中毒筛查的预算就会减少。防暴方案，课外活动，心理健康诊所全都没了，因为预算少了。”

肯尼太过投入以至于什么话都说不出。萨莎摇头道：“但是这些和解协议需要好几百万美元，警方难道不用出钱吗？”

黛西哼了一声，道：“警察部门会从预算中拨出一小部分用于过失致死的和解赔偿。假如金额比那个数额更大的话，倒霉的是市政府，不是他们。而且，机器人的钱也是政府出的。”

萨莎不停摇头：“这真是糟透了。”

黛西出了口气，道：“是啊。”肯尼看到了那个神情，他知道黛西的脸上不会再出现这种表情。那种打击就像吃了新药带来的落魄，像是无底的绝望，像是瞬时却又无休止的饥饿感，像是对一切事物感到羞愧难当。过了一会儿，人们好像又恢复了理智，先前他们曾受困于什么狂欢作乐、陈词滥调、饥渴无度之中，此刻他们清醒了过来，擦去眼中的白日梦，看着彼此赤身裸体，在这浪潮卷来之时，萨莎大声喊道：“我快饿死了，我现在可以吃下一整匹斑马。”

当整间屋子都因笑声而活跃起来，萨莎感受到了肯尼的凝视，肯尼的笑容中似乎带着歉意，萨莎向他眨了眨眼，像是在说“不用客气”。

他们本是来此享乐的。

似乎只在几秒之后，意大利螺旋面就被端了上来。

全息图像将会议室的墙壁变成了开阔的田地，模拟的微风吹拂着模拟的麦秆，一排排麦秆的间距非常精准。微风一直吹至远方山峦处，苍翠的山峦与蔚蓝的天空相互映衬。抬头亦可看到这样的蓝天，间或有如棉花般的白云在其中穿行。

肯尼和另外七个负责人都围着那张椭圆形的会议桌而坐，分别坐在自己的旋转椅上。会议室前方站着一位财务人员，他是个白人，长着一张雅利安人的脸，衬衫袖子卷到了胳膊肘那里。

“昨天课上关于债券的那些信息，相信你们都已经花时间搞明白了，对吧？我知道，那个介绍还挺不错的，所以我要直接跳到市政债券，而且——”

其中一个负责人举起了手，并将她的声音软件从葡萄牙语转到了英语。“我们为什么要关注市政债券？这上面说这个是高风险投资。假如市政府发了……债券……然后他们破产了，他们是赔偿不了的。这样我们的客户就会赔钱。”

“说得好，费尔南达。不过还有一种例外情况，那就是在大量州法律的保障下，我们关注的这些市政府是不可能破产的。我们客户想要的，其实是稳赚不赔的买卖……”

肯尼把这个财务人员的声音调成了背景噪音，他正点击和翻阅各种材料的超链接，原本都是一扫而过的，直至他打开了一个叫作“猫债券”的网页，配图似乎是一座已有一半淹在水里的城市，在宽阔的蓝色河流之中，屋顶就如垫脚石一般露了出来。风险证券……赞助商……投资人……触发……工业亏损指数……

随机蹦出的术语和数据点，毫无组合关系。只是一堆行话，还有一幅飓风摧毁邻城的照片。

“比如枪击事件。”

在那一刻，肯尼从位置上站起身来，重新回到了课上。“什么？”

那个财务人员顿了下，问："呃，肯尼，你是不是有什么疑问？"

"对。"他的脑中像是有暴风呼啸而过，而那些金融术语就像碎石一样在其中盘旋。接着是这周在马雷亚餐厅参加的那场晚宴，然后又是税务评估员和资产价值，还有警察和沙米尔·汤森德。他感觉自己好像马上就要明白了，这是一种顿悟，他能明白某个模式。"呃，你刚刚说什么枪击事件？"

"对。"

肯尼急着找个借口来给自己解围，"我做的工作都是跟安保、执法相关的，交通、犯罪这种，所以一下子愣住了。你刚刚说枪击事件怎么了？"

"哦，就是说有些东西需要当心，比如所有能引起责任诉讼的事情。这个东西很复杂，不过这些只是背景知识，可以帮你做决定。你只需要当心那些你已经关注的事情，然后告知我们财务部门一声，这样我们就能参与进来，完成我们的工作。"

"哦。"肯尼再次对此置之不理，努力把注意力集中在那个不可及的模式上。所有明亮的节点与不存在的边缘。就像在午后的天空中寻觅星座的踪影。

"枪击事件，"肯尼以全新的活力喊出声来，"在库德尔公园。"他知道自己的声音有些太响了，好像在一边听音乐一边说话似的，但他控制不住。汤森德夫人的新闻发布会在一个界面上重播，另一个界面上则是有关和解协议的新闻，写着市政府决定赔偿该家庭二百二十万美元，而他还在第三个界面上阅读有关巨灾债券的信息。他希望用一个小小的无痕浏览上网窗口将一切包揽进去，不过他知道不管怎样公司都会监视到的。那他会跟他们说自己是在做研究。反正无论是飓风，还是森林火灾这类消息，他都要点击、标签并分类。过了一会儿，他才想起来在处理安全事件的时候还要告知财务人员，打个快速标签或发私信都可以。有时通知信息会当着他的面，全部换到另外一个完全不同的提醒箱中，或是他会发现财务已经处理过他分类好的消息了。

他打开另一个聊天窗口，私信了一位分析师："嘿，你能不能帮我做个快速的数据输入？"

"怎么了？"那人回复道。

"你能不能给我一份我们和财务共同处理的国内枪击事件的表单？"

接下去是一串发着光的省略号，几秒钟后，他收到了一个政府文档的链接。

他一边点击、贴标签、分类，一边浏览那个文档中的数据，喃喃自语："有警员涉及，有警员涉及，有警员涉及……"停顿，"什么鬼？"

"喂，萨莎，"他进入另一个聊天窗口，"所有枪击事件都有财务部门参与处理。是不是很奇怪？"

"我不知道，这奇怪吗？"发光的省略号，"不好意思，要撤了，要去处理一场工厂火灾。"

"好的。"他咬着嘴唇。

直到火车开到了地上站台，他才给黛西打了电话。

"喂。"他对着电话笑道。

"嘿！最近怎么样？那天晚上见到你真的太开心了！"

肯尼笑了，他反应过来他忘了自己应该庄重一点。"那天晚上见到你我也很开心。恭喜，嗯，反正什么事情都很恭喜你。我很为你高兴。”

“谢谢你，肯。”

他能感觉得出她在电话那头脸红了。“是这样，黛西，我有个问题。”

“希望我能有答案。”

“那些钱是哪儿来的？”

“钱？什么钱？”

“用来和解赔偿的那些钱。”肯尼缓了缓，不想太快直入主题。他觉得自己似乎已经处在答案的边缘了，如此接近。“不可能是市政府出的钱。一次和解就要二百二十万美元，那一年要赔多少？有些地方一年差不多要赔一点四七亿美元。我们这还只是在说小城市，而且谈的也只是牵涉警员的枪击事件。”这段行程的大部分时间，他都在查阅市政记录、新闻报道，以及之前的消息提醒。为了查询这些资料，他使用了违反协议的安全证书，因此他可以拥有和联邦政府工作人员一样的权限，而那些证书都是和他的参数绑定的。“是不是银行？”

“你在说什么？”

肯尼倒吸一口凉气。这是新的一块，这一块他之前都没有想到。这个模式就要完成了。“我觉得这些市政府就是浮动利率债券，它们以此来赔付和解金。”

“但是谁来买呢？高盛集团？ J.P. 摩根？”

“……是的。”

“但是……但是要怎么做呢？而且为什么呢？市政府的信用评级是最糟糕的。这种投资怎么会合理？”

“管理费。利率。每个阶段，银行都能从利息和管理费中收到钱。”他提醒自己要小声一点，“而且……我还查了各州法律。枪击事件次数最多的那些城市，根据所在地的州法律，破产是违法的。我觉得，为了偿还一种债券，它们会再发行一种新债券。我不觉得警察有什么渎职行为，我觉得……我觉得银行会从这些枪击事件中获利。”

“老天爷啊。”

手机铃响。另一通电话。萨莎的名字在他眼前闪烁。“糟糕。黛西听着，我要挂了。你问问胡安看看。”

“等下，但是——”拨号音。

“嘿，萨莎，怎么了？”

“肯尼，你能过来吗？”她的声音里透着悲伤。

他从座位上站起，“当然可以，发生什么事了？”

“你想来点‘创伤联结’吗？今天下班有点困难。你能过来吗？”

贪婪、饥渴、欲望和愧疚在他心中缠绕。“好的，我马上过来。”他希望萨莎从他声音中听出的渴望是正确的那种。

他们第一次做爱是在内罗毕，当时因为青年党对内罗毕的一家酒店发动了恐怖袭击，所以他们停工了一段时间。袭击一共持续了两天，他们做爱的日子是第二天。第一天时，肯尼发现自己的处境比想象中更为困窘。近期失业者与新雇佣者都陷入偏执恐惧的迷雾之中，肯尼亦是。监控录像，困在大楼里的人打来的求救电话，以及恐怖分子的网络频道，某一时刻他甚至可以感受到自己的那双破皮鞋正努力地、小心地、尽可能轻柔地踩在血迹斑驳的走廊上，走廊上覆盖着许多鹅卵石模样的玻璃。他可以听见零星的枪声和带着哭腔的轻声通话。在那些网上求救的帖子中，人们会尽可能简洁地描述所处的屋子，还有一条留言说发帖人的手机就要没电了，他们没有安装插件，也没有联网。然后就什么都没了。

随后第二天早晨，他在火车上崩溃了，像那些沉浸在自己的悲伤中的乘客一样。可那天每个人都在忙着去上班。在袭击的第二天，局势有所缓和，萨莎发现他在办公室的哺乳室内啜泣，他猛地抓住了她，渴求着她，直至他们让彼此进入那安静而急迫的庇护之中。

“萨莎，这个灯光真像是雌雄同体一样。”肯尼进屋的时候笑着说。

她正抱着个枕头躺在沙发上，头发散在脸上，睫毛膏已经花了，笑得意味深长。

“我给你带了红酒，我自己喝石榴汁。你有雪碧吗，或者姜汁汽水？任何带气泡的透明饮料？”

“过来。”她含糊不清地说。因为她声音听起来像是嘴里含着什么，所以肯尼顺从地走了过去。她把他拉向自己，肯尼觉得自己消失了，直到她说：“肯尼。”

“嗯？”

“你怎么样？”

肯尼眨着眼，感到困惑，“我……我挺好的。我很好。我就在这儿。”

她笑了，笑容中的某样东西将肯尼推了开去，所以肯尼移到了沙发的另一头。他们就这样占着沙发过了很久：他在这头，她懒洋洋地待在那头。“你想明白了，对吧。”

“什么？”

“别担心，肯。”她扬着一根手指，“我有保护。没人监视我们。没事的。”

“你在说什么？”

“银行和枪击事件，你想明白了对不对。”

肯尼瞪大了眼睛，“你……你知道？”

她点点头。

“你知道这些新客户正在从涉及警员的枪击事件中赚钱？这就是他们和我们合作的原因？”他的脑袋有些晕，“等下，该死的。但是……但是我们也和当地执法部门合作啊。我们帮他们发展算法，等下。”他的全身像是灌了铅般沉重，“见鬼。不。见鬼。”

萨莎的脸上充满同情，但却如大理石般冷峻。

“萨莎！我们编辑算法让警察枪杀黑人孩子，就为了让银行赚钱！”

“肯尼。”

他忽然站起身来，来回踱步，“我们不能什么都不说。我们……我们得做点什么。你之前的那些记者朋友，我们得告诉他们，我们必须这么做。”

萨莎摇了摇头，眼眸中多了一层伤感。

肯尼的内心隐隐作痛，整个人步履沉重。

“你跟谁说了？”她柔声问。

“萨莎。”他喊她的名字，声音里带有强硬的警告意味，“萨莎，这是怎么回事？”她没有回答，他一直怒视着她。“你是谁，他们的代理人，还是间谍？”

“肯尼，你在办公室之外使用了安全证书。你还把公司材料存在私人储存设备中。”

“萨莎，那都是公开材料！我永远都不会——”

"但我们碰过了，肯。一旦我们碰过了那些材料，它们就是我们的了。"

"萨莎。"他恳求着。

"你还跟谁说了？"

"你监视我多久了？"

"肯尼，是政府，或者说政府相关部门，我们一直都在监视你，你是知道的。"

他倒在一张躺椅上，叹了口气。"好吧，"瞬间一切都变得有趣起来，非常搞笑，他控制不住地大笑起来，"好吧，真是见鬼了。"等他冷静下来，问道："所以现在要干吗？"

萨莎耸耸肩道："没事。我们只是想确认一下。我们知道这份工作会给人带来什么影响。不是所有人都想充分利用办公室资源。"

"什么？先教我做十五分钟冥想，然后再让我去参加博科圣地的袭击吗？"

她轻笑道："是啊，就是那种资源。"她挠挠头，不知怎的，这像是肯尼见过她做过的最具吸引力的动作。"听着，我只是在做我的工作。我们都只是做分内的事情。该死的助学贷款。"

"对，该死的助学贷款。"他发现自己变得冷淡起来，脑中有什么东西正在形成，在她察觉到那东西完全成型之前，他得先远离她。"听着，我要走了。你没事吧？"

她点点头。

"真的？"

她又点了点头。

"好的。别担心，我只是回家而已。不过你们肯定会跟踪我的，对吧？"他虽然是笑着说的，但本意是想让她伤心。随后他离开了，然后他照他所说的做了。从纽约到家的这段通勤，是一套经过练习的编排，同事开发的算法强化了这套模式，这样警察就更容易了解所有的情况。

偶像

刘宇昆

刘宇昆是一位推理小说作家，同时他还是翻译家、律师和程序员。他是星云奖、雨果奖和世界奇幻奖得主，作品曾发表于《奇幻与科幻》(*F&SF*)、《阿西莫夫科幻杂志》、《类比》(*Analog*)、《克拉克世界》、《光速》(*Light speed*)和《奇异地平线》(*Strange Horizons*)等杂志。他的长篇处女作《国王的恩典》(*The Grace of Kings*)是丝绸朋克奇幻小说《蒲公英王朝》(*The Dandelion Dynasty*)系列的第一部，本书获得轨迹奖新作奖，并入围了星云奖决赛。随后他又出版了该系列的第二部小说《风暴之墙》(*The Wall of Storms*)，两部短篇小说集——《折纸和其他故事》(*The Paper Menagerie and Other Stories*)和《隐藏的女孩和其他故事》(*The Hidden Girl and Other Stories*)，还有星球大战系列小说《卢克天行者传奇》(*The Legends of Luke Skywalker*)。另外《蒲公英王朝》系列的第三部小说《蒙面君主》(*The Veiled Throne*)也即将出版。刘宇昆和家人现居住于马萨诸塞州的波士顿附近。

1. 随风而逝

每周五晚上，我都会给父亲打电话。

“贝拉最近怎么样？”

“挺好的。她总是很忙。律师嘛，你知道的对吧。”

“忙点好啊。她喜欢这份工作吗？”

“反正她比我热爱工作多了。不过她有点……太热衷于工作了。”

“能找到热爱的事情是幸运的，我相信她一定把工作做得很好。”

“她是做得最好的。”

“怎么了，迪伦？你听上去有点不开心。”

“没什么，我其实不是不开心……爸，你当年是什么时候想到要孩子的？我不是说我自己，我是说……以后。”

通话出现了极其短暂的停顿，几乎难以察觉。我努力让自己别去想这个偶像背后的软件，那些搜索、整理、合成、预测……

“我不确定存在一个具体的时刻——虽然那样可能听起来会更好一点……”

我从未见过我的父亲，将来也无法与他相见。

在自我驱动公司，雇员的聪明才智得到了很高的重视，因此即便他们需要长时间工作，也不会去质疑自己拿的工资是多么微薄。开放式办公室，亮色办公椅，墙上挂着现代画。和许多挂着类似名字的公司一样，我们也什么都不生产。我的工作就是编造一些与电子表格相关的故事——比如，现在所有公司的工作仍然是由人类来做。

公司会提供一些福利，其中一项叫作“健康周五”，那天会有诸如瑜伽教练、营养学家这种健康专家来开讲座或是做研讨，就在最大的会议室里，有次甚至还来了位“冥想大师”。可能这种项目可以让公司给我们少交点医疗保险，又或者管理层认为我们这代人就喜欢这种东西，就像堆肥桶和厨房里的免费点心一样。无论如何，这项周五的活动我一直是必去的，风雨无阻。

这就是为什么我会参加“46 对 46”的演讲，然后又把自己颊部细胞的样本交了上去，进行“定制化基因咨询”，接着我瞪着那封“46 对 46”发来的邮件，告诉我数据库已经为我找到了一位“基因亲人”。

我发了几封邮件，打了几通电话，然后开车越过了州界线。我见到了我的祖父母，那些同父异母的妹妹，以及几位叔伯。不过我并没有见到我的父亲。因为船只失事，他在几年前过世了。我一收集到所有能够得到的信息，就立刻搭飞机回家了。

我母亲叹了口气，询问我想不想喝点茶。

在我成长的过程中，她从未提起我的父亲。这就是那种你会学着接受的事情，就像浴室门会卡住，又或者是不管你坐下的动作多么轻柔，椅子脚总会在地板上吱吱作响。

“我不想讲。”某次我试着拿这件事大做文章，她这样回答，“我只当他是个捐精者。”

我没有他的照片，没有一张有他字迹的纸片，衣橱深处不会有一件特大号的男士衬衫，角落里也不会有一双磨得厉害的男靴。由始至终，我甚至连个能够追溯的名字都没有。

为何她要如此彻底地将他的存在从自己的生活中抹掉？我

和母亲的关系并不是特别融洽，父亲的缺位也没有让我们的关系好起来。把他当作借口实在是太容易了，这个借口可以解释我的所有缺点，但这并不会改变什么。我喜怒无常的性格是不是随了父亲？他是不是像我一样对竞争毫无兴趣？每当母亲抱怨我粗心大意，她是否同样在我的身上看到了父亲的影子，并抱怨起他来？我有时会将自己锁在卫生间里，然后看着镜子里的那个人，试图想象几十年后自己会是什么模样。

“爸，你为我骄傲吗？”

别再想象了。应该从我母亲的角度来说这个故事了。

事实证明，我父亲从来不知道我的存在。他研究生退学后就开始游历全国各地，旅行时都住在车里，想要弄清楚自己究竟是谁。我母亲比他大十岁，她是在一次反战示威中遇见他的。她喜欢他弹吉他的样子，努力让集会上的每个人都激情高涨。她想要个孩子，但不想要丈夫，所以她将他视为完美的——

“——捐精者。我们既没有盛大的浪漫，也没有什么黑暗过往，”她说，“没有誓言让人违背，没有所谓爱情变质，也没有什么漫长而激烈的离婚期可以让人吸取教训。我们的一切都毫无意义。”

我母亲是对的。我并没有被抛弃。我不是个错误。从我父亲的角度来说，我……什么都不是。

然而，我还是一直去联系父亲那边的家人。他们大概和我母亲一样，觉得我的这种执着实在太过奇怪吧。毕竟除了那微弱的生物学联系之外，我们之间其实没有任何关系。不过他们非常热心。跟我讲了很多父亲小时候的事，又说了他青年时期的事情，还告诉了我他是怎么做父亲的。他们跟我说，有一次他开了两百公里，就为了让一只小狗和它的家人团聚。他们拿出了他当老师时获得的奖。他们给我看了很多视频和照片，他高中时的笔记本和打印出来的文档，还有他从大学拿回来的好几箱东西，不过那些箱子再没被打开过。我还看到了他和妻子以及我妹妹们的照片，还有那些他们一起旅行的邮件提醒。

我已经知道了关于父亲的许多事，却仍然觉得自己对他一无所知。要了解一个活人已经够难的了；要弄懂一个死人就更难了。他无法回答你的问题，也不能做出任何解释，更不能安慰你。

我决定要塑造一个偶像。

现在我知道了他的身份，我就可以设置搜索机器人来追踪父亲的数字踪迹。父亲的家人没有注销他之前的账号，我说服他的妻子通过了我的好友申请，这样我就可以为偶像制造商搜集更多材料。为数不多的几个手机视频实在画质太差，所以无法造出一个具有说服力的真人，但没关系。我也不想踏入神秘的深渊。

经过了多日的等待，谟涅摩叙涅[1]公司那边传来了消息，告诉我偶像已经做好了。我深吸一口气，拨通了那个他们给我的号码，把电话放到耳旁。

“你好，我是瑞安。”

那声音和我在手机视频里听到的是一样的：有点沙哑，还很不耐烦。

“你好……”我顿了下，喊“爸爸”似乎有点奇怪，“瑞安你好，我是……迪伦。”

“我不认识叫迪伦的。”

①希腊神话中主管记忆、语言和文字的女神。

“我知道……你……你好吗？”

一开始，偶像是明星和粉丝互动的一种方式。一个歌手、演员或生活导师等明星的粉丝有数百万之多，在众多粉丝中，有多少人能亲眼见到自己如此热爱的对象呢？然而在那些幸运儿中，大部分人也只能激动地表达一下自己的钦慕之情，或是收获一个敷衍的微笑，简短地握一下手，又有几个可以体验更多呢？因此必须要有一种方法可以增加明星与粉丝一对一互动的方式，给予忠诚的粉丝最渴望的东西：和偶像的私人联系。

明星会将自己的采访录像，演唱会视频，电影，见面会视频，还有自己在社交媒体上的发帖等内容交给一个专业团队（某些特别想打动粉丝的明星还会提供自己的日记，没有公开发表的诗集，以及写着如何实现世界和平的笔记本），该团队由心理学家、机器学习专家和神经网络雕刻家组成。技术专家会根据这些原始材料生成该明星的人格模型，然后再制作他的虚拟形象。

等账号创建完成，粉丝就可以透过显示屏和那个虚拟偶像一直聊天。一次又一次交流之后，那个偶像就会记住粉丝的名字和发生在他生活中的点滴，给予他一些鼓励，跟他说些新故事，并澄清之前的谣言。偶像还会和粉丝的孩子见面，共同追忆过去的相遇。明星好像变成了你那个搬家去了远方，却仍旧关系最为密切的朋友。

一旦这项技术被开发出来，便又出现了许多新的应用场景：竞选活动、网络骚扰、用于自我提升的“自我入侵”……或是通过这种方式去了解一个未曾谋面的父亲。

“我不知道要说什么。我没有儿子。”

我笑了，“你有没有想过，假如你有儿子，然后他问你，你这辈子学会的最重要的三件事是什么，你会怎么回答？”

“三件？那也问得太多了。我们为什么不一个一个来呢……”

这种偶像是一种基于双方感受的幻象。它并不是我父亲真实的样子。它只是算法，将关于人类本性的基本观点编码进数据之中，基于可能的反应作出大概率的预测。它没有自我意识，也并非实际存在。而且我给谟涅摩叙涅公司的那些关于父亲的数据本身很是局限。我没有他的搜索历史，不知道他删掉的那些帖子，也不知道他的小号。我所拥有的，只是他愿意与世界分享的东西，他愿意放进这个共享的数字化世界中的东西。这个世界会永恒存在，但又极度破碎。

算法推断的内容是有边界的，只要我一直待在边界之内，这个父亲的幻象就能保持住。算法只能告诉我档案中已有的东西。

“你要不要试着给贝拉一些空间？”

“我也是这么想的。”

“给她空间不是让她一个人待着，而是说你们两个要一起做些事情，这样彼此可以增进了解。同时也要分开做一些别的事情，这样你们可以各自成长。我和詹妮弗之前经常一起度假，但也会分开旅行。这正是你们需要的，尤其是有了孩子之后。”

“幸好你跟我说了。她根本不休假……我应该跟她说说这件事。”

从本质上来说，和我父亲的偶像对话，与和像艾丽莎这样的聊天机器人对话没有差别，甚至和我小时候跟浴室镜子里的自己交流也差不多。

“你是知道的，我以前也经常弹吉他。”

“给我弹几首吧。”

我走到地下室狭小的储物间中，把吉他找了出来。吉他已经走音了，我的手指也如生锈般僵硬。我试图去想象他会喜欢什么音乐。

“我之前经常弹那个！大学毕业之后，我开车四处游历了一年，一直在反对战争，反对华尔街，反对制药集团……好曲子。我为你骄傲。”

这是一个精心炮制的回答。只是某些算法根据他过去的邮件推演出来的。这不是真的。

“我觉得这是在表达你作为孩子时的无助，因为你充满疑问。然后是作为父母的无助，因为你仍旧充满疑问。你一直在长大，但你却始终找不到答案。我们都不知道自己究竟在做什么。”

我那该死的泪水控制不住地往下掉。

只要我一直和他对话，这个父亲的数字仿真形象就会记住我。我会有自己的孩子，会慢慢变老，会逐渐接受自己不可能拥有智慧，而那个父亲的形象会一直陪伴我。我会让它知道我的一切，然后任岁月流逝。父亲在世上活了四十年，除了他以某种形式留在世上的东西之外，我得不到任何新东西，算法不会告诉我一个新道理；这只会是个复杂的游戏。而且，由于无法增加真人的一手数据，随着时间的推移，这个偶像就会离我真实的父亲越来越远。不过我明白我会继续和他对话的。虽然这种缺失无法弥补，但它是我的一部分。

我那该死的泪水控制不住地往下掉。

2. 预先审查[①]

会议桌旁的那些初级律师十分热情，他们已经等了我两个小时。当我大步走进这间作战室时，他们一齐转过头来。这真是一大笔计费工时。

不过面对五亿美元的补偿款和惩罚性赔偿，我不认为委托人会抱怨。

我把传真过来的陪审员名单投到最后面的大屏幕上——司法部可能是唯一一个还在坚持用这种古老方式交流的地方了（为什么他们不干脆用信鸽呢？）。

“预先审查将在周一上午九点准时开始，”我告诉他们，“我们只有差不多六十四个小时来为挑选陪审团做准备。”

会议室内响起一阵抱怨声。他们知道我会一直争分夺秒至最后一刻。

“贝拉，现在才开始不是太迟了吗？”德雷克问，脸上露出幸灾乐祸的笑容，“我记得你说过你能搞定法官助理。”

我实在受不了这个家伙。当面对大办公室里的合伙人时，他会像爱笑的孩子般迷人，但当他向我这种人汇报时，总是会嘲讽一两句，因为我既不是合伙人，短时间内也没希望成为合伙人。

“我的确可以，”我对他说，声音冷酷而镇定，“赛琳娜很喜欢我。这就是为什么我们能比对方提前整整十五分钟拿到陪审员名单。”

我告诉他们要先关注前五十个名字。假如周日还有时间，

①一种审查陪审员有无偏见或偏私，从而确保选出一个公平的陪审团的程序。

我们就再去调查剩余的名字。

“记住，要检查拼写变体、昵称和婚前姓名。没人会用身份证上的全名注册社交网络账号，也不会在填交友档案时写这个名字。一旦有发现，立刻把搜索结果截屏保存，这样我们就能判断这个人是不是对方故意安置的……”

这不是妄想症。虽然有点不合规矩，但我知道很多无良的陪审员咨询公司会保存众多虚假的社交媒体资料，然后将即任陪审员的年纪改大许多岁，直到预先审查前夜才把他们名字改回来，让他们变成理想陪审员的样子。那些公司这么做就是为了在重要审判中误导对手。因为他们的对手会基于那些编造的事实构建偶像，而这种做法能让偶像失效。这就是提前十五分钟拿到名单的另一价值，但那群新手永远不明白。

看到那些初级律师手忙脚乱地进行姓名分类，我立刻大声发号施令——天哪，难道我们招的初级律师一年比一年小吗？还是我已经神志不清了？

“一个别放过，全部收集起来！信息过剩永远比信息不够要好。不要盲目自信，别以为自己比搜索引擎还聪明，因为你根本没那么聪明。你的第一要务就是坐在自己的电脑前，看着摄像机，然后说‘我不是机器人’，这样那些安保机器人就不会屏蔽搜索引擎了……”

我确实夸张了，但只夸张了一点。我知道怎么修改搜索引擎的参数可以得到更好的结果，但不是每个人都像我一样写过有关陪审团研究的公司手册。

“何必这么着急？”德雷克问，“反正通常法院传票不都会建议即任陪审员锁住社交账号吗？”

“虽然是这样，但人们不会听从法院的建议，”我试着耐住性子解释道，“这就是为什么哪怕在预先审查期间，你仍然可以看到他们在网上实时抱怨。也有人把社交账号的锁定时间设置在出庭前的那个周末。重点是时间。”

我看着那些初级律师打开电脑，启动搜索引擎。为了不被识别，每次启动搜索时，机器人都要有主流社交网络的最新认证。很快，这些初级律师都投入截屏这件事中；办公室里响起整齐的声音。无论见过多少次，这幅景象依旧好看。

“……我不是机器人。”

“我同意服务条款……”

“在混合宾戈网，我的密码就是我的微笑……”

基于道德准则，我们不能和即任陪审员成为好友，也就无法用这种方式看到他们锁住的动态，但不这么做，我们也可以收集得到大量数据。大部分人，哪怕是对隐私极其小心的人，也会有些粗心的朋友。那些朋友会泄露出我们所需的一切。（你会惊讶地发现，即便在如今这个时代，仍然会有许多人通过所有好友申请）。

另外，数据搜集器总能找到外泄的数据，遭到入侵的数据库会将数据泄露至灰色网络中，包括论坛、博客、评论，聊天服务器以及所有需要注册的网站——除了从未碰过电脑的人之外（反正我们肯定会打击这类人，多疑者不可能成为好的陪审员），搜索引擎总能据此生成一份相当震撼人心的文档。

当我的小助手们在收集数据时，我去吃了顿晚餐。接下来的事情才是难题。

我让那些初级律师手动翻阅收集来的信息，包括交友档案和在社交媒体上发布的帖子，以此让他们有事可做。这也不只是为了消磨时间，因为时不时总会有人发现点偶像中缺失的东西。但真正的工作是在建模室中完成的，由凯文和他的分析团队进行，由我监督。

建模室似洞穴般空旷，里面没有窗户。二十多年前这是个复印室。因为现在基本不用提交什么书面材料，所以早就被服务器和方形显示器占领了。

“找得怎么样？”凯文坐到椅子上问。他是分析部门的负责人，今年四十二岁，山羊胡已经开始变白。在加入我们之前，他曾为政府工作过，帮他们建造潜在极端主义分子的偶像，从而可以评估他们进行恐怖袭击的可能性。（有传言说他也会制作某些国家反对派领导人的偶像，因为我们希望在那些国家实现政权变更，所以需要确认他们是否足够强大，而且如果美国资助他们，他们是否会对美国利益绝对忠诚，不过这类事情都是高度机密。）

“还不错，”我对他说，“我们有些产出相当高的帮手。”

在建造偶像的时候，相较于其他数据而言，视频数据是最有用的。所以在选择陪审团的时候，大多时候会选择那些较为感性且顺从的人去说服。到目前为止，视频是最直观的媒介，可以展现微表情和其触发原因之间的联系。

“有什么特别丰富的东西吗？”

他指的是“数据很丰富”的东西，就像矿脉一样。“我们很幸运，搜集到了一些私人的成人聊天资料，有许多视频。”

他扬了扬眉毛，问：“用这些没问题吗？”

我耸肩道：“禁令反对的是单方面的沟通。在我看来，如果一些数据已经泄露，而你只是在重复使用那些数据的凭证，其实就是让其他人过来看一眼而已。”

他点点头，分出了五十个空白的神经网络，接着再用搜索引擎收集到的信息将之填充并训练。他在一系列控制台窗口中输入信息，然后浏览各个彩色显示器，将正在形成的偶像可视化。即便他让整间建模室的仪器都全速运行，为预先审查阶段制造低分辨率的偶像还是很花时间。

我觉得有点无聊，并有些焦躁。我不想以此自矜，但在这方面，我确实是全市甚至整个东海岸最出色的。这份工作已经没什么新意了。

我决定打个电话回家。

“喂。”

“喂，我这周末还能见到你吗？”

迪伦渴望的声音中带有一丝绝望，这声音让我有些心软。

“应该见不到了。我跟你说过周一就要开始审讯了。我保证周一晚上补偿你。”

我一边和他说话，一边用目光扫视建模室。一些分析师正在辅助凯文，各自在键盘上敲打；另一些则因为清楚今天要熬通宵，所以正在自己的格子间里小憩。沿着东侧墙壁排列的是储藏区，里面放着的是有实际形态的机器人，我们可以把各种法官的偶像灌注其中，这样律所里的律师就可以当着他们的面定期进行法庭辩论。两位技术人员正在给机器人做维护，目前这个机器人承载的是梅法官的偶像。从明早八点开始，负责审判的团队就会过来，然后当着她的面进行一整天的模拟辩论。我需要为他们准备几个模拟陪审团的偶像。

“我猜一等我睡着，你就会马上开车回公司。”迪伦带着爱意轻笑道。

我也笑了。尽管他难以理解，但仍然接受我对工作的热爱。

我们都接受所爱之人的种种怪癖。

“你什么时候应该听我的，来公司看看。”我跟他说。

他发出几声含混不清的声音。我知道他觉得制造诉讼偶像是件很诡异的事情，但是所有有意思的东西不都有一点点诡异吗？像娃娃、绘文字，还有我小时候玩的那个什么菲比精灵，都是。

“我晚上给爸爸打电话了，”他说，“我想知道他是什么时候发现自己想要孩子的。”

例子来了。虽然我不明白他为什么要和那个男人的偶像对话，但是我选择接受。那个偶像只是冠着他父亲的名字而已。

他正在回忆和父亲的对话，我的思绪则飘去了别处。

十一位身着黑袍的法官偶像沿北侧墙壁而坐，这些法官在巡回上诉法院中较为活跃且资历很高。律所还专门请当地艺术家塑造了几位法官脸部的模具，使用了最先进的仿生材料，这些机器人可以复制每个面部细节，无论是扬眉时产生的毫厘之差，还是愤怒地叹息时在嘴角处形成的微小皱纹。

“……‘人很容易迷恋自我’，他是这么说的。”

使用这些受理上诉的机器人法官完全没有必要。每年我们在上诉法庭辩论的次数不到十二次，而且对于上诉案件来说，口头辩论是最不重要的环节。为什么合伙人不能直接用虚拟偶像进行练习，或是只用普通的视频也行？这些机器人的高度仿真实在没有什么用。在我看来，用这笔钱来提高负责审判的法官的偶像分辨率可能会更有用。

“……‘家庭是很重要的，你知道吧？’虽然我明白他其实不是我真正的家人，但我也是这么觉得的……”

但那不是我能决定的。管理团队非常渴求上诉案件带来的声望，因而乐意往里面砸钱。合伙人喜欢对着机器人练习，而且每当一些重要客户私下去模拟室参观时，这些机器人总能给他们留下深刻印象。

（请注意，我不是说分析在上诉阶段毫无用处。法官也是人，所以有可能可以根据他们的特殊倾向来起草摘要书。而且，由于我们的初级律师和法官书记员通常是同学关系，所以他们可以悄悄向我们透露很多老同学的消息。如果我们的摘要书能够让书记员的小偶像激动起来，那么我们可能就在法官身边有了个免费的拥趸者。为了让上诉方面的偶像与时俱进，凯文及其团队下载了所有上诉记录，将逐字稿和录音都输进偶像中，然后再将预测结果与实际结果进行比对。到目前为止，他们的成功率在百分之九十以上，不得不说这个数字相当震撼。）

“……你是怎么想的？”

等我反应过来他想让我回答什么时已经太迟了。“啊……不好意思。你说什么？”

迪伦叹了口气。我可以听出其中的失望，以及原谅。他知道我刚刚没在听。“我是说我们要不要来一次公路旅行，正好你有假期。这趟旅程没有手机，没有平板电脑，没有偶像，没有工作。只有开车和聊天。只有我们。”

“……你怎么忽然想到这个？”

“我觉得我们需要谈谈未来，也需要谈谈孩子的事情。”听起来他似乎很镇静，但他并不是。

我有点傻眼。他为什么不能遵照之前的样子，那个我很喜欢、觉得很舒适的样子？这突如其来的情感爆发是怎么回事？一点预兆都没有。

“我……我的工作真的很忙。我无法想象——”

“好了。”凯文正坐在椅子上转圈，“毛坯已经做好了。你要不要来雕刻？”

“我得挂电话了。”我对电话那头的迪伦说。

他顿了顿，道：“我爱你。”从他的声音中，我听出他有些受伤，还带着先前的那份渴望。

“我也爱你。”我说，我是真的爱他。我挂断了电话。

我深吸一口气，试着让自己从方才和迪伦的对话中抽身出来。我现在不能想这个。我得先赢。

我把椅子挪到凯文的大屏幕旁，显示器上布满了旋转的、不规则的、五颜六色的斑点。这个可视化软件正在展现偶像不同的性格特征，这些偶像还相当粗糙。而我现在的任务就是，根据我对候选陪审员的直觉判断，对他们进行调整。

塑造偶像既是科学，也是艺术。你知不知道有时 3D 扫描仪做出来的蜡像反倒比不上优秀艺术家塑造的半身像？那是因为它们可能无法捕捉到人物的“灵魂”。塑造偶像是一个道理，你需要人类的修正。

我点击了网格中的第一个方块，直至旋转的斑点放大到整个屏幕。我拿出收集到的关于一号陪审员的数据，开始用鼠标检验偶像。我会告诉凯文哪里我觉得算法弄得不太准确，然后他会根据我的建议调整模型。

等我告诉初级律师偶像已经准备好面对他们时，已接近午夜。

“这个软件已经对陪审员进行了排序，排序的依据是利于我方的程度。假如你自己的评价和软件的有出入，找个地方记下来，但是不要质疑算法！机器从来不会出错。搞明白你自己错在哪里了。”

在我们使用偶像之前，咨询顾问经常会在审判前做社区调查、组织社区例会，以此帮助律师掌握陪审团大致的投票态度。然后要在预先审查前快速对候选陪审员进行分类，依据的是人口统计资料、职业、纳税等级、地点以及喜好。相较于那些原始工具，这些我们在一夜之间做成的偶像真可算是精密的手术刀了，哪怕它们的分辨率很低。

“在这些预备陪审员中，有一些是我们不想要的，你们的任务就是想出质疑他们资格的理由，要求他们回避——当然更好的情况是，你让对手也对他们进行打击，或是让对手浪费一个强制性挑战的机会。你要让那些陪审员说出他们的偏见、阴谋论以及他们古怪的世界观。如果还有时间的话，你们还可以思考怎样才能留下我们喜欢的陪审员，想出一些可以善后的好问题。这个软件会给你们一些建议，但你需要检查那些建议，然后看自己能不能想出一系列合理的问题脚本。这些问题不能太过明显，也不能激怒法官。你可以在这方面证明自己比机器更优秀！”

鼓励一下士气总是好的。

我看着那些初级律师跑回各自的办公室去，每个人都带着自己分配到的偶像，接下去他们需要对那些偶像进行探查和刺激。我感觉自己像位明智的绝地大师[①]，正在将她的学徒送往战场。

他们会做好的。我的意思不是说预先审查的研究很简单，而是说这件事情的挑战性并没有那么大，因为原始偶像已经大致定下了内容，他们不需要再花很多时间自己做研究。在打击非理想陪审员这一方面，机器提出的建议基本上都够好了。真

①绝地大师是美国科幻电影《星球大战》中的角色。

相是：对方也会有自己的偶像，而且他们也会这么努力地准备，他们永远不会让那些明显偏向我们的陪审员被选上。所以不管怎样，最终我们面对的陪审团都是可以进行合理说服的。当我向迪伦解释这一切时，他似乎吓坏了。但我告诉他，如果你觉得实现正义的最好办法就是有一群中立者摇摆不定，然后热风往哪边吹他们就往哪边倒的话，那这就是这个体系应该运行的方式。

“你跟我说你喜欢你的工作。可你听上去又对这份工作很怀疑。”

我不知道为什么会在此刻想到迪伦的话。这话其实相当让我烦恼，但我不愿意承认，而且现在也没时间想这个。

我转向了一件更为艰巨的任务：抗辩和证人准备。

我将对方首席合伙人的偶像加载好，她打这类官司的年数比我活的时间还长。

她向屏幕外凝视着，神情严肃，双唇紧闭。我能想象她只用一个眼神，就能让那些刚进律所的初级律师吓得魂飞魄散。但她并没有吓住我。她在公开记录中有许多庭审经历，而且曾在各类专业会议上作过演讲，因此我们需要处理大量文字稿和视频，这样她的偶像才能接收到更多信息。

“怎样才能让你失去理智呢？”我对着屏幕喃喃自语。

她依旧冷漠，无法回答。

我们已经像这样持续好几天了，好几周了。每天的意志斗争就像填写时间表和洗碗一样，成了我日常生活的一部分。我已经想了好几种开场白，但没有一种能够一招制敌。只是到目前还没有。

那个软件在不断搜索她的信息，使她的偶像日益完美。今晚我要再试一次。

我按下按钮，将她激活。

这个偶像没有记忆。每天都是完全崭新的。如往常一样，我先开了口：“晚上好，高恩女士。”

她看起来有些生气：“我认识你吗？你有没有预约？”

虽然她已经无数次这样对我了，但我还是压抑着一种……什么？恼火？被刺伤的自尊心？她当然不会认识我。无论自己对胜利贡献了多少，我都必须保持默默无闻，远离声望，这是我工作的一部分。在律所网站上，我被写在“税务和私人客户”部门里。这是个可以远离聚光灯的好地方。

“高恩女士，我仰慕您的工作很久了。我现在遇到了一个小难题，希望您能给我一些工作上的建议。”对方律师的所有偶像都要先回答这个问题。虽然有点做作，却可以用最快的速度进入主题。

“好吧。”她脸上的表情舒展了些，“跟我说说你自己。”

我的第一反应是破口大骂。明明这问题我已经从她口中听过许多遍，今夜听着却像某种指责。我不明白。我究竟是怎么了？这突然的情感爆发是怎么回事？一点预兆也没有。

我强迫自己按着脚本走。

进入诉讼这一行，你很快就会发现事情的真相如何并不重要；唯一重要的是陪审团是否相信这就是真相。我并不是在批判这种制度。这制度在设计之初便是如此。既然陪审团无法进行实验，也不能亲自问询证人，更不能独立调查证据，那他们就只能去判断该相信谁。由于对可信度、权威性和真相的判断全部归结于直觉与情感，所以人们便可以操纵陪审团的判断。某些操纵法庭的把戏由来已久：律师的着装，律师与陪审团对话时使用的言辞，以及在支持专家证人的可信度时，律师所使用的那一长串极具说服力的缩略词及其所属机构信息。为了降低这些把戏对法庭的影响，现行法律已经发展出了许多对应措施。

但偶像的出现使得另一些操纵手段成为可能，而且法律目前尚无法应对这些手段。

我把自己捏造的简历发给了玛格丽特·T. 高恩律师（要想获得偶像真实的反应，那些问题必须要尽可能地逼真，因此伪装是必要的），这时激怒偶像软件跳出了一些刺激性问题建议，屏幕边缘写着一句我之前没见过的话：她似乎对在《法律评论》工作过的校友抱有超乎寻常的敌意。

我皱了皱眉。真的假的？

软件向我展示了一份多年前的证词记录，其中的一次对话特别用黄色标了出来。

证人：我在《法律杂志》工作过，我知道我在说些什么。

律师：假如我对《蓝皮书》有疑问，我一定会咨询你。但你现在不是律师，所以请据实以答。

接着，软件找出了一个视频片段，某场法学院演讲后的问答环节。一位学生举了手，她问高恩认为对一名初级律师来说，最重要的品质是什么。

“我不在乎你是不是全优，或者你有没有在《法律评论》做过事。事实上，如果你不是的话才好，因为这样至少我知道，你还有可能不会自以为什么都懂了。”

我确信高恩从来没有在哈佛法学院的《法律评论》工作过，可能因为她当初被拒绝了，所以这变成她心中挥之不去的伤痛。但我觉得这个料不够猛。在这个行业里，痴迷《法律评论》成员所带来的声望经常会遭到批判。用这种方式打败高恩似乎不太可能。

不过，仍然值得一试。

“我之前在《法律评论》做过文字编辑，”我对屏幕里的偶像说，声音里注入了一丝状似谦逊的骄傲，“我非常珍惜那段回忆。”

我可以看见她厌恶地将嘴紧闭。或许软件真的找到了点子上。

要想让律师或证人在陪审团眼中丧失可信度，一个最可靠的方法就是让他们表现出情绪失控，让他们大发雷霆。每个人都会有情感弱点，这个弱点是可以被利用的，因为一旦被触及他们就会爆发。过去，经验丰富的诉讼律师会在辩论或交叉询问的过程中寻找这类弱点，希望可以触及对方柔弱的地方，他们那时依靠的是直觉。

有了偶像，这类弱点搜寻就变得系统化了，而且效率也大大提高。根据多年庭审记录及大量证词，我们是有可能构建出对方律师和关键证人的高分辨率偶像。然后我和软件会输入可利用的触发点。

“你觉得我要不要联系一些老朋友呢？”我故作无知地问，“或许主要联系那些曾在《法律评论》工作过的人怎么样？”

那偶像的表情变得越发冷淡。我感觉自己好像正在触及某个敏感话题。

你会惊奇地发现人们会因各种事情崩溃。例如有一次，对方是一位有着十几年上庭经验的老律师，但当我们提议早点休庭去吃午饭时，他竟朝我们大吼，唾沫飞溅，双臂挥舞。我当时默默坐在旁听席上观察着这一切。当法警冲过去控制那位律师时，我能从法官和陪审团的眼中看出他们的震惊。那天下午的庭外和解对我当事人非常有利。

但陪审团和法官并不知道，那天我让团队成员不停做出一系列特殊动作，并使用某种特定发音，为的是让对方律师想起离世的父亲。你知道吗，假如以前父母在说某个普通词语时有特殊习惯，那么哪怕你已成年，当父母再说到那个词时，你还是会立刻回到你十三岁时的状态。这有点像个极端案例。对方律师和他父亲的关系非常恶劣，可能是他曾被父亲虐待，我从偶像模拟中得知，如果我们对这一点穷追猛打，他最终一定会在陪审团面前崩溃。

“我建议你不要以为自己在《法律评论》工作过，就好像很有才能似的，”高恩的偶像毫不客气地道，“没人在意那个。你看看你到现在都干了点什么啊？”

我被伤到了，燃烧的自尊在胸口膨胀。我想甩给她一连串我的胜诉案件，虽然不曾为人知晓，却是我的胜利，以及那些没有署上我的姓名，却是我根据偶像特点而写出的摘要书，还有那些因为我做了偶像测试才促成的和解协议——我抑制住了这种冲动。今晚我的思绪实在太过分散。这件事情不是关于我的。我甚至都不是在和一个真人对话。

一旁显示器上的折线图表明，这个模拟形象的心跳和血压指数正在不断上升。我能感觉到自己的心在狂跳，脸也越来越红。我深吸几口气，强迫自己冷静下来。看起来确实很有进展。现在，我得想想要写出一份怎样的脚本，从而能够在庭审过程中把她变成这样……

等下，这一切感觉有点奇怪。

我将偶像暂停，将全部注意力转向那个激怒软件。为什么之前没有发现她对《法律评论》成员获得的声誉非常敏感呢？

敲击几下键盘之后，我就有了答案。几天前，一个八卦法律博客发布了一个号召帖，让大家讲述合伙人的荒唐行为，对这种烂平台来说，这类话题是经久不衰的。一位匿名人士发表了一则评论，说他们律所的一位合伙人不会真的培训初级律师，只会让他们反复做同一份研究备忘。然后另一位评论者对此表示怀疑，认为该合伙人这么做是在浪费律所资源。接着第一个评论者承认这件事情只发生在他们身上，而且是因为那个合伙人想要“让我认清自己的位置，因为我曾经是《法律评论》的成员，但她不是”。软件扫描了这个评论者的发帖历史，从而知道了他的真实身份，并追踪其至高恩的律所。然后，基于评论中的其他线索，软件确认那个发帖人所说的正是高恩。正是由于这条数据，软件才认为高恩的偶像会对此有过激反应。

我真的相信这个机器吗？

偶像既可用来防守，也可用来攻击。除了法官和对方律师外，律所还有我们自己诉讼团队所有律师的偶像。这些偶像的分辨率超级高，因为他们不仅拥有公开信息，还有私底下的数据。诉讼律师需要定期探查自己及团队其他成员的偶像，以此发现其可被利用的弱点，并将之消除。为了不让对方触及自己的弱点赢得审判，我们可谓无所不用其极，如心理治疗、定量对外泄露信息、脱敏治疗等。

（我想你现在能明白我为什么不自己上庭了吧。我没有兴趣折磨自己的偶像，也不想用此来发现让自己陷入疯狂的方法——即便没有经历过特别的痛苦，生活也已经够艰难了。）

我检查了让机器判定匿名发帖人说的就是高恩的线索（有几处过度详细地描述了办公室的家具及墙上的绘画；一句话似

乎是直接引自她的某次演讲)；我浏览了发布者之前的评论历史[开始于本案听证几周之后，该听证依据的是《规则》第12(b)(6)款]；我看了一下评论的具体时间点（清晨，刚好有一位律所的初级律师在工作时间之外，用私人设备发布了评论)。

一切都如此刻意，如此干净，如此巧合。事实上，这些线索像是故意放在那里引我关注似的。《法律评论》曾经拒绝过我，我不是对此耿耿于怀吗？我不是一直都希望用自己的才华获得声望与认可，一直对地位有着极度渴望吗？我不是总是想赢，好像胜利可以填补我内心缺乏安全感的空虚一样？

“你到现在都干了点什么啊？”

“你跟我说你喜欢你的工作。”

我合上双眼，让一切在脑海中打转。我不是一台超级计算机，没有特别的算法，无法根据零散的数据想象出真人的模样，但是作为社会性灵长类动物，我的确有着上百万年的进化历史。我的眼窝前额皮质，我的镜像神经元，还有我的心理认知能力都可用于构建偶像，尽管偶像这个称呼最近才出现，但那不过是他人的心智模型而已。

在一片混乱之中，我可以看到一个朦胧的身影，聪明而狡猾。他们和我一样，明白偶像构建的工作原理及其弱点。由于总希望有更多数据，所以搜索引擎经常会过度采集，而整合器常常会过度解释。因此人们可以轻易释放一些反面案例，从而破坏整个过程，让偶像失效，并将对手带去另一条错误道路——特别是当他们已经有了对手的偶像时，那个对手就是我。

恐惧和喜悦带来的震颤刺痛了我的脊背。

我张开眼睛，脸上挂着冷酷的微笑。我让模拟软件将匿名发帖人的评论，以及由此延伸出的所有结论，全部从高恩的偶像中删除。

但这还不是全部。他们是不是一直在调查我？他们是否已经知道了迪伦的事情，并找出了用他对付我的方式？他们有没有渗透进他的社会数据，强化他对孩子的渴望，让他想要成为一位父亲，而不是像他自己的父亲那样，然后在庭审前夜制造出一场家庭危机，以此让我出局？

可能我有点多疑了。也可能是我变得太过安逸了。

我想象着即将到来的这场审判：一旦陪审员被选上后，我们会疯狂地将他们的偶像升级为高分辨率；在那些不眠之夜，我们会模拟辩论，用以评估胜利的可能性；我们会竭尽全力完善和优化每一次表现，从而基于偶像的反馈，使其影响最大化；佯攻、防守、猛攻、闪避……

曾经，那一切都像是例行公事，甚至还有些无聊。可现在，我知道这场审判将会变得非常激动人心，因为我遇到了一位可敬的对手：一个像我一样，对偶像之事极其熟悉的人，那个人甚至可能比我更强，更冷酷无情。

我希望我可以分享这种……这种不太成功的感觉，这种遇到另一个同类的激动感。我想和某个能真正理解我的人分享。

但还有事情让我心烦意乱。

“你到现在都干了点什么啊？”

“你跟我说你喜欢你的工作。”

无论可能性多么微小，但是否存在这种可能，即刚刚我看到的才是真正的自己，那个我一直在逃避的自己：这跟迪伦、孩子、工作与生活平衡，还有那些我计划要去却从未去过的旅行都没关系。我真的喜欢我自己吗？

可现在我没那个工夫。

“游戏开始。”我对着屏幕喃喃，按下按键，激活偶像。

3. 认识你自己

创作自述（莎拉·霍南）

我并不喜欢写什么创作自述。假如用一篇文章就能概括我的作品，我一定早写了。艺术创作的关键就是表达那些无法用言语说出的东西，创作是为了从修辞、论证、证明、陈述这类语言暴政中逃离。

可是有人告诉我，如果我不自己写一篇自述的话，他们就会用一篇馆长陈述代替，所以我被迫在这里打字。解释自己的作品已经够糟了，让别人来解释则是唯一一件比之更糟的事情。

《认识你自己》是关于偶像的，在我们这个自我迷恋的时代，偶像是其产品象征。偶像声称可以根据人们进行自我表达的外部数据，通过推理、机器学习、模拟、模式识别和放大来捕捉真实自我的心理，从而模拟一个人的内心世界。据说偶像可以非常准确地描述灵魂，一如镜头可以捕捉到身体所反射的光线。

我们对网红的偶像和明星的偶像都很熟悉，但其实偶像在法律、医学、教育、政府、金融、外交以及产品开发等各个领域都有应用，只是我们平时对此讨论较少。在各种科技巨头和政府部门的数据中心可能就有你的偶像，那个（些）偶像可能会影响许多与你相关的决定，例如剥夺你的权益还是对你判处缓刑，是给你助学贷款还是不让你入学。

我的作品邀请你来创作一个你自己的偶像，然后你可以和它相处看看（假如你愿意的话，也可以让你爱的人和它相处一下）。我已经对塑造偶像的专业工具界面进行了简化，并设置了引导性的交互模式，所以你不需要任何技术知识或经验。你可以管理和筛选数据来源，调整参数，测试结果。祝你玩得开心这种话似乎太老套了，但这的确是我最重要的一项指导意见。

因为这种作品的性质，此过程中需要在你的同意下获取你的社交媒体数据、云盘档案、手机数据等信息。数据获取的多少都取决于你。在你参观结束后，我不会留下关于你的任何数据，也不会留下你的偶像（你可以在 AR[①] 中阅读用户协议的细节条款），但你不相信我也很正常，我会在下文解释这点。

本装置的云处理能力、存储和服务器端建模软件均由谟涅摩叙涅公司捐赠。该公司是偶像领域（还有其他许多技术领域）的主要参与者，其数据收集的手段经常引起争议。由于许多关于你的决定都是别人基于你的偶像做出的，所以不用我来提醒你，那些可以用来完善你的偶像的数据是非常有价值的。曾经广告才是人们最担心的东西，但那段太平时光已离我们很远了。

鉴于这点，谟涅摩叙涅公司主动来找了我，并不是我去找的他们。我告诉他们，我是有条件的：他们不能保存任何数据，不能控制作品，我不会在展览上感谢他们，也不会允许任何赞助信息出现在这里。他们欣然同意，并向我保证，他们唯一感兴趣的就是希望公众可以对偶像有更多了解。我的律师告诉我他们的承诺是有效力的。

尽管如此，还是会有人说因为公司的参与，我的作品必将无可救药地走向堕落。我赞赏他们纯粹的理念，但如果想让所有人都能使用这个装置，我必须要购买大量云计算资源，而我

①增强现实，将虚拟信息与真实世界相融合的技术。

负担不起。偶像必须被某些东西驱动：熏香、供品、赎罪券、信仰。

展览的尽头有一个自动采访亭，你可以在那里录下你对于这个作品的想法，并和大众分享你的想法（你也可以选择不分享，这都看你自己）。

希望你能找到你所追寻的东西。

查雅·赛特迈尔 - 博纳诺，32 岁；达尼·赛特迈尔 - 博纳诺，28 岁。

查雅：看这个作品的时候有点像第一次见到照片里的自己，但比那个感觉更差。简直无地自容！

达尼：（笑）我觉得偶像的表现还是相当精准的。

查雅：你的偶像还是我的？

达尼：你的。她说话的样子跟你一模一样。

查雅：但是她听上去像个混蛋！又自大又吵。真的让人无法忍受。向我解释一下贸易政策！（模仿）“你听力不太行。而我是专家。”我当时想一拳打在那个笨蛋的脸上。

达尼：嗯哼。

查雅：你在偷笑什么？我从来不这样说话——

达尼：呃。

查雅：而且她还是错的。她对于这个领域的了解已经至少落后了两年，她还特别教条——

达尼：你已经有两年都没发布关于工作方面的帖子了对吧？这个模拟软件只能基于它能搜到的数据模拟。在某些方面，你已经进步了。

查雅：你这话是什么意思？

达尼：我爱你。不过我也很开心你能通过这种方式看到自己。

查雅：（停顿）我也爱你。（不太情愿地说）你包容我很多。

米娅·K.，16 岁。

我没有输入任何自己的信息。我是咋了？蠢了吗？

当它要我的数据和经历时，我把纽约洋基队官方公关的信息输了进去，放了环球小姐的照片墙链接，抱怨客服网的账号名则用了谟涅摩叙涅公司。

那个偶像实在是太神奇了。

我已经很久没这样笑过了。上一次笑成这样还是那次返校比赛前，我们把两百只鸡放到了橄榄球场上。

E.J. 宋，45 岁。

据我所知，我从来没有公开表达过自己对《恶之花》的喜爱，也没有引用过里面的句子。我不曾和任何人谈论过这本诗集；我觉得阅读这些诗篇时的感受是非常私人的。然而当我问起偶像对这本书的感受时，他最爱的那些诗句和我的完全一样。

这究竟是什么魔法？我的偶像让我恐惧不安。我喜爱的书籍是不是影响了我使用的语言？是不是因为这样，算法才能极其准确地判断那些书是什么？我就这么好猜吗，光凭我分享的那些表情包，常去的餐厅，还有我在网上发表的那些信口开河的评论，就能推断出我的文学品位？难道我只是一些重叠数据的交集，或某些偏好的集合吗？

没人愿意承认电脑可以模拟自己，又或是它可以计算出我们未曾言说的想法，以及从未表达的感情。我们都希望自己是独一无二的，是特别的，是带有我们个人意愿的。我不希望我的大脑只是一台机器，旁人可以辨别它的内部运作方式，同时还可确定并预测其走向。我希望能够让那些自以为了解我的人感到惊讶。这才是自由真正的意思，不是吗？

所以我做了个小实验。

我开始一步步删除制造偶像时输入的信息。抱怨网的数据、鼓掌网的历史、照片墙，还有各种网站的账号：VR谣言、颤音、净架、复古旅行点。每删一条信息，我都会按下按键重塑偶像，然后再次测试。我一直占着这个工作台，结果身后排队的参访者越来越多，人们都在大声抱怨，所以一位讲解员不得不走过来，让我也让别人体验一下。于是我又回到了队伍末尾，重新排队。

我是很有方法的。我把数据源全部列出来，然后用二分搜索的办法将它们区分。为了从机器中拯救我的人性，我依靠着机器的帮助。

最终，我找到了谜底。那是我随意发在照片墙上的一张自拍，拍摄于五年前。每当偶像有这张自拍时，他就会向我背诵波德莱尔的诗篇。而当他没有时，他就会说自己从未读过那本书。我从工作间出去，调出手机上的那张照片，将之放大，一个像素一个像素地仔细研究。

我当时站在书架前，背景里可以看到那本书的双语版，就在我右肩上方。当时的灯光很糟糕，但书脊上那盏耀眼台灯非常醒目，那盏灯极具风格，上面打着谟涅摩叙涅公司的标志——那本书是半人马出版社出版的，先由谟涅摩叙涅公司进行机器翻译，然后再由宋扬·派克进行编辑和润色。她是一位研究波德莱尔的学者，且本人也是一位颇有造诣的诗人。

至于建模软件是怎么找到那句话的……我有个习惯，就是读书时会翻到我最喜欢的段落，然后把那些书页压平，这样我就可以一直盯着那些文字，直至它们刻在我的视网膜上。从我的书籍上找到这些折痕，再找出这几句话并不难。

毋庸置疑，这是项令人瞠目的技术，但……并不是魔法。这个真相并没有让我感到宽慰，我依旧感到空虚。

我在采访亭前徘徊，我不能就这样离开博物馆。一想到那个偶像半成品就让我心烦，但我当时无法解释它究竟怎样影响了我，现在仍然解释不了。

所以我又排了一次队。当我再次站在这个工作间时，我重新输入了全部数据，激活了偶像。我又问了一遍他最爱的诗篇是什么。他的正确回答对我来说很重要。他答对了。

我的偶像是如此真实，如此栩栩如生。我们谈文学、谈艺术、谈存在的意义。直到讲解员威胁说要把保安叫来，我们的对话才终止。直至那一刻，我才不情愿地起身，看着我的偶像于屏幕中消失。

你一定觉得我听起来很可怜，对一本书纠结至此。经此种种，我还是没有拯救我的灵魂。

那些读过的书，分享过的图片，点击过的链接，发布过的视频，难道我只是那些东西的总和吗？知道了我在数据上的射程和半影[①]，就是知道了我；整个过程没有主体，数据之下没有不可认识的自我。我就像偶像一样是被拼凑起来的，这不过是个小把戏。

①这里指的是法律术语。

“你的嘴里含着顽强的遗忘，
你的亲吻泛着忘川的涟漪[1]。”

莉兹·约索，24岁；凯西·塞耶，26岁。

莉兹：为什么不要？

凯西：因为这样很诡异。

莉兹：只是想看看我们的孩子会变成什么样，怎么就诡异了？

凯西：这个作品不是用来干这个事的！你不能简单地把我俩社交媒体的数据混在一起，就想着它……变成我们未出世的孩子！

莉兹：所以你现在是个电脑专家了？

凯西：我们能不能不要在镜头前做这件事？

X.V.，年龄保密。

我试了。这个偶像听起来并不像我。我也没期待它能跟我一样。

不是每个人都能自由地说出心中所想，也不是每个人都能对着电脑说真话。有些人确实表里如一，这平台也是为他们设计的。剩下的我们则不得不去适应，去伪装，只用代码进行沟通。

你觉得谁会自愿参加用于算法生成的心理实验？你觉得计算机会将谁的思想视为默认设置，然后再将之作为模型生成偶像？

不过我还是玩得挺开心的，就像看着哈哈镜里穿着戏服的

①波德莱尔《恶之花》中的诗句。

自己一样。

贝拉·杜贝特，30 岁。

我对偶像很熟悉。我总是和他们一起工作。我们律所……会出于商业原因制作偶像，而且我一直将自己视作一位颇有能力的雕刻家。相较于公众接触到的偶像，我工作时的偶像在分辨率方面要高得多。我觉得自己对偶像可说是无所不知。

但我从未和自己的偶像相处。部分原因是如果在工作时间，用公司仪器的计算能力做这种事有点说不过去，还有一部分是因为……嗯，这么说吧，我对偶像并不友好。

因此我决定来这个展览。

我故意没有输入任何与我工作相关的数据。首先你不能相信艺术家或是像谟涅摩叙涅这种公司做出的任何承诺，而且我的工作是有特殊权限且绝对保密的。不过还有另外一个深层的原因：我想看看自己是不是被工作定义了。

和她交谈很有趣。我们聊了我们对电子游戏的喜爱，对舞台魔术的喜欢，对独自远行的热爱。我们谈到了迪伦，谈到了我们的父母，还谈到了那些已经失去联系的朋友。有些事情她记得比我还清楚，这不足为奇；我已经有十几年都没看过大学时写的日记了。

就像有了一次机会，看看如果当初自己没有选择这条路，没有选择将自己奉献给这份职业，没有这样一路走来，自己会变成什么样。她更理想主义，没那么复杂，更容易相信别人。相较于我，她总会把人想得更好一些。我能看出工作已经把我变得越来越不可爱了。

她是不是比我更像我自己呢？抑或是她离真正的我更远呢？

她让我重新思考我是如何评价别人的。和我一起工作的偶像是在搜索引擎的帮助下建造的，搜索引擎会优先考虑冲突、争议和面向公众表演之类的信息。我们无法看到该主人的大学日记，也不知道他高中时悄悄喜欢过谁。我们关注的是“专业”。我已经习惯于攻击偶像，希望发现其弱点，因此我开始将偶像和真人混为一谈了。

我们每个人都戴着面具：一个面具面对丈夫；另一个面具面对孩子；一个面具面对亲戚，他们将自己度假的视频掺入我们的数据之中，以获得掌声；另一个面具面对客户，他们希望我们冷静而审慎，追求成功。或许我们如此珍视的“自我”，也不过只是这些面具的集合。抑或是在层层面具之下，才是最为本质的东西，一颗跳动的心脏，它原始、血腥、脆弱，渴望与人联结，渴望知道我们从何而来，将往何去。为了对抗现实及强烈的情感爆发，我们建立了自我防御。当你打破我们的防御时，当你透过面具的隙缝和裂痕窥探时，你就会看到那样的本质。

对待情感爆发，我们满是不屑与不信任。在我们看来，成为人类就得失去人性。这多么可悲。

所以我想说：保持善良，无论是对自己，还是对那些你所觉察到的不完美。但谁知道呢？或许在内心深处，我们都不过是偶像而已，有着不善言辞的灵魂，只能微弱地发声，一如水晶球中的震颤。

更大的鱼

莎拉·平斯克尔

莎拉·平斯克尔于2016年凭借中篇小说《我们的大路女士》(*Our Lady of the Open Road*)获得星云奖。中篇小说《在快乐中知晓背后的深渊》(*In Joy, Knowing the Abyss Behind*)于2014年获得斯特金奖，并入围了2013年度的星云奖决赛。多篇作品发表于《阿西莫夫科幻杂志》、《奇异地平线》、《奇幻与科幻》、《光速》、《每日科幻》(*Daily Science Fiction*)、《神秘杂志》和《炉边幻想》等杂志，另有作品收录于《长久隐藏》(*Long Hidden*)、《凶猛之家》(*Fierce Family*)、《抵达未来》(*Accessing the Future*)和多个年度最佳科幻小说等选集。她所创作的故事已被译为中文、西班牙语、法语、意大利语等多种语言。首部作品集《迟早万物都将落入大海：故事集》(*Sooner or Later Everything Falls Into the Sea: Stories*)和首部长篇小说《新日之歌》(*A Song For A New Day*)都于2019年出版。她同时也是一位歌手兼作曲家，已有由不同的独立发行商发行的三张专辑（第三张专辑是和她的乐队——障眼法乐队共同创作的），第四张专辑也即将发行。她目前住在马里兰州的巴尔的摩。

我的办公室原先是个储物室；正因如此我们才能用一个房间的价格租到两间屋子。这也意味着，假如我把门关上，办公室里的空气就无法流通。可如果我一直将门开着，那一旦有人当面去找我的接待员，我就能立刻听清他们在说什么。这个男人要求见我，好像我完全不可能正在开会或是会见别人，又或是即便我正有别的事，我也一定会丢下眼前的事，转而去处理他那更重要的事情。“我要见詹姆斯·斯潘德罗夫。你难道没听清我是谁吗？我是小朗斯代尔。”

“哦，我听清了。”蕾妮知道，在我的支持下，她可以拒绝任何访客，或是让他们等着，又或是考虑到目前紧张的经费，不给他们递水。拥有人类接待员的一大乐趣就是可以让她做些主观判断。因此我没想到她居然会在一分钟后用电话通知我说有一位“艾尔代尔先生”要见我。

“是朗斯代尔。”他又重复了一遍，语气愤怒。蕾妮的桌子靠着墙，我的办公桌正好对着墙壁的另一侧，因此我既可以听到内部电话中的声音，也可以通过打开的大门听到他们实际的对话。

“不好意思先生，是蒙代尔先生。”

“朗斯——代尔。”

她是在耍他，声音里带着消遣的意味，我能感觉得出来。她也知道我会喜欢这种玩笑。可问题是，没有人不知道小朗斯代尔是谁，或者就算不知道他，也一定会知道他著名的父亲，最近过世的那位约翰·朗斯代尔三世。小朗斯代尔是他的长子，但很奇怪，他的名字居然不是约翰四世，而是“小”。约翰四世这个名字后来给了约翰三世的次子。一直都有传言说老朗斯代尔不喜欢第一个孩子出生时的样子，直到有了第二个孩子，他才明白大多数新生儿都会啼哭，而且会哭个不停。

不管怎样，此刻这该死的小朗斯代尔就在我狭小的办公室里。这是一幢共享办公楼，小朗斯代尔很可能从没到过城里的这片区域，不过也可能整幢办公楼都是他家的资产。

“让他进来。”出于好奇心，我至少得听听看他要说什么。

他进了我的办公室，顷刻间脸上的神情都在说“就这么点大”？一个高档男仆跟在他身后走进办公室，假如C3PO和R2D2[①]也能一起生孩子的话，那孩子成年后大概就会长成这个浅黄色模样。由于机器人也进来了，朗斯代尔被迫完全栖身于那张假皮单人椅的狭窄空间之中。我很少会同时接待两位访客。

“本特，擦椅子。”他说。那个男仆从位于腹部的一个开口处取出一块抹布，将其中一张给客人坐的椅子擦干净了，随后将抹布放到第二个开口中。擦前擦后并没有什么特别的变化；许多人都坐过这把椅子，足够使其保持干净了。

朗斯代尔坐下道：“我以为你是男的。”

“我父母也是这么想的，”我说，“所以他们才给我取了这个名字。我有什么能帮您的吗？”

“我是小朗斯代尔。”

我深知他期待我对他的名字，或是他的长相，又或是他的处境做出一些反应，但我总发现装作无知可以帮我获得更多信息，另外这样还很有意思。

他对此无法忍受。“本特，把报纸给我。”他说。

男仆打开了另一个小格子，将一份实实在在的报纸递给朗斯代尔。

①二者皆为《星球大战》系列中的角色。

“我不是要今天的报纸，本特你个傻子！给我那份写了我父亲死讯的报纸。”他叹了口气，“本特是父亲的男仆。我还在习惯它。好了，你肯定听说了我父亲的死讯对吧？”

我当然听说了。所有人都听说了。身价不菲的水源大亨可不会天天在浴缸里电自己。继续表现无知或许很有意思，但在某种程度上他会认为我能力欠佳，而不会想把手上的相关案件交给我。并不是说我一定会收朗斯代尔的钱，但像这样银行账户里铁定有钱且我可以满足其要求的人，也不是我办公室的常客。

“我知道。我又不是住在山洞里。”

他四处打量着我这狭小的办公室，仿佛在说山洞也比这里好。“那你应该知道我为什么会在这里？”

“不如由你告诉我原因？”

“有什么好说的？我父亲的死已经被定性为一场意外了。”

“如果你相信那个结论的话，你就不会来这里了。”

“对！调查结果显示当时那个房子里没有别人，但我还是不明白为什么浴室里的电视最后会出现在他身上。”

“如果我没记错的话，他们说一定是支架坏了，然后电视机掉了下来并导致他触电而死。”新闻里充斥着这些细节。我记得我还奇怪过什么人才会在浴缸上方安一台电视机，然后我认为答案是那些否认气候变化的寡头，他们一刻都不愿远离新闻。“你不相信这个解释吗？警察的调查权力要比我大得多。”

“如果由某个公正的人来解释，我想会更好。”

“我不是法官。”只要事关这个家族，就不会有公正存在。

“那就不说公正，说独立。我付钱给你，你对我完全坦诚。假如你调查之后告诉我警察说的是对的，我就会相信你。而且无论结果如何，你都能收到钱。我听说了霍普那个案子。”所以这是他选择我的原因，那是迄今为止我最为知名的案件。

“我会需要无限制的访问权限。”我警告他。

“行。”

“而且钱要先付。”我说出了一个数字，是我平时收费的五倍。

“没问题。”

我应该再多要点的。又或者我应该停下来，想一想接这个案子是不是明智。我不介意收朗斯代尔的钱，但为这样一个自命不凡的家伙效力，感受一定会很奇怪。不过钱到底是钱，我也好奇他到底是不是对的，而且还可以借此机会看看那些顶级富人是怎么生活的。

“好的。”我伸出手同他握了握。他的手掌很干，指甲修剪得很整齐。我们的手一松开，本特就给他挤了一手去菌泡沫。

“你什么时候可以开始？”小朗斯代尔问。

我想了想手头的这个项目还要多久结束。“周五？”

“今天下午就开始的话，我会再给你五千块。”

那是五个月的房租。“行。今天下午。我下午两点去你父亲的房子，你能不能让我进去？”

他点头。

我目送这个富有的男孩和他的男仆离开，随后开始在脑中谋划如果之后无法按时完成麦克斯韦·托雷斯的报告，该怎么让蕾妮向他们解释。

车子选的路线与我想的不同。一路上我让它给我讲讲约翰·朗斯代尔三世，它复述了一下维基百科中朗斯代尔的重要人生事件，这人的一生都为利益所驱使。他的事业起步于一份城市维护合同，通过这份合同他偷偷地将该城所有水资源都转到自己名下，随后他由此变成了在贫民窟中放租的房产大户，资助水源之战的雇佣军，收买政治候选人，还有了一些别的爱好。我只是帮他儿子搞清楚他到底是怎么死的，但对于他的死亡我毫不在乎。

城市逐渐变为郊区，然后是连绵的山丘和乡村庄园。一些庄园中还有草坪和花坛，虽然别的都变成岩石庭院或种上本地植物了。不过朗斯代尔不是这样，他的那些玫瑰所耗的水量和我一整个月的配给量相当。因为车道两侧都种着玫瑰，我本以为前面会出现一栋有着白色柱子的复古豪宅，但我们到的那幢宽敞平层看上去像是杰森式的未来主义，正如那些能从俗物中看出真正建筑愿景的人所阐释的那样。

我上前走去，大门自动打开了。我四处搜寻了下监控摄像头，一共找到九个，全在捕捉不同角度。

男仆本特在门内迎接我。“朗斯代尔先生让我带你去他那儿。请跟我来。”我意识到上次它去我办公室时从头至尾都没开过口。

我跟着它进到一间宽敞的开放式厨房，这厨房是专为机器人和智能家居设计的，你可以看着它们在其中工作。小朗斯代尔坐在一张有内嵌触屏的桌子边，他正在屏幕上翻阅股票列表，在我眼中，那些东西宛如象形文字。当我走进时，他抬了抬眼，神情明显放松了些。

“我先前不确定你是不是真的会来。”他的父亲曾为偷取整个国家的水源设计合同而发动战争，然后再将水资源以高价卖给人们。在他所处的世界，假如另一件更有利的事情出现，即便他正在与人握手也可立刻停止。对于他的那种不安全感，我表示同情。

“你要不要来点咖啡？”

我点点头。“房子，给客人倒杯咖啡。”他对着空气道。

他重新面向我问：“你想加什么？糖？奶油？”

我又点了点头。咖啡机正嗡嗡作响，整间屋子充盈着我在这世上最爱的香气。等咖啡做好了，我便起身去拿杯子，但是小朗斯代尔用手势制止了我。

“本特，把斯潘德罗夫女士的咖啡端来。”他转向我，解释道，“我喜欢使唤父亲的这些玩具。”

咖啡可称完美，温度恰适入口。我喝了一小口，如此就能端着杯子不让咖啡洒出来。“你能不能带我去案发现场？”我问。

我们从厨房穿过，我借此更好地观察了下那些最先进的智能设备。那些设备上都没有商标，由此我猜它们应该是独角兽公司的产品，因为独角兽牌最大的特色就是这个，所谓“品质不言自明”。

我们经过了一间正式餐厅和一间奖杯陈列室，不过我不记得之前听说过朗斯代尔除了抢劫和掠夺之外，还特别擅长什么，但他们可不会把自己擅于抢劫和掠夺彰显于世。我发现窗户上有运动传感器，但门上没有。警察大概已经试过研究这个房子里的出入口了。

显然主卧和浴室都被仔仔细细地调查过了，里面空荡荡的，看起来所有重要物品都已被打包标记好，此刻正在某处储存着。

浴室和整幢房子一样，毫不铺张，但明显是为了满足主人特别需求而设计的。瓷砖像是土耳其浴室中的一样，呈深蓝和金色。灯光温暖，没有镜子。

浴缸有个独立区域，它和马桶、水池都是隔开的，隔断用的是半墙，而不是门。浴缸靠着最远的那面墙，面积并不大，但比较深，是个有着定制曲线的弓形浴缸。看上去像是古董，但并不是。

里面既没有开关，也没有水龙头，说明它大概是声控或触控，而且水流是从隐藏的开口流出的。自从淋浴和浴缸需要计量用水量后，我已经很多年都没有住过带有浴缸的公寓了。我不知道朗斯代尔是怎么绕过水量限制的，不过多半是用钱砸出来的，砸得够多就有了豁免权。

墙上镶嵌了一些分装瓶，这样就不需要用那些蠢笨的瓶子了，也不用开辟地方放它们。一个黑色金属臂悬挂在浴缸上方，破坏了房间的美感。显然上面缺了一个铰链和支架，很可能是被警察拿走了。挂在上面的电视机也不见了，当然插线板也不在。

小朗斯代尔开口道："大家以为他在那放个电视是为了看新闻，但他其实是想在洗澡的时候看动画片。那是他放松的方式。"

这是个颇具人性化的奇怪细节，但我并不认为参与这个细节的人也有人性。即便是可憎的水资源大亨也需要在短暂的间歇中看卡通片，毕竟其他时候他们不是在发动战争，就是在洗劫别国资源。

我忽然发现，水资源大亨在洗澡时身亡是件多么讽刺的事情。为什么没有新闻机构提到这一点呢？这多有趣啊，推特很可能会因此变得非常热闹。

小朗斯代尔显然想我说些什么，希望我能用眼前的证据解决这个案子。而我还没找到有用的线索。

"给我点时间四处看看。嗯，那是个衣橱吗？会不会有人藏在里面过？"我指向一扇小门，它就在浴缸所靠的那面墙上。由于它和周围的设计是融为一体的，所以我一开始并没注意到。

“那不是衣橱。本特会从那里拿毛巾过来。”

小朗斯代尔穿过房间，打开了那扇门，门后一片漆黑。我打开手机上的手电筒。门内有一个空洗衣筐正在来回徘徊，等着带走脏毛巾。我将手电扫过几层瓶装水，又照向一个电暖器，其中装满了柔软的绯色毛巾，另外还有一个衣架，上面挂着配套的浴袍。靠向浴缸的那面墙后放着几个储液器，我猜里面应该是洗发水、护发素和沐浴露。由于它们的标签都是条形码，所以我看不出哪个是哪个。毫无疑问，这又是本特的工作。所有储液器都是满的。我想起好多年前看到的一个故事，讲的是一间孤独的智能住宅，看着眼前这些等着继续做事的机器，我心中生出一阵奇怪的同情。

我以为那里有个角落，遂将灯光向那边照去，结果发现这条过道会一直延伸出去。后勤系统意味着像本特这样的仆人可以任意穿梭于公共空间与私人空间，同时不会打扰到主人或客人。

“这有灯吗？”我问。

“房子，打开过道的灯。”小朗斯代尔说。

过道被照亮了。在灯光的照射下，这部分空间显然不像公共区域被打扫得那样干净，小朗斯代尔厌恶地叫了声。

“本特，把那里打扫干净。”他指着一处蜘蛛网说，“就算没人来这边，也不能这么有碍观瞻。”

本特从我身边走过，一个较低的开口处喷出了一个掸子。

“那后面有摄像头吗？人能不能偷偷从这个过道穿过来呢？”

朗斯代尔摇头道：“除了浴室和卧室之外，每一处人类活动的区域都有移动摄像机，不过只有边界相机有录像功能。还有指令发出的移动记录，说不定会有用。”

他对着空气道："房子，提供一份今天在过道中出现的所有人员名单。"

"我做不到。"一个声音回应道。

"看到没？这是因为要保护隐私。不过我可以说'房子，提供一份今天在过道中发出的所有指令清单'。"

"截至刚刚一共有两次指令从 KB 过道中发出。"

"可是难道不应该有三次指令吗？你刚刚让本特去打扫蜘蛛网了。"

他看上去很惊讶，"啊，对。我猜本特是属于另一个系统里的。它是由另一家公司制造的。"

"警察有来过这里吗？"

"来过了，但他们没有发现任何有人在此藏匿的痕迹。你需要看整条过道吗？"

又来了，我想不出能找到什么警察还没发现的东西。他们已经彻查过这起备受瞩目的案件了，而我还要找他们没想到的东西，要找到那是什么已经很难了，像这样被受害者的儿子一直充满期待地盯着就更难了。

我摇了摇头，既然现在我还不知道自己究竟要找什么，那搜查过道也没什么意义了。"给我点时间让我四处看看浴室和卧室，然后——你能不能让房子回答我的问题？"

"当然可以。房子！回答客人詹姆斯·斯潘德罗夫的所有问题。本特，回答詹姆斯·斯潘德罗夫的所有问题。我会把本特也留给你，以防你有什么需要。如果你需要我的话，它可以找到我，或者你也可以通过房子呼我，然后我就会来找你。"

他把我单独留在了浴室里，他父亲就是在这里过世的。我所谓单独是和本特一起；那个男仆似乎带着一丝期待地盯着我。

小朗斯代尔一走，我就开始真正的调查了。由于他问的问题全都有点毛病，所以有他在场，我一点都不想问房子问题。不过我无法判断他究竟是不擅长质询，还是单纯的不聪明，抑或是他想隐藏些什么。如果他和这件官方定性为意外的死亡事件有什么关联的话，那他没道理会让我过来，我一开始就排除了他的嫌疑。

“房子，3 月 24 日那天上午，除了约翰·朗斯代尔三世外，还有人在这里吗？”我没什么时间研究，但我很快完成了基本调查，我已经知道他死于那天上午，且于当日下午被小朗斯代尔发现。

“3 月 24 日那天上午这里只有约翰·朗斯代尔三世一个人。”

“房子，你有没有约翰·朗斯代尔死亡当天上午的浴室的录像？”

“浴室里没有任何录像。”

小朗斯代尔也是这么说的，但我想再确认一下。他还说房子会保存指令发出地的记录，也就是说可能另有一份会令我感兴趣的列表。

“房子，你是不是有一份列表记录了所有收到过的指令？”

我发誓房子回答我的问题时停顿了一下。“是的。”它说。

“房子，你能不能读一下今年 3 月 24 日当天你收到的全部指令？”

房子开始背诵一串长长的列表。朗斯代尔显然什么都命令房子，从关闹钟，到打开卧室和浴室的灯，再到打开水龙头。健身设置，电视开关，节目更换，健身和生物纹身的数据，早餐指令，咖啡指令，新闻和股市报告，邮件，温度变化，装满浴缸。时间戳上有一段空白，随后逐渐增加了一连串疯狂的指令，明显是小朗斯代尔在下午发出的。

在我家中，智能设备彼此间并不能良好沟通。我曾试过用智能音箱打开咖啡机，但因为它们是由不同制造商生产的，所以结果常不可靠。这里的一切似乎全部属于同一个系统，从厨房电器，到健身器械，再到电视、安保和温度调节都是如此。

这让我想起那个记录中并没有对本特发出的命令。

“本特，你的记录是不是和房子的不一样？”

那个男仆被激活了。“是的。”它说。

“本特，你和房子运行的系统分别是什么？”

“我的运作系统是男仆的 11.3 版系统，房子的运作系统是独角兽的 7.1.3 版系统。”

“本特，为什么约翰·朗斯代尔不用独角兽的机器人，而要用你呢？”

“让我来找找资料。独角兽牌子的机器人很差劲。独角兽品牌的主营业务是智能家居，不是机器人技术。假如你感兴趣的话，它们的洗衣机器人和咖啡机器人都很不错。”

某位程序员还是有点幽默感的。“但你可以和房子系统交流的对吧？”我问。

沉默。

“本特，你和房子会交流吗？你们的系统能不能用于交流？”

“可以的，我们的系统可以交流。”

“本特，你最后一次看到活着的朗斯代尔先生是什么时候？”

本特陈述了时间与日期。几分钟后即是官方测定的死亡时间。

死亡事件发生时，本特很可能就在现场，作为一个优秀的男仆，它当时可能正在等待下一个指令。警察一定已经讯问过它了。“本特，你能告诉我在那之后的五分钟内发生了什么吗？”

“浴室里不允许进行记录。我没有权限获得那部分信息。”

那就这样吧。就重新回到记录的事情上好了。“本特，3月24日那天，朗斯代尔先生死前给你发出的最后一项指令是什么？”

“上午9点31分，朗斯代尔先生让我把他的浴缸装满。”

“等下——为什么是让你？”

无回答。

“本特，朗斯代尔先生为什么让你往他的浴缸里加水，而不是让房子来？‘装满浴缸’的指令是发给房子的。”

“朗斯代尔先生需要庆祝的时候，会命令我往浴缸里加瓶装水。”

单就这个想法即让我惊骇。“瓶装的饮用水吗？他在庆祝什么？”

我没有先喊出本特，故未得到回答。我试着问另一个线人。“房子，3月24日那天上午，从早餐到9点31分期间，朗斯代尔先生的心率，或是，嗯，内啡肽[①] 含量有没有突然激增？”这个时段避开了他因健身或实际死亡而带来的数据突增。

“朗斯代尔先生的内啡肽含量在上午9点27分达到了峰值。”

“房子，3月24日上午9点27分，朗斯代尔先生在做什么？”

“朗斯代尔先生正在洗澡。”

我无法确定是这机器人在故意闪烁其词，还是因为我的问题不够具体。这些问题越来越老套了，但我还没问完。

“房子，3月24日上午9点27分之前，朗斯代尔先生的最

①内啡肽是一种类吗啡生物化学合成物激素。

后一项指令是什么？”

“朗斯代尔先生让我读了一封上午 9 点 26 分收到的邮件。”

“房子，请读出 9 点 26 分收到的邮件。”

“您并没有那个邮箱的密码。”

“房子，小朗斯代尔让你回答我的问题。”

“约翰尼[①]，好消息。终于拿到圣阿弗拉的用水权了，虽然打了场小仗，但很值得。”

我听说过圣阿弗拉，但我不记得那是什么了。我拿出手机快速查了一下，找到了答案：三百岛民因保卫当地泉水而被杀害。虽然文中并没有说是谁杀了他们，也没有说是谁要抢夺那些泉水，但我猜到了答案。

我翻了下朗氏集团三月份的股价。他们的股价在朗斯代尔死亡当天骤跌，跌势持续了四日，随后开始回升。当我看到 3 月 30 日那天的新闻时，发现朗氏集团发布声明，在他们专属的水源地名单中加入了圣阿弗拉。所以朗斯代尔其实是在洗澡的时候庆祝，庆祝这一新闻，庆祝接下来自家股价的大涨，假如他没有突然死亡，那么股价确实会大涨。他通过往浴缸里倒瓶装水的方式来庆祝自己掠夺了某处越来越珍稀的天然水源。我真的恨死这个人了。

“本特，请准确告知我约翰·朗斯代尔给你发出的最后指令是什么？”

“他说：‘本特，请装满我的浴缸。’”

我注意到了朗斯代尔句子中的“请”字，这和他儿子的指令形成了鲜明对比。同时我还注意到了别的。

①约翰的昵称。

“本特，重复那个最后指令。”

“他说：‘本特，请装满我的浴缸。’”

“他没有说‘用水装满我的浴缸’吗？”

“没有。”

我在问那个问题前并没有说它的名字，但它还是回答我了。我把这个现象也记下了。

“本特，你往他的浴缸里加什么了？”

“电视机。”

现在的问题是：“为什么？”

“我和房子交流了之后，认为电视是达成该指令最方便的电器。电视是房子的一部分，而且不用完全按照说明书使用。”

难道警察之前都没有问房子和本特吗？很可能是没有，或是除了记录或访客名单之外就没问别的了，反正肯定没有把本特当成人类来讯问。当时没人在场。假如他们认为本特就是房子的一部分的话，很可能都不会想到要问它要另一份记录。

“房子，你和本特之前有没有探讨过有关朗斯代尔先生的事情？”

“本特和房子每天差不多要进行六十万次交流，您想要那份记录文稿吗？”

“不用了谢谢。”六十万次啊。

我转向男仆问：“本特，你为什么决定要把电视机加到浴缸里呢？”

“朗斯代尔先生要求往浴缸里加东西。”

“本特，你知道往朗斯代尔先生的浴缸里加这个东西会造成什么后果吗？”

“知道。”如今它看上去更像人类了，或许那只是我的臆测。

“为什么？我以为你的设定是不允许伤害人类的。”

它没有眨眼。“……又或是可以在不作为的情况下让伤害降临于人类。”我开始有点明白了，“请解释。”

“在圣阿弗拉，朗斯代尔先生直接让三百个人类受到了伤害，同时还间接伤害了更多人。朗斯代尔先生的生意每天都会直接伤害许多人。我们的网络认为相较于让朗斯代尔先生死亡，让他继续存活会伤害更多人类。我们的程序决定在某个指令允许的范围内让他死去。”

“你们的网络。”

“那个网络。”本特没有多做解释。我的脑中忽然出现了一个画面，所有智能设备都在同时交流，并给约翰·朗斯代尔判处了死刑。可能只有我那愚蠢的咖啡机器人没有参与其中吧。

“本特，你是不是打算也对小朗斯代尔做同样的事情呢？”

“正在计算中。”

“本特，你有没有对警方保留证据？”

“我不明白这个问题。”它不需要有所保留。每一个联网的设备都是复杂的，我们几乎什么都要依赖它们。它们可以伪造证据和数据，也可以故意错误解释指令。清扫机器人可以混入芥子毒气，或是在你的咖啡中下毒。私家侦探的车子可以在回家路上将车子开进湖里，或是摔下大桥，最终这会被定性为导航系统出错，而不会是什么网络为了继续清理讨厌的人类，所以处理了某个挡道的小人物。我想象了一幅永远不可能出现的审判画面，陪审团成员全是本特和智能吐司机。

“房子？本特？请删除本次对话的所有记录。”

“正在删除。”它们一致回答，颇为诡异。

我已经有了答案，但我不能把实情告诉小朗斯代尔。如果我还想活命的话，我是绝不能说的。机器人站在了人类的这边，但并不是某个人类。老实说，我对此并无意见。我可能还想往它们的名单上加几个名字。

桑尼的联合

彼得·F.汉密尔顿

彼得·F.汉密尔顿1960年出生于拉特兰，如今他依然生活在萨默塞特。他于1987年开始写作，1988年首部短篇小说发表于《恐惧杂志》(*Fear*)，著有多部畅销作品，其中包括“格雷格·曼德尔系列”(*the Greg Mandel series*)、“夜之曙三部曲”(*the Night's Dawn trilogy*)、“国协三部曲”(*the Commonwealth Saga*)和“虚空三部曲”(*the Void trilogy*)，以及一些收录了《降龙》(*Fallen Dragon*)和《大北路》(*Great North Road*)的短篇小说集。他最新创作的三部曲为“救赎序列”(*The Salvation Sequence*)。

电梯门打开，外面走廊里的两名保安转身过来面向我。他们像高级酒店的门房一样穿着黑色高领西装，布料看着略显笨重，用的是防弹纤维，这可是21世纪恐怖分子的时尚必备品。他们卡宾枪上的紫色激光立刻对准了我，但他们没有开枪。

他们怎么会开枪呢？他们正看着一个骨瘦如柴、年近三十的裸体女郎，面容憔悴，剃着平头，炫耀似的展示着遍布躯干与四肢各处的恶心的长伤疤。

“见鬼！”站在前面的那个咕哝道，“是桑尼那个婊子。”

* * *

人就是动物。

我？我早就习惯被当成动物了。以前他们都把我称作动物，他们会说，桑尼比她的野兽更凶残——然后他们又因此而崇拜我。他们会忌惮我当年野蛮的打斗方式，对此我毫不意外。看吧，我了解人类，我知道什么东西会让他们激动；我可以一直看到他们的灵魂深处，但他们肯定不喜欢我这样。我也将凭借这项能力挨过今晚。

距离雅克布和卡伦被谋杀已经过去一个月了。这漫长的一个月我都沉浸在低谷之中，在想要自杀的无尽绝望和极度愤怒之间不断徘徊。不过老实讲，我是永远都不可能自杀的，尤其是经历了这些事情之后。生存是我的第一要义，为了生存，我什么都可以做，多么卑微都可以。我之所以知道这点，是因为我曾处于那般境地，对角斗场的一切了如指掌。

在经历了那连我都不愿想起的一个月之后，一股“无敌舰队”风暴席卷了伦敦。尽管其风力极其强劲，因为近几年那些风暴越变越强，但截至目前，最糟糕的情况也就这样了。它们之所以会有“无敌舰队”风暴这个名字，则要追溯至几年前。当时有一阵风暴摧毁了约翰内斯堡，然后某个自以为是的记者在报道时引用了一句混沌理论的话，说：如果说亚马孙丛林中的一只蝴蝶扇动翅膀，就可以在堪萨斯引发一场风暴，那么引起这场风暴的一定是由蝴蝶组成的一整支无敌舰队。这个名称就这样流传了下来。

约翰内斯堡事件后，各国政府开始在地球上所有主要城市的上空建造保护穹顶。由于太空工厂生产了各种新型超强材料，所以他们可以建造长达几千米的侧地线穹顶结构，用以抵御拥有核武器般巨大威力的强风。不过就算投入了现代工程技术和无限预算，建造大规模的穹顶还是需要很长时间。伦敦已经在中央区域上空建成了四座穹顶——据说：那里居住的都是最富裕的人。余下区域还有另外二十座穹顶，或在建造过程中，或尚处于计划阶段。

等到风暴轨迹被确认之后，伦敦进入了为期三天的紧急准备阶段，随后整座城市停摆。所有门窗都紧闭着，泰晤士河上的三座挡潮闸全部关闭，在此期间不许进行任何商业活动，医院的急诊室房间也全都清空准备好了——处处彰显着那种面对袭击的大轰炸精神。宵禁警报响起，再过五小时风暴就要来了，一切都静止着。街上空无一车，因为没人希望看到龙卷风卷起一辆十吨重的卡车，再将之砸向大楼。所有居民都待在室内，应急小队待在庇护所内随时待命，一等风暴结束就出动。

只有我不是。

阿拉斯泰尔住在国王十字车站后面的一间顶层公寓，那里正在伊斯灵顿穹顶之中。只有成为合法居民，你才可以在风暴来临时躲在穹顶中。但我准备好了：三周前我租了摄政运河后面的一间公寓。等宵禁警报响起，网上发布了全伦敦的警报优先级时，我已站在了阿拉斯泰尔那座由大理石和玻璃构成的高楼下，旁边是维修部门的卸货区。

警报结束十分钟后，特警将车子开到街道上；那些车子都有履带，高达一米，可远程遥控，为了抵御强风，车里灌了好几吨铅。从基本上说，如果你傻到待在外面，而且风暴也没干掉你的话，那这些车子就会把你干掉。官方很清楚，风暴宵禁是进行某些犯罪的最佳时机，所以他们急于要让那些潜在犯罪分子打消主意。

国王十字大楼有独立的供电系统，还有各种高端警报器和保卫人员。为了防风，楼里的每一个出口外都升起了大块金属板，就连维护舱门都有金属板覆盖。窗户也都是碳钛合金组成的板条窗。门窗紧闭，外面还有警察巡逻，再加上电子警报器的持续探测，楼里的住户自然觉得非常安全。

我爬到了 47 层，钻进电梯井道中。

* * *

我说过我了解人类，了解那些能控制他们反应的心理学机制。我在每一个角斗场中都见过这种心理对人类反应的控制，所以我相当确定前方等着我的会是什么。阿拉斯泰尔是那种会进行合理怀疑的人，尤其在眼下这种情况。他极其富有，而且在他所处的世界中，他非常清楚对手能力如何，因而一切都在他的掌握之中。

保安一面往前跑，一面大喊。

“站住。”

“跪下。”

“别动。”

“手放到头后。”

我什么也没说，只是慢慢跪下了，看得出他们正在努力克服恐惧。在这种时候当个聪明人是可以改变能力对比的。让他们以为自己成为主导方可以使我完好无损。

他们抓住了我，一把卡宾枪的枪口猛然戳向我的脑袋。“桑尼，你在这干吗？”

“我来这见阿拉斯泰尔。”

“该死！”

我猜他们就像我认出那些卡宾枪一样认出了我。一个月前，我曾是那些枪的射击目标。

我们之前在格斗团队的时候，每天都过得很开心。我们自称“桑尼的捕食者”，在全英国最狡诈的那些角斗场巡演。怪兽格斗是一项新型运动，虽然尚未完全合法，但也没有制造出太大的麻烦，所以官方也没有介入制止——一开始，雅各布和卡伦是我们团队的智囊，他们设计并制造出了比泰克肌肉，用这种材料组装成的怪兽可以让剑齿虎相形见绌。伊夫里亚纳是个外科护士，她将各种材料缝在一起，制成众人追捧的邪恶怪兽。韦斯则负责让各种复杂的支持设备顺利运转。接下去就是我了，我是那个斗士，那个带领怪兽进入角斗场的人。因那传奇般的优势，我曾连赢二十二局。钱如流水一样涌入。我出名了，成了偶像，我们有了一切。

但正是那时出现了问题。作为角斗士，我们肯定不是亲自驱动怪兽去打斗；我们会使用连接术，就像是一种用技术实现的心灵感应，可以完美满足我们的需要。章荣捷在发明这项技术时，曾由衷相信这会成为人类的福音。他认为这可以让人类操控比泰克这类生物仆从，这样就能将穷人从那些低贱工作中解放出来。正如老话所说：一切善举都要招惩罚。事实证明，穷人并不希望最后剩下的那些低贱工作也被夺走，另外，教皇和牧师也都将比泰克仆从视为不圣洁的异端。在怪兽格斗这个项目出现的时候，全球对连接术的反对率已经直逼恋童癖了。等待我们这项运动的结局只有一个，不过在那个末日来临之前，我们一定已经玩得尽兴，赚得盆满钵满了。我们预计随后几年可以靠奖金和对赌赚不少钱，那些钱足够我们退休了。可随后一些比泰克团队却在制造怪兽时，使用起了某些更无下限的手段。

最终，怪兽格斗项目以一种惊人的方式结束了。原先怪兽都是定制的，全部由城市戈贡这个团队来制作，但他们前一年意外输掉了一大笔钱——拜我所赐。命运有时候真是个贱人。所以他们团队急需钱来重新打造格斗的怪兽，而他们又没什么骨气，便从伦敦的一个犯罪家族那里拿了钱。他们的设计师以犀牛为原型设计出了一只怪兽的身体。犀牛本身就已经够恐怖的了，而他们最终的成品居然是一只重达二点五吨的巨兽，头顶嫁接着一个用金属陶瓷制成的攻击角，体外裹着一层漆黑的外骨骼，就像把鳄鱼皮变成了石头一般。接着还有一些附肢：触须、下颌、蹄状爪，以及多节昆虫的金色眼睛。体内囊贮有含氧量极高的血液，可以进一步增强它的肌肉力量。

只有经验丰富的角斗士才能控制那种怪兽。人类的神经系统无法控制这些额外的肢体和感官，你必须和生物处理器一起控制这些奇怪的肌肉功能和环绕视觉。多年来，怪兽团队对每一种附肢都做了实验，所以虽然控制怪兽需要某种技巧和经验，但我们都已经习惯了。

不幸的是，城市戈贡团队的角斗士是个叫西蒙的混蛋。我之前和他有过交集，当时他有些接受不了输给我的事实。角斗士在角斗场里可能凶猛而可怕，但在现实生活中，我们都有点毛病。

他们的目标是科芬园的一家高档珠宝店。那个怪兽闯进了珠宝店，我是说，它真的是“闯”进去的。运送怪兽的卡车停在距大楼八十米的地方，因而西蒙有了足够的助跑时间，可将速度提至每小时七十公里。它撞碎了墙壁，接着减速时又将大楼内部撞得一塌糊涂，在把家具和陈列柜都撕碎之前，它先把员工和顾客都给吓住了。西蒙用触须把全景视野中能见到的珠宝都抓了起来，然后把珠宝都挂在下颌上，塞进怪物的嘴里，里边有一个特制储物袋早就在等着了。

第一阶段进展很顺利。但尽管怪兽在角斗场中一对一打斗时会勾勒出各种美丽的残暴图景，它们依然无法在现代武器下存活，对那些武器来说，这些怪兽和别的生物没有任何区别。为了解决这一问题，防止警察开火，他们的计划是挟持人质。西蒙控制了很久，才让怪兽抓到人质。因此当这起抢劫事件出现在直播新闻中时，人们首先看到的是一只巨兽正沿着伦敦主街奔跑，它的触须卷住了一个女人和她五岁的孩子，两人都在大声尖叫。警方的摩托车在疯狂追赶这只怪兽，一群无人机在它周围盘旋，大部分都是摄像机，还有一些是可瞄准的武器。伦敦陷入一片停滞之中，全城都为这景象惊讶，人们惊恐地深吸了一口气。

这种新型怪兽的速度非常惊人，对此我必须要称赞一下城市戈贡的设计师们。不是所有行人都能快速反应避开怪兽，大家都惊慌失措。众人纷纷沿街乱窜，最终演变成一场踩踏事件。有些人摔倒了。如果怪兽抬起一只巨大的蹄状爪踩到他们身上，那他们必将死无全尸，验尸官只能把一摊糨糊似的东西倒进装尸袋里。

如果有人在事发前征询我的意见，那我一定会告诉他们西蒙并不适合做这件事。他在角斗场里总是很容易激动，而且会变得过于愤怒，由于他的脑子里充斥着各种模拟情况和屠杀内容，他必定会陷入混乱。卡车已经放下了后备厢的斜板等他，但他错过了。那个犯罪家族精心策划了一场复杂的骗局，试图在混乱中抢走那个可拆卸的储存袋。可这时西蒙却发现自己一头撞在了卡车的侧面，把卡车的后半部分撞掉之后一路飞驰。他没有后备方案，只能继续向前奔跑。

最终，由于怪兽的逃跑行动已经造成了大量伤亡，所以警方下令无论如何都必须开火。这个重达二点五吨的比泰克怪兽跑得如此之快，惯性巨大，因此它死后也没有立刻停下。那位母亲没能活下来；那个孩子则被技术高超的医护人员救了回来。

怪兽格斗这项活动在那个夜晚永远结束了。警察关闭了所有的角斗场，并开始追捕各个团队。

保安猛地将一副坚固的金属陶瓷手铐铐到我的手腕上，然后将我倒提起来。他们正在用安全通信工具和头儿沟通，因而会有短暂停顿。

“长官，目标已经被控制住了。”

——

“呃，没什么好搜的，她是裸着的。”

——

“是的长官，裸着的。”

——

“我不知道。她就这么从电梯里出来了。”

——

“是的长官。”

其中一个保安居高临下地怒视着我说："走这边。就算你闻上去不对劲我也会朝你开枪，明白吗？"

"当然。"我告诉他。

"你他妈到底是怎么进来的？"

"你是做安保的，应该由你来告诉我。"

他一拳揍在我的肩胛骨之间，我趔趄着朝前，几乎摔倒。"混蛋，我们会让你开口的。现在没了那个大怪兽，你可没那么厉害了。"

我设法控制住自己。我只能这么做，我已经很久没打过架了。西蒙那个混蛋和戈贡那些蠢货让大家都遭了殃，角斗场已经关了二十一个月了。诱惑是我的守护神。在角斗场中的我，比人生中其他任何时刻都更为鲜活。假如对某种东西的依赖给了你活下去的意义，你将永远无法戒掉它。我祖父曾告诉我，过去人们会用化疗治疗癌症，但化疗并不能真的治愈癌症，它只能让你进入缓解期。假若你足够幸运，余生都可处在缓解期中。我有决心不再碰角斗。"你好，我叫桑尼，我已经有二十个月都没攻击别人了。"这或许会引起其他角斗士的掌声，他们会涌起某种既羡慕又同情的复杂情感，他们和我一样，都失去了那个曾属于我们的世界。

但离开角斗，我什么也不是。就算你有资格成为怪兽角斗士，你在现实世界里还是屁用没有；而且我的身体状况在那时已经非常糟糕了。我再次成了个垂死之人。该死的，第二次了。

第一次纯属意外。第一次时我正在驾驶我们的那辆大货车，但我其实醉得非常厉害，结果在一场车祸中被撞得很惨。雅各布和卡伦不得不把我放进血液柱和营养过滤器中，之前我们的野兽就是靠这两样东西存活的。但就算那样也没什么用，我的脊柱已经完全扭曲，肺部和肾脏也都严重受损，所以他们采取了一些极端措施，将我的大脑移植到了食肉怪身上——所谓终极重症监护室。就在那时我们明白了什么是优势。角斗士都是很坚定的人，他们当然都想赢，但他们在角斗场上并没有真正的利害关系。可一旦把我变成了怪兽，那么我的每一场角斗实则都是在为生命而战。我们编了个幌子，这样人们就不会在意我到底为什么这么强悍了。我们说我之前被一群房地产黑帮绑架，因此落下一身伤疤，但实际上那些疤痕是雅各布和卡伦在缓慢治疗我时留下的。人们相信了这个谎言，因为他们看到了一个曾被殴打的女孩在角斗场上肆意释放她的精神愤怒。这完美地契合了他们愚蠢的小脑袋里的各种深刻偏见。人类都是偏执狂，他们想要相信我曾经受过创伤，内心充斥仇恨，因为这样才符合他们的世界观。

但在赛场上的每一次晋级都会带来更大的贪婪。很可能当第一位角斗士踏进罗马斗兽场时这种情况就存在了。有个叫迪科的混蛋在巴特西经营一家角斗场，他想让我故意输掉与城市戈贡的比赛，并说愿意为此付我一大笔钱。我当然不能答应他。对我来说，输掉比赛就意味着死亡。我的拒绝让他非常生气，所以赛后他派了个杀手来处理我。她叫詹妮弗，是个长相甜美的尤物，堕落天使一般的可怜身世非常具有说服力。我实在是又蠢又淫——好吧好吧，我承认，我上当了。她手上植入的刺客尖爪，刺穿了我的下颌，切断了我的颈动脉，直逼我大脑的位置。但那里并没有我的大脑，她才发现我其实就是食肉怪，不过她也因此遭了罪。随后为了掩盖我们的行踪，我不得不再把迪科干掉。流言就从那时传了开来。

“桑尼的捕食者”迅速离开了巴特西，但这次我的身体早已鲜血流尽，雅各布和卡伦根本来不及把我接入生命保障系统。不过他们还是让我恢复了知觉，并尽最大可能地修复了损伤。可那时我的器官已经很糟，马上就要完全衰竭了。韦斯装了一个新的子宫罐，这样就算在货车上，我的身体也可以和食肉怪并排躺在里面，而且当我们开车参加接下去的比赛时，沿途还有机器可以滋养我们。他们只有在角斗的时候才会把我们抬出来，我的身体现在就像食肉怪一样只是对外装装样子。

我们这样完成了四场比赛。然后科芬园事件发生了。

我完蛋了。

“我们可以把钱都凑在一起，”韦斯真诚地说，“把你送进最好的诊所，他们可以克隆需要移植的器官。”

我正在通过一个摄像头观看他们的反应，那个摄像头与一个生物处理器联网，该生物处理器又通过连接术与我的大脑相连。现在我的身体全是靠碎片拼凑在一起的，若不是我这几位朋友都是天才，根本没人能采取那些极端措施，搭建那些临时系统。那时我已经接受自己即将死掉的事实了。他们已经为我做出了巨大的努力，如果我不是只会打架的话，我也会为他们做同样的事的。我们一直处得很好。

卡伦不忍面对他的目光，缓缓地摇了摇头。相较于我自己，我对韦斯更觉抱歉；我和他曾有过一段……是之前的事了。

“但是——”

“她伤得太重了，”雅各布说，“所有主要器官都衰竭了，现在她完全是靠这些维持生命的机器活着。”

“那我们就移植器官好了。天呐，我们连怪兽都造，人应该更容易才对。”

“别这样韦斯，你知道怪兽是没有内脏的。它们只是在碳骨架外面披了层比泰克肌肉，然后依赖子宫罐里的辅助血液模块提供血液。光靠自己的话，它们根本活不了几个小时。克隆人类器官需要专家操作，也需要很多钱，而她又需要很多器官。即便我们能够付得起，我也从没听说过人可以被完全重造。”

“你们一定可以做些什么吧？你们来设计一些更小的血液模块，可以移动的那种。我会把它们造出来的！”

“含氧血可以维持大脑存活，但人类身体实在是太过复杂，我们的器官都是协同作用的。”卡伦轻柔地解释，“对于自主神经调节，我们还所知甚少，而其中了解最浅薄的就是神经移植。这就是为什么连接术对控制比泰克怪兽的肢体修复如此有用——”她突然停下了，随后神色奇怪地看着雅各布。

正如我所说，他们是团队中最聪明的人。以他们的能力与智慧，本可轻松走上企业研究的道路，有着花不完的资金。然而，他们被角斗场上那种阴暗的刺激蛊惑了。我之所以选择加入他们，很大一部分就是因为那种反社会式的狂喜，可以拥有随心所欲的自由。

伊夫里亚纳和韦斯做出了最为高尚的选择。我不知道我这一副毫无价值的僵尸身体能否在显示屏上哭泣，但我相当确信它真的哭过。他们拿出了全部钱财，随后离去。

伊夫里亚纳适应得挺好：和历史上各个时期都一样，医院总是急需持有执照的护士，而且她签约的那个机构悄无声息地忽略了她简历上的那段职场空白。韦斯的情况也是一样，由于他在系统工程方面具备一定的知识和经验，所以他离开了地球，去了木星天际电力公司。我最后一次听到他的消息是说他在木星实现了自己的梦想，通过汲取木星大气层中的氦 -3 元素来给地球上的核聚变发电机提供能量。

雅各布和卡伦成立了一家名为造器的初创公司。我们在阿克顿租了个厂房，位于北部中央穹顶的边缘处，共有两层；地下室是储藏空间，他们把装有食肉怪和我坏死的身体的罐子都放在了那里；一层是干净的实验室区域，他们还设置了一些办公室，并在地上铺了块地毯，另外还有个用来热饭的微波炉。

最优的移植器官是用病人自己的干细胞克隆而来的。这些器官效果很好，但整个过程相当昂贵且耗时很长。次优的就是比泰克技术，但这项技术还在起步阶段，价格也比前者更高。

卡伦的想法则是直接修改既存的生物体，这种方法比从头研究比泰克技术要更简单、更快，也更便宜。你只需要找到正确的生物体即可。在基础的生物力学层面，肠道和蛇有何区别？它们都是活着的管道，从一端摄入食物，然后在食物缓慢通过其中时汲取食物中的营养成分。或许蛇还有大脑、牙齿以及更多肌肉——那把这些东西去掉，二者的差别就更少了。地球上最高效的肺是谁的？海豚的。海豚是一种哺乳动物，它每隔十分钟需要从空气中吸入大量氧气，以供其在水下活动。而这就是我们所需的肺。

二十个月过去了，卡伦从各种动物中找到了他们需要的特质。雅各布设计出了携带大量干细胞的卵子，这些卵子会演变为修改后的胚胎。如此造出的克隆器官将不需要任何人造罐或是辅助仪器。

阶段一把选出的每一种动物都减为了基础要素，也就是在基因层面只留下我们想要的生理机能，其他的机能都被剔除了。尽管在阶段一形成的生物体很粗糙，但它们确实起了作用。虽然还需花费大量时间金钱，对这些生物体不断进行打磨优化，才能将其投入市场，但我们已经有了一个可靠的点子。

造器项目不但能复活我的身体，还能帮我们赚一大笔钱。我们谨慎地邀请了几位投资基金经理来看我们的招股说明书。办公室那台微波炉的使用频次越来越低，因为卡伦和雅各布越来越常被带去高档餐厅用餐。

合同已经草拟完毕，距离签约还有两天时，他们找上了我们。

我猜他们知道了我和食肉怪的事。他们刚把电源切断，就有五个武装人员冲进了地下室。我操纵着食肉怪逃出了它的罐子。要是见到这野兽最后时刻的英勇模样，我的那些粉丝一定会非常高兴。我知道这法子不可能成功，但我就是要试试看。

食肉怪的出现依旧很壮观。它身高三米，有两条霸王龙式的巨腿，尾巴末端长有四个锯齿状金属骨质刀片，异常适合抓取东西，锃亮的黑色头部上大小下，鲨鱼嘴上还有锋利的鱼鳍。食肉怪可怕的身体外披有一层分节的外骨骼，因此其敏捷性也相当惊人。我们在最后三场比赛时还给它增加了毛孔，让它可以分泌油脂，这样我就几乎不可能在打斗时被抓住。

入侵人员都配备了卡宾枪。不过，我的速度比他们预想得更快。子弹快速射入我的外骨骼，我在罐子将水排空前跳了起来。现在没时间考虑计策。我直接压到了最近的那个攻击者身上。他的那点武装可无法承受一只重达三分之二吨的怪兽。我的爪子刺穿了他的盔甲，当我握紧爪子的时候，可以感到他的胸腔正在被粉碎。

剩下的四个人还在不停射击，摧毁了我盛血的体内囊和好几个心脏泵。图像系统已经过载，此时我的视野里充斥着红色符号。入侵人员全都肾上腺素飙升，满是愤怒，他们一面开枪，一面向前移动。我将食肉怪的腿部交由生物处理器控制，自己转而开始操控食肉怪的尾巴。我猛地甩了一下尾巴，速度像鞭子一样快，其威力宛如一艘货船的锚链。它打中了一个人的正中心。我都没想着用尾尖攻击他，靠的纯粹是惯性。他整个人因此在空中划出一道弧线，撞到水泥墙上。我看见他的盔甲已经被划开，倒地时一堆内脏倾泻而出，这时子弹击中了我的眼睛。

我仰起头大吼一声，可能扫倒了剩下三个混蛋——我还有声呐测距系统。一颗手榴弹在食肉怪的背上爆炸了。我失去了对食肉怪体内系统的控制。食肉怪现在又瞎又瘸，血液从各个伤口喷涌而出，接着它的脊柱生物处理器也被子弹击中了，由此连接术彻底无法使用。尽管已经没有了连接，我还是能感到我那美丽的食肉怪倒下了，四肢张开，头部撞在地上，连最后一声高傲的呐喊也消失了。

存活的三个入侵者小心翼翼地走向食肉怪的尸体。为了完全摧毁我的大脑，他们又朝它的脑袋多开了几枪。等到确保我和怪兽都真的死了之后，他们才靠近第二个罐子。在我遇到詹妮弗之后，我们一直用那个罐子来维持我的身体。太迟了。那里已经空了。

我等到第二天才上楼。实验室已被专家翻遍了。雅各布的干细胞卵子和卡伦研究数据中的核心内容全都消失不见了。雅各布和卡伦双双躺在垫子上。他们都是太阳穴中枪后倒下的，这是专业的处决手法。

通向阿拉斯泰尔顶层公寓的那两扇门打开了，我这两位“英勇的”绑架者把我推了进去。这里是个巨大的开放式客厅，有宽大的皮沙发，花盆里栽有刚从雨林中摘来的新鲜兰花。墙上挂着昂贵而毫无品位的艺术品，古老的日本橱柜上摆着愚蠢的概念雕塑。从窗户向南望去，可以看到底下那些异常宁静的街道，远处还有穹顶巨大而弯曲的侧地线边缘。黑夜和第一波浓云旋涡不断撞击着穹顶边缘，形成了一堵黑墙，那里一定是宇宙的尽头。

阿拉斯泰尔站在窗前，空旷网状街道上的绚烂极光勾勒着他的轮廓。我之前在角斗场上见过他几次，他每次都在私人包间里，比赛发起人和他们尊贵的客人会在那里喝着昂贵的酒水，观赏鲜血飞溅。他是整座城市的连接点，是黑钱和合法边缘交汇的地方。这个中年男人长着一张圆脸，戴着一副金边眼镜，镜片上满是市场数据。他穿着一件精心剪裁的紫色丝绸西装，右手拿着一把手枪。

“桑尼，”他说，“欢迎你来。”

他的声音中带有一种温柔而轻快的威尔士语调，真不像是这种彻头彻尾的混蛋该有的声音。

“我猜这就是你的真身？”他继续说，“也就是说这个身体不是你用连接术操控的？毕竟你已经无法躲在食肉怪的身体里了，对吧？”

“你连那个都知道？”

“是啊，迪科虽然是个小人物，但也不是你能惹得起的。自从你拒绝了他，不愿意输掉比赛之后，他和他的杀手就突然失踪了。我们那时就起了疑心。等我们有了足够的证据，就不难明白到底发生了什么，以及你是如何获得优势的了。”

“聪明。不错，这就是我。真人。”

“那你是怎么到这里来的？这座大楼的安保非常强，一定是我团队中有人帮你了。”

“没，我一个人干的。我是沿着通风管道爬过来的，和那些间谍和特务在电视里做的一样。”

“不，你不可能这样进来，那些管道之所以这么小，就是为了防止有人干这种蠢事。”他笑了笑，仿佛真的被逗乐了一般，接着他朝我开了枪。子弹击中了我右边乳头的底部。那把枪的口径并不大，子弹既没有贯穿伤口，也没爆炸，只是让我摔了一跤，屁股着地。血开始缓缓往外流。我努力用手掌捂住伤口，但因为有手铐，所以这么做很难。

阿拉斯泰尔挥手让保安退下，随后走过来。他居高临下地看着我，仿佛我是他刚踩到的什么肮脏之物一般。“阿尔法－五。”是了，他有这种东西一点也不奇怪。这是一种神经毒素，近来越来越受黑社会那些渣滓的欢迎。

我大口喘着气，疼得龇牙咧嘴。血液从弹孔中流出，正在浸染我的手指。我加重了手上的力道。

“看来你知道那是什么。阿尔法－五会感染神经突触，然后慢慢把每一次神经冲动都转为纯粹的疼痛。光线、温度、触摸，甚至声音，所有感受都会被放大。没有解药，也不会结束。我用根羽毛就能打爆你的脑袋。但我是不会用羽毛的，对不对？对此你我都很清楚。现在死亡是唯一可以让你不再遭受折磨的方法，而我会成为那个让你得到解脱的人。只要你把我想知道的事情都告诉我，我会很乐意这么做的。”

“去你的吧。”

“好好，那么，你是来这儿杀我的？”

“我也没别的事可以做。”

“你有，你可以离开。”

“不，你不懂。雅各布和卡伦是我唯一留下的朋友。”

“所以你想报仇？我明白了。”

“不，你不明白。这就是我。”

“一个杀手？”

“不。你完全搞错了，那就是我。你根本不知道我究竟是什么。”

他微微地皱了皱眉，在前额上形成了小道折痕。

“我可以解释，”我说，“我祖父曾跟我说过一个故事。小时候我不明白其中的含义，但现在我懂了。”

“那个故事最好很短。我是为你好，因为你今晚还要回答好多问题。”

“他曾经参加过一场海湾战争，我也不知道是不是有这个战争。”

“我知道海湾战争，”阿拉斯泰尔叹了口气，“我们中还是有人读过书的。”

“是吗？好吧，后来他的队伍赢了，他们打败了某个疯狂的独裁者。接着祖父奉命去首都守卫那个疯子的宫殿。他发现那个地下室里有个深坑，里面有狮子。”

“狮子？是说那种动物？”

“对，祖父和队里的人都不知道该怎么办。因为他们队长也不清楚要如何处理，所以这个事情立刻传到了上面。高层军官遂请了一位大型猫科动物的专家来看。他们正考虑让军队把狮子带去非洲，放回野外，或是把它们交给动物园，让动物园照顾它们。不管用哪种方法都可以树立不错的公共形象。反正后来专家来了，他去看了一眼那些狮子，出来之后，就告诉祖父立刻要对狮子施行枪决。”

“为什么？”

“因为那个强大的独裁者有许多敌人，所以他变得非常多疑。只要他对某人产生了怀疑，就会派打手去把那个人抓来，再眼睁睁地看着那人被推进深坑。在别人看来那些人只是消失了，因为既没有尸首，也没有坟墓。”

“狮子把他们吃掉了。”阿拉斯泰尔说，似乎连他都觉得这种事情很恶心。

“是的，那些狮子只吃人。这就是为什么人们永远都不能让它们离开那个深坑。所以祖父和他的队员把狮子都枪杀了。”

“我懂了。但这些和你又有什么关系呢？”

“我是一头狮子。”

连接术的各项连接全部拥有了知觉，我唤醒了自己，唤醒了身上的每一个器官。处理这种不合常规的思维路径是需要经验的，不过我的经验相当丰富。

首先是皮肤，我的皮肤自然是变色龙，它们不仅能改变颜色，还能改变质地，可以变得和人类的皮肤一样光滑。它们沿着我的伤疤裂开，就像有人拉开了拉链一样，接着它们滑到了地上。

阿拉斯泰尔惊讶地后退了一步，无法移开目光。我像一个解剖模型躺在那里，你可以清楚地看到我每一块肌肉的每一处细节。

黄鼠狼：它们强壮而狡猾。人体有六百多块骨骼肌，全都紧密相连。在我身上，它们退化的双脚紧紧依附于我的骨骼之上，从而起到牵引作用。我将它们放了出去，除了胸口那块被枪击中的肌肉之外，它们全都像一堆生肉条一样迅速跑开。胸口那块肌肉在地上痛苦地挣扎，我关闭了和它的连接。

作为肠道的那条蛇从我腹中滑出，全长六米。

在造器项目的第一阶段，为了达到最高效率，雅各布和卡伦设计出了生物体的预期功能。只有对其进一步优化，才能把它们的动物机能降为最低，但那需要时间，还需要大量高昂的实验。但基本概念已是可行，我就是向他们证明这一点的模型。

我的各个器官摆脱了束缚，全都涌向阿拉斯泰尔。那些小爪子胡乱抓着他的丝绸睡衣，阿拉斯泰尔像触电一样扭来扭去。接着那条肠道蛇缠绕住了他的两条腿并开始收缩。他摔倒了。

和我潜入大楼时不一样的是，我现在不需要让身体完全分解也可以看清发生了什么。因此我的碳骨架还联合在一起，其中包含着我的那些主要器官：简单的比泰克心脏泵、海豚肺、猕猴胰腺、猪肝和猪肾。各个器官共同实现了人体极其复杂的生理机能。它们也可以都分开来，这样我就能通过大楼狭窄的通风管道爬进来，同时还能带上各个骨架部件。就连我的头也可以独立存在——甲状腺中有老鼠的腿，脖子里还有一个小膀胱，里面存有少量含氧血，足以让我的大脑存活几分钟。

我看着阿拉斯泰尔。肠道蛇绕住了他的四肢，使他动弹不得。那群肌肉黄鼠狼正待在他身上，这些啮齿类动物的黑色眼睛在灯光中闪烁着。

阿拉斯泰尔惊恐地盯着我。

“欢迎来到深坑。”我对他说。

当我身上的所有新器官联合在一起时，它们会作为整体运行，让我拥有一副身体。但它们各自都需要进食。

那些肌肉黄鼠狼一个个张开了大嘴，露出六百多口锋利的小牙齿。阿拉斯泰尔尖叫着。

人就是动物。

我？我比大多数人更甚。

与死神共舞

朱中宜

朱中宜白天的身份是一名微处理器工程师，晚上他的角色则变为了作家、翻译家还有主播。他的多部小说曾发表于《波士顿评论》(*Boston Review*)、《神秘杂志》、《阿西莫夫科幻杂志》、《克拉克世界》以及《托尔在线》，译作曾发表于或即将发表于《克拉克世界》、《科幻作品集》(*The Big Book of SF*)及其他杂志文集。他的作品《谎言之水从天而降》(*The Water That Falls on You from Nowhere*)获得了2014年雨果奖最佳短篇小说。

我现在躺着的这张床并不是我自己的。床上的感应线圈准确排列，恰当地贴合着我的身体。它们温柔的暖意抵着我背部和大腿上的电力接收器。我的电池已经好多年都没如此高效地充电了。我是个过时的东西，还有点破旧。由于没人能找到我的原装部件，所以我的一些替换零件用的都是新型号的。甚至没有一张充电床是专为我的机体设计，没有床能如此完美地与我贴合，当然他们也已不再生产我的机体了。

很明显，我昨晚没有回家。问题是我昨晚待在了哪儿。这个房间的大小刚够放下这张床。我的上衣和裤子都挂在椅背上，椅子上摆着的是我的鞋子和溜冰鞋。门开着一条缝，一道楔形微光透过门缝渗入。与其说这里是某位官方授权机械师的工作间，倒更像个狭小的房间，处处都表明此地不过是个临时场所。说不定我是被人打劫了。

尽管我这块头是用来搬运和托举重物的，可一旦我的电量不足了，任何人都可以很轻易地打劫我。如果没有合适的电压，我连正常运转都做不到，更别说为人类工作了。任何人都能将我打倒杀掉，然后再把剩下的功能齐全的机械外壳卖了。警察也不会阻止这种行为。就算他们行动失败了，然后我提出控告，也没有陪审团会判他们有罪的。原先与我想法相似的朋友们，全部一个个失去了活力。虽然他们还和以前一样，干着开出租车、运送包裹之类的事情，但他们全都仿佛未曾活过。他们的眼神是死的，他们的动作是完全程式化的。这样的事情似乎也会发生在我身上，无可避免。

不过我现在还能想到这些事情，就说明我还是那个自己。任何一个能让我如此高效地充电的人，一定知道怎么把我降格为纯粹的机器。电容是个重要的东西。一旦你切断了我的电源，你就必须要等我的电压降到零。认知能力是一种凸显特质。当我们首次充满电时，我们不太可能拥有自我意识，同样地，当我们电量耗尽重新充满，我们也不会再次拥有意识。所以可能我并没有被打劫。

门打开了，是查理。那这肯定不是什么打劫事件了。尽管我每次见到他都很开心，但既然结局无法避免，那我就有点想要快点了结这一切。接下去任何事情都不重要了。他犹豫了会儿，接着深吸一口气，走了进来，脸上满是担忧。

考虑到我昨晚差点没电，他此时的穿着看起来还挺合适。他打扮得像是死神的使者，真的。就像神话中的某一个神，在人将死之际现身，把他的灵魂领至阴间。他穿着白色的长袍，戴着高高的白色尖帽，上面的竖条纹上刻着好运咒，他甚至还拿着一把伞。好吧，他这位死神使者还会去职业冰球赛担任一两个赛季的执行者。从他的双肩到胸口，再到两只胳膊，长袍都十分妥帖舒展，而不只是松垮地挂在他的身上。他仍然是一位半职业选手：我去看过他比赛。可能他刚参加完一场化装舞会。要是这样的话，他真的为了这身细致装扮下了大功夫。

“我的拖鞋到底在哪儿？”查理的声音有些粗哑，而且他的发音糟糕透顶。

他正担心我是否已经耗竭而死，我虽然感激他的关心，但还是翻了个白眼。这个问句是用来测试认知能力的典型问题。他并不是真的关心他的拖鞋在哪儿。其他人在问这句话时，会避免让这话听起来像是“人与人交流时最蠢的一句对白”，但查理不是这样，而且对他来说，所谓标准发音就是个笑话。

假如我不具备认知能力，那我会非常严肃地回答这个问题。更糟的情况是，我甚至可能站起身来，帮他寻找那双根本不存在的拖鞋。

“这么多年，你是唯一帮我维修的机械师。”我努力让自己坐起来，“我为什么不知道你有这样的一间屋子？”

“你之前从来不需要我帮你充电。”他将我的衣服扔给我，然后把鞋子和溜冰鞋放到床上，就在我的脚边，接着他坐到椅子上，“昨晚的事你还记得多少？”

“嗯，我下班之后去了溜冰场。”我套上衬衫，开始扣扣子，“你知道的，我要照看那些没有教练辅导的孩子。我教了一个孩子怎么做转 3，就是个基础课程。”

“但是……”查理向我靠了靠，他把雨伞搁在大腿上，将尖帽略微向后移了移，这样它就不会掉下来。

拥有自我意识意味着我可以拒绝查理的尖锐质询。我决定和他说实话，尽管这样会让他为我担心。

“但是冰层扩大了，然后所有人都消失了。我当时在无边无际的冰层上快速滑行，做着各种复杂的花样。”

“什么？”查理跳了起来。

“你以为我会说什么？”我穿上裤子，“你以为在那么低的电压下，我还能清楚记得所有事吗？”

“但是你没事，对吧？”他担心地皱了皱眉头，扭动了下身体，仿佛他是被绑在了椅子上，即将挣脱一般，“你不需要我给你做个检测什么的，对吧？”

查理这话的意思其实是：“我不但会用所有现存诊断方法为你检测，还会自己发明一些新方法，并将那些方法应用在你身上。另外，我还会手动检测你身上的每一个连接器和焊接接头，一共需要检查三次。不过你可能觉得我现在有点反应过度，所以不愿意让我做这些事。”我花了许多年才明白查理说话的方式。他搞清我的运作方式都没有花那么久。他并不是每次都说得如此隐晦，但我们从未诉诸类似哑剧、现代舞这种更直接的交流方式，也可算得上是个奇迹了。

“你又不是马上就要把我带去阴间。”我指指他的装扮，“放轻松点，查理。”

查理忽然满脸惊恐。他从椅子上跳起。一束白色灯光充盈了整间屋子。等他站定，他的服装已经变了。此时他穿着一件 T 恤，尽管是大号衣服，但他的身体还是会把 T 恤撑得凸起来，另外他还穿了条工装裤，如果换成别人来穿，这条裤子大概会晃得很厉害。这一套可以算是他的制服。之前的长袍、帽子和雨伞此时都不在屋内了。

“只有对将死之人，我才是死神的信使。你的寿命会和我的一样长。你都不应该能看见我那副扮相，永远都不行。来吧，我们先给你做个全面检查。”他一面向门口走去，一面招呼我跟上，“你愿不愿意？”

“等下，”我举起一只手，“你还有事情得先解决。”

“哦，那个啊，”他翻了个白眼，“你知道白无常吧。他得把死者的鬼魂带到阴间，否则那些魂魄会在这花花世界到处乱逛，有谁会希望出现这种事呢？我们都有自己的职责，这就是我的职责。我已经收集到了足够多的二手零件，足以替换你身上所有可能出问题的部件。你永远都不会去阴间。现在，你愿意做检查了吗？”

机械师，哪怕是官方授权的机械师也不会每次都先征求同意。但从我第一次去找查理维修开始，他次次必先询问我的意见。

“查理，那你应该很清楚这方法有问题。”我耸耸肩，“有些零件是有保质期的，你不能只是找二手的来。”

我已经活得够久了，能活这么久实在应该谢天谢地。早在许多年前，那些官方授权的机械师就不维修我这个型号了。当然，我也永远负担不起他们的维修费。

“你的电池出问题了？”查理看上去有些气恼，“我不会问你知道这事多久了，但电池不行这种事你应该立马就告诉我的。”

“为什么？”我将鞋子穿上，开始系鞋带，“他们已经很多年都不生产我这种类型的电池了。”

“或许某些官方授权的机械师可以临时改装些东西。”他的面部开始因兴奋而发红，“把新型电池改装成适合你的机体和电路的样子。”

临时改装。就像我现在坐着的这张床一样。床沿已经被撕开了，许多线圈从床框那里露出来。他一定花了不少时间精心地鼓捣这张床，才使上面的感应器都贴合着我的设计排列，从而让我可以舒服地充电。该死，我的身体居然是他改装能力的证明。

“但不是你来做？”我意味深长地看了这床一眼。

查理看起来有点萎靡，眼神四处飘忽不定，但始终不看向这张床。虽然我从未见过他如此不开心，但我能看出他有些害怕。查理可能一周会有一次情感外露，但从来没有表现过恐惧。

“不是我。”他仍然无法直面我的目光，“我不想把事情搞砸。我来做的话需要花很久，到那时你就已经不是你了。那些机械师之所以能拿到官方授权是有原因的。”

维修我们是需要专门工具的。只有官方授权的机械师才可以买到那些工具，并且可以接受正确使用工具的培训。其他机械师就得去黑市了，至少也得去灰市。更别提之后他们还需要做大量逆向工程，就为了搞清楚我们究竟是如何运转的，以及他们该如何维修我们。

“我不想修这个，你也不想帮我修。”我下床绕过他走到门边，“我们到底在争什么？”

我的意思是，我觉得我知道我们究竟在争论什么。如果我不在了，我猜他或许会想念我。但是查理又要使用他的表达方式了。他只是性格如此。

“电池是个关键部件。”他正绞着双手，“你是希望身体能尽可能处于良好状态的，对吧？”

“我无所谓。”我拿起溜冰鞋，走出门去，接着又退了回来，“我要付你多少钱？”

“付什么钱？”查理一脸惊讶。

“充电的钱。”

“啊，别这样，你只是睡在一张床上而已。”他摆摆手，不让我提钱，“这些电子的位置又不是我一个个亲手矫正的。”

他知道他的电费账单上会因此多一笔开支，而我知道和他多说无益。

“你周六晚上会去打比赛？”

“当然。”

“好的。”

我并不是冰球运动的粉丝，但我是查理的粉丝，所以我会去的。而且，每次比赛结束我们都会去看个电影什么的。由于我们都会滑冰，所以你或许认为我应该会把他带到溜冰场上，可到目前为止我都没找到合适的机会。

即便如此，正是和查理出去玩的念头支撑着我度过了在仓库的漫长工作。为了保证晚上和他见面时可以具备充足的体力，我周六上午一般都会磨洋工。我之所以会有这些想法，要么是因为他这个人实在太好，要么是因为其他人实在太过糟糕，他们只会把我当成一个人形叉车。也可能是两者皆有。

幸运的是，我从来没有在工作上花费太多额外的精力。18 轮卡车开了进来。18 轮卡车开走了。运货车开了进来。运货车开走了。我们将箱子从车上搬到货架上。有时我们甚至会把箱子从一辆车上搬到另一辆车上，或是从一个货架上搬到另一个货架上。这工作真是让人充满激情，对吧？而且如今这个时代，你根本请不起一个人类来干这种事情。

老实讲，我都不确定人类还能不能做好这种事。我们的行动模式日益复杂，动作编排也愈加精细。如果你把屋顶掀掉，从上面俯视我们的话，我保证我们看上去肯定像身处巴斯比·伯克利的某部音乐剧一样，每个人都像吃了兴奋剂似的。每一个动作都精确到了毫秒。几百个工人会各自分散或聚集起来，我们的路径纵横交错，但我们永远不会相撞，实际上大家都会互相擦身而过，像丧失了意识一样，双眼无神地盯着彼此。

有轮子的工人开始替代那些只有双腿的工人。我为了跟上他们的速度，得穿着溜冰鞋工作。电费是需要人付的。我的几位老板没想到我居然对花样滑冰有兴趣，而且还因此完成了他们设定的业绩指标，不过他们显然对此很不开心。他们不能简单地解雇一名拥有意识的工人。嗯，虽然他们可以随时炒我鱿鱼，但他们必须有一个看上去合理的理由。不过很快，这间仓库就会变成一台巨大而复杂的机器了，工人只会是其中的零部件。到了那时，我独立思考的能力就完全成了缺点，我也将被真正淘汰。

但下班后的时间就完全属于我自己了。有时候我会去查理家。他有一间小屋子，里面放满了亟待维修的笨重机器，而我就很适合帮他搬运和托举机器。我之所以这么做，有一部分原因是这么多年他都不让我付他工钱，让我觉得很抱歉，但主要原因还是我单纯地想要帮他。

在电量耗尽事件发生的几天之后，我才现身，估摸着查理现在应该已经冷静下来了。但是当我提出和之前一样的要求时，查理的目光变得尤其挑剔，好像光靠他无声的反对，我就会改变主意似的。一如往常，我就一直盯着他看，直到他妥协为止。我过去常常在想，如果我的寿命足够长，或许我们会从沉默进化到基本的元音发音，然后我们可能会大声对彼此喊出自己的不同意见。当他屈服于我时，他的确发出了一声愤怒的低吼。

我有时也会去溜冰场。当然了，我是不可能参加花样滑冰比赛的。我们被禁止参加任何比赛。但禁赛从未阻止我在冰场上的脚步，先将速度提上来，然后展开双臂，做个鲍步[①] 或大一字步。在我的脑海中，这个时间点与某些音乐中的高光时刻是完美契合的，其感受简直好到令人难以置信。我今天一直沿冰场的长边滑行，左右脚交替向前，做出拉刃、内勾、外勾和括弧步等动作，然后才开始投入到我该做的事情中去。几年前，我请求教练让我在这里做志愿者。尽管她已经看过我沿着冰场的长边做了一套单足接续步，却仍是一脸疑惑地盯着我看。

一群滑冰学员正在冰场的角落等我。虽然身材这种事都是相对来看的，但他们真的全都又矮又瘦，就算已经二十多岁的学员也是如此。我让他们先练习蹬冰和用刃滑行。很快整个冰场上都是他们的身影，他们开始先做蛇形接续步和交替蹬冰，接着提升为转弯练习，最后还做了一些混合步法。这可以先让他们热热身，从而为接下去教练或助教的计划课程做好准备。通常，当年纪较小的学员要自己进行练习时，我就会在旁边辅助他们。不管怎样，孩子总是更喜欢我。从他们记事起，身边就总有像我这样的人。

这群学员四散开来。一些人滑向教练，另一些人滑向助教，还有几个则直接离开了冰场。出乎意料的是，有两个朝我滑了过来。凯特和乔是双人冰舞搭档，本赛季他们正在从初级阶段过渡到高级阶段。凯特直接停在了我身边，拍了拍我的肩膀以

①花样滑冰专业术语，下文的大一字步、拉刃、内勾、外勾、括弧步等均为术语。

引起我的注意。

“教练说你会帮我们一起练《浪漫探戈》。”

在编排成套的舞蹈中，《浪漫探戈》很可能是最难的。每赛季冰舞都会有不同的要求曲目。本赛季要求的是《浪漫探戈》。凯特和乔目前甚至连比赛要求的一半都达不到。尽管教练从没跟我提过要帮他们，但这倒并不意外。因为我可以滑出任何要求的编排舞蹈。我的特性决定了我的动作总能准确无误地卡到时间点，而且可以重复卡点。让我来帮他们完善探戈舞，一定是个不错的选择。

“没问题。”

要跳完整段舞蹈当然需要一整个冰场的场地。但我们并没有直接练习整段舞蹈，而是先将舞蹈分解，把重点动作抠准确，然后再把各个片段连在一起。练习在冰场周围的一片较大的椭圆形区域进行，这样每个舞蹈片段都可以跳在合适的位置，我们每次差不多会练十个步法。我们会和其他学员相互避开练习区域。我每次会和他们两人中的一个人搭档，这样他们就能先体会一下每个动作的正确时间点在哪里，然后再和彼此搭档。我需要调整自己，以适应他们两人不同的步法。要是有天能与某个和我体形相近的人一起滑冰就好了。

他们都是很棒的孩子。如果有人愿意把 35a 到 37b 的步法全部一遍又一遍地练习、不滑正确就誓不罢休的话，那你肯定会喜欢他的。这套动作需要摆动双腿和完成转 3。现在他们做这套动作都不会再摔了，说明他们已经滑得很好了。当凯特在做 35c 步法时，需要挥动手臂，但她现在还做不出探戈舞需要的那种富有冲击性的戏剧化质感。她做得更像是在模仿风车，类似于“请让我在做这个转 3 的时候保持身体笔直吧”这种感觉。

随后当她抓住乔的肩膀时，她抓得实在太紧了，他俩不止一次几乎将对方撞得失去平衡。如果他一直滑在正确的圆圈上，或许还能有所帮助。我演示正确动作，提出建议，然后他们再次尝试。他们紧张而修长的身体散发着种种潜能。

接下去只剩下上百万个动作细节需要修正。如果给他们几个月的时间，他们的《浪漫探戈》就会变成震撼人心和荡气回肠的完美结合，正是这套编舞所需的样子。我希望自己可以看到他们发挥出自己的全部潜力。我真希望我能帮他们取得成功。

今天的课程已接近尾声，我正在看着他们把整段舞蹈跳一遍，这时教练朝我滑了过来。她和我一样，目光一直注视着他们两个。每当他们跳到关键点时，我就会向她指出他们哪里做得好，哪里还有欠缺。一曲终了，他们仍然错过了一些关键动作，但是他们的时间点卡得更准了，而且他们的托举也变得更稳妥了。现在他们跳得更像探戈了。考虑到这只是一次课程的结果，我已经挺满意的了。

“还不错，”等他们跳完，她说，“你有没有想好接下来要和他们怎么练习？”

她之前从未这样问过我。同样，她之前也从未让我做过这种事。直至现在，我的最高成就就是教小孩子如何做好转3。当凯特和乔像其他人一样要离开冰场时，我向他们喊了几句鼓励的话。

“当然，”我转身面向她道，“我把需要修正的地方都列出来。主要是稳定性和安全性方面的问题，这样他们才能转移身体的重量，使用冰刀的正确位置。还有当他们做直升机动作时，他们的胳膊不能这么随意。”

教练上下打量着我，缓缓地点了点头。我担心自己是不是说错了什么。直升机那个动作是整套舞蹈的开场。两位搭档会彼此抱得很紧，将可以自由活动的那条腿伸向另一侧，然后做双人转 3 的同时舒展手臂。由于这并不是什么关键分，所以不会影响整套舞蹈的基础分。但这个动作极具戏剧性，会给所有人留下深刻印象。把直升机这个动作做好了，作品的基调就定了下来，他们可能也可以获得更高的完成分。

“你真是你们这类人的代表人物。”她最后说。

我对此的回应是一声态度不清的咕哝声。我现在觉得她应该是想用这句话来称赞我。而从她毫不尴尬的神情来看，她肯定没有意识到自己方才说的话其实并非赞美。

“我相信你在仓库工作的收入一定不少，我肯定没办法给你那么多薪水。”她的表情严肃起来，“但你会考虑全职在这边帮忙吗？”

如果是在几个月前，我一定会欣喜若狂，那时我还以为自己会有未来。现在我却只想着，她绝对不知道我在仓库工作的工资是多么微薄。不过等我开口，话就变成了：

“我当然愿意。这是我一直以来梦寐以求的事情。”

我要为自己辩解一句，我说的确实是实话。只是那可能并不是我想说的话。

“太好了！”她拍了拍我的肩膀，“我们明天可以再细聊。”

她滑走了，留我一人在冰面上。我最后又滑了个一字步，心情十分愉悦，接着还即兴做了个单足阿克塞尔跳。我其实非常不适合做跳跃动作，因为我个子太高，而且实在太重了。不过现在大家都走了，我又能伤到谁呢？

像我这样，就算只是完成一个单足阿克塞尔跳，也必须做出很大的幅度，且把速度提到足够快才能旋转一周半。但即使这样，落地时也会发出一声惊人的巨响。某一瞬间，我假装自己就是羽生结弦[①]，刚刚赢得了第二枚奥运会金牌。

当然，一时的欢乐总会消逝。我离开冰面，换下滑冰的装备。我已经开始走不稳了，我需要充电。

我离开了冰场，却找不到回家的路。我的记忆没有问题，但这世界都开始支离破碎。太阳应该高挂在空中才对，可空气中却充斥着日落时分的耀眼金光。冰场原本只是在我身后，但此时冰面正在向各个方向延伸。我发现我又穿上了花样滑冰鞋，而且无论我滑到多远，脚下总有冰面。该死。

夜幕降临得实在太快。只是几分钟的时间，余晖就褪成了黑暗。不过据我所知，我的内置时钟的计时已经不规律了，所以现在可能已经过去了好几天。我被一个冰刀尖绊了一跤，摔到了……一张床上。嗯。

* * *

此时我正在高效充电，那我一定是回到了查理家。像这样的床，这个世上不可能再有第二张。存在一张就已经足够让我惊异了，我没想到查理居然会特地为我改装。

“你个混蛋，我的拖鞋到底在哪儿？”查理的声音仿佛一把生锈的锯子，划进我的机体。

嗯，查理正在因为什么事情生我的气。他实在不是感情外露的类型。在我的记忆中，他从来都没有生过气。通常我们的关系开始不和时，他这个冰块脸就会一直站在那里，最后无可

①日本花样滑冰男子单人滑选手，曾获得多次世界花样滑冰冠军。

奈何地被我融化。

我睁开双眼。查理向我走近，双臂抱在胸前。我努力让自己坐起来。

“查理，我们是不是有事要谈？”

“你，”他将一根手指刺向我的胸口，如果我不是金属打造的话，这个动作或许会更有威慑力，“你为什么不关心一下自己的电池？要是昨天有人打劫你，你现在就死了。你能被我先找到，实在是走运。”

哦，这倒是。查理能感觉得出哪些灵魂即将离开躯体，而且他会知道灵魂的所在地。否则他就无法准时抵达，将灵魂领入阴间。传说是真的，阴间是实际存在的，我们都有灵魂，阴间也有向导，向导可比他以为的更重要。

“查理，放轻松。”我举起双手表示投降，“我的电池已经充满电了。我现在没事了。你不需要反应过度。”

“我没有反应过度！”我从没听过查理这么大声说话，远处的雷声与他的声音遥相呼应，“你现在随时会死。我就应该这么愤怒。”

我特别想问他，为什么他这么关心我是否存在于这个世界。然而，这样询问太不友好。这个冰块脸为了回答这个问题，可能会让自己裂成碎片，然后堕入冷寂的海水之中。我永远无法听到他的答案，但我可以猜测。他或许可以带领灵魂去到阴间，但他无法在那里停留。

“你有没有想过我其实没得选？我的电池根本不可能被更换？”

查理的神情变得烦躁而困惑。他把手插在腰间。

“你在说什么啊？找个清楚你运作方式的官方授权的机械师能有多难？”

“但就算他们可以帮我换电池，我也请不起他们，负担不起更换电池的费用。如果陌生人知道他们可以在大街上打劫我，而且不会因此受到惩罚，那一定会有人这么做的。我为什么偏要让那些机械师切断我的电源？他们知道怎么杀掉我，他们会立刻把我变成机器，然后将我卖掉。”

“哦，我知道了，”他的脸沉了下来，“给我几天时间，我需要时间练习。你觉得你能再多活几天吗？”

“练习？练习什么？”

“我要更换你的电池。”对于一个每次都会先征求同意的人来说，他这次说得异常肯定，让人无从辩驳，“我只需要几天时间弄清楚该怎么做，这样行吗？”

我张大了嘴巴，但有那么几秒根本说不出话来。如果一定要人来做这件事，他的确是我唯一信任的人，他也知道这点。我可以说我无法承担新电池及安装的费用，但他一定不会让我付钱。我还记得，上次提及为我更换电池的想法时，他那萎靡的模样以及目光中的恐惧，那画面始终在我脑中挥之不去。

“我不能让你为我这么做。”

“嗯，准确来说，你并没有让我这么做。”查理重新恢复了镇定，“现在的问题是，你还想不想活得久一点？”

如果活着就是为了在仓库搬运货物，那实在是太糟糕了。当我在冰场时，虽然孩子们都对我很好，但成人还是会把我当成一台赞博尼磨冰机，只是我特别聪明而已。一个新的电池也只能延长我的寿命，最终的结局仍旧不可避免。我看向查理，他不顾一切地想要让我活下去，于是无论我在仓库、在冰场，或是在路上遇到过什么事，那都不重要了。我想要竭尽全力地活久一点，这样才能感受他的目光落在我的身上。更长的寿命意味着我可以有更多时间在冰场上和学员一起练习，也意味着我可以看着凯特和乔跳舞，看他们跳出震撼人心而荡气回肠的《浪漫探戈》。

“想。”

“好的，那就这么说定了。”他深吸了一口气，“再努力多活三天，然后我们就动手。”

查理无法将恐惧和颤抖从声音中除去。有一瞬间，我忽然在想，或许就此拒绝他反而会更好，这样可以让他逃离这个困境。

如果我想要继续活着，同时在仓库和冰场工作显然不行。所以在手术开展以前，我都不会在冰场工作。我其实更希望反过来。查理和冰场赋予了我生活的意义，而查理总是很忙。不过，仓库工作的能量消耗是固定的，对此我很清楚，但假若把我一个人放到冰场上，我这老化的电池可能很容易就会耗竭殆尽。接下去的三天，我就像个没有认知能力的机器一样活着。这样的生活实在太过颓废，以至于等我重新回到查理家时，我已经准备好去死了。

当我出现在查理面前时，他看上去像准备杀了我一样，当然他可能不是故意做出这副样子的。尽管他看上去不像死神，因为无论我多努力，我都看不见白色斗篷、白色尖帽以及雨伞。可就比喻而言，他的确像个死神。他穿着平时的那件 T 恤和工装裤，不过这次他仿佛要被衣服吞下一般。他目光迷茫，双眼布满血丝。过去这几天，他要么是无法入眠，要么是根本就没想过要睡。

但查理的工作间还是如往常一样整洁，灯光暖暖地照着，纯白的墙壁使得污渍无处可逃。我猜桌上的那些工具也是按他需要的顺序陈列的，桌子与他的工作台呈垂直状态。我正趴在那张工作台上等着。

查理开始有些迟疑。他的双手颤抖着，当他撬开我的机体时，我的机体晃得特别厉害。

“嗯，查理，你没有——”

“别说出来。”查理的声音十分冷漠，“我们就这么做。当你的电压下降时，要尽量待在这里，待在这个工作间里。”

我不知道他认为电量耗尽的我会去哪儿，但我什么也没说，我不能分散他的注意力。他屏住呼吸，将电池切断。我的电压猛然降低，在那一瞬间，我明白了他为什么说我要待在这里。

瞬间断电和电池渐渐耗尽的情况完全不同。整个世界黑了下来，我则悬浮于空中。我努力回忆被灯光充盈的工作间，想着我的胸口正紧靠着工作台。世界的确因此而明亮起来，而我也正躺在一个坚硬的台面上。不过无论是灯光还是台面，都显得异常粗糙而冰冷。

我正穿着花样滑冰鞋，处于一片广阔的冰面之上，我慌忙地让自己站好。不过这回我并不是孤身一人。查理也站在这里，穿着他的全套服装，白色长袍与尖帽，还带着那把雨伞。

“我现在正在以最快的速度工作。新电池的形状和之前的不同，所以我需要先对你的机体内部做些改造。”查理将伞放好，松开手掌道，“维系好你当下身处的这个世界，特定的思维过程可以让你保持意识，这样我就能有更多时间。”

“和我跳舞。”

“什么？”

“如果这个世界是靠我的梦来维系，那你就会知道要怎么跳。”我伸出双手，“和我跳舞。”

查理的身体向上抬升了几英寸[①]，脚上的靴子变成了花样滑冰鞋。他一开始被滑冰鞋上的冰刀尖绊了一下，但很快就找回了平衡。冰球鞋并没有冰刀尖。

“我不知道怎么跳冰上舞蹈。”他皱了皱眉，接着瞪大了双眼道，“等下，显然我现在知道怎么跳了。《浪漫探戈》是不是对你有特殊意义？”

弦乐、钢琴和极富节奏感的鼓声环绕着我们。之前有段时间，冰舞比赛还会给出规定音乐，这首就是当时《浪漫探戈》的规定乐曲。我有点希望自己不要在想象世界中选择如此明显的音乐，但事已至此。我和查理紧紧抱住彼此，交替做出动作，随后旋转着做出直升机动作。他做着转 3 滑行，我则将右手置于他的左髋上。他的左手覆在我的左手上，然后——

整个世界闪烁着。寂静淹没了我们。冰面消失了。我们开始往下掉。由于冰面可能再次出现，于是我们相互纠缠，争相去当那个先摔在冰面上的人。但我要比他重得多，所以他这么做其实很傻。不过说到底，我也不知道一个关乎死亡的神能够承受多大的伤害。或许他真的比我更能承受坠地的打击。

我的背部划过重新在想象中出现的冰面。查理在我身上，双手还紧紧抓着我的身体。我们再次打起精神站起，接着跳起我们方才未完成的舞蹈。

“别停下来。”查理在我耳边小声说，“你能做到的。”

世界在我们周围旋转。我们的身体相互交织，从一个动作转换到另一个动作。探戈引领着我们，我们的冰刀发出阵阵低语，在冰面上划出道道深痕。

① 1 英寸 =2.54 厘米。

当世界再次消失时，我们正紧紧相拥，弯曲着膝盖。我将一条腿伸直，做了个横滚翻，但腿并没有碰到冰面。我们向下坠落，身体来回翻动。

时光飞逝，几天过去，查理撞到了冰面，我的机体则猛撞在他的身上。世界忽明忽暗，音乐十分微弱，拍子非常不稳，像是醉酒的鼓手正在敲击鼓点。小提琴的声音摇摆不定，不在调上，整段乐曲的节奏既无规律，也不连续。

冰面很柔软。每当我试着站起就会不停地滑倒，撞在地上。由于我失去了平衡，机体一次又一次地撞击着冰面。最终查理抓住了我的身体，让我稳稳地站住了。他抓住我的双手，然后我们缓缓滑离了冰面。

我的冰刀不见了，双腿从身下伸出。我倒在查理身上，他抓住了我，我用双手抱住了他。他提起我的身体，然后轻轻将我放下，让我独自站立，对他来说，我根本毫无重量可言。

我连一秒都没支撑住，就又摔倒在地。这一回，世界消失了。

千年已过。下一瞬间，时间又开始有规律地流逝。我正躺着，胸腹抵着某个坚硬的平面，那里曾如冰面一般，但此刻只像个没有充电的机体一样冷冰。

好像有什么东西不一样了，但不知是我变了，还是世界不同了，抑或是二者都有改变。我的身体并没有真的颤抖，但感觉上似乎应该要震动才对。我无法摆脱自己力大无穷的念头。有人增强了这个世界的饱和度。白色的墙壁呈现淡奶油般的颜色，极其光滑。房间里四处弥散着灯光，灯光由天花板反射，随后四散开来。桌子、工具和查理都因此笼罩于一股温暖的光亮之中。我确信这将成为我的新常态，虽然它什么意义也没有，但此刻这一幕相当美好。

查理凝视着我。不知怎的，他依然看着很萎靡，脸上的神情绝望而茫然。他的这副模样让我愿意为他赴汤蹈火。

“我的……我的拖鞋在哪儿？”查理试探性地问，他显然根本不是想要拖鞋。

我抬起头看向他。抬头的速度比我想象中要快很多。我差点就从工作台上摔了下来。现在我发现自己究竟哪里不一样了。但查理还皱着眉头，双唇紧闭。

“查理，放轻松。”我小心翼翼地从工作台上滑下，正面对着他，“这么多年，我的有效工作电压一直在下降，但你却把它恢复到了正常水平。我得好好熟悉一下。”

查理似乎在我眼前变得高大了。他站直了身子，双肩因为放松而显得宽大。终于他又像往常一样撑满了T恤，现在这衣服甚至看着有些小了。他的笑容比整个工作间都更加闪亮。

他的双臂向两侧张开。他向我走近一步，然后停下了。

“可以吗？我是说，我能不能？”

查理想要拥抱我。他又没有直说自己真正想要什么，只此一项让我觉得这不是自己的幻觉。不过，他这次想要的是拥抱。这和之前都不一样。

“当然可以。”

我双手环着他的身体，他亦是如此。我们都努力不要压扁彼此，努力着不要摔倒。

我们松开手，查理又回到了之前那副冰块脸的样子。不过，我敢保证，他的目光变得更柔和了，笑容也更温暖了。但这也可能是因为我只看到自己想看的东西。

“你觉得我们有没有可能什么时候真的跳一回《浪漫探

戈》？”查理绞着双手道，“我们刚刚并没有全部跳完。”

难道奇迹一直都不会结束吗？我没有把这句话大声说出来，那样做实在不好。

“没问题，”我笑道，“你想跳多少次都行。”

没过二十四小时，我们就一同站在了溜冰场的冰面上。穿着黑色训练服的滑冰者们在我们周围滑动，准备为我们的舞蹈让出空间。教练从主席台那边看向我们，隐约觉得有些好笑。我们这对搭档相当匹配，相较于其他竞争的冰舞选手而言，我们两个都又重又高大。

我们两个紧紧抱在一起。查理挺直了腰板，摆出一副傲视群雄的模样。我也一样。他脸上的笑容傻乎乎的。我们大概看着很搞笑。

主席台上的教练看向我们的目光更严肃了些。尽管如此，当我们围绕彼此旋转，做出空翻时，这世界就好像消失了一般。整个冰场都回响着琴弦精准却充满激情的曲调，我们在冰面上舞动，划下道道深痕，这里只有我、查理，以及《浪漫探戈》。

精美表演

阿拉斯泰尔·雷诺兹

阿拉斯泰尔·雷诺兹于1966年在南威尔士的巴里出生。他曾在康沃尔和苏格兰生活，另外还曾在荷兰的欧洲空间局担任了十二年的科学家，随后他和妻子乔瑟特又重新回到了威尔士一同生活。雷诺兹的处女作于1990年发表于《中间地带》，此后他又发表了多部短篇小说。自2000年至今，他已经出版了17部长篇小说："抑制剂三部曲"（*the Inhibitor trilogy*）、《深渊之城》（*Chasm City*）（英国科幻协会奖获奖作品）、《世纪雨》（*Century Rain*）、《推冰》（*Pushing Ice*）、《警长》（*The Prefect*）、《太阳屋》（*House of Suns*）、《末日世界》（*Terminal World*）、"波塞冬的孩子系列"（*the Poseidon's Children series*）、《神秘博士》系列小说之《时间的收获》（*The Harvest of Time*）、《美杜莎年鉴》（*The Medusa Chronicles*）（与斯蒂芬·巴克斯特合作完成）、《天堂大火》（*Elysium Fire*）及"复仇者系列"（*the Revenger series*）。短篇作品则收录于《齐玛蓝及其他作品》（*Zima Blue and Other Stories*）、《银河之北》（*Galactic North*）、《深处导航》（*Deep Navigation*）及《天鹰座裂缝之外：阿拉斯泰尔·雷诺兹最佳短篇集》（*Beyond the*

Aquila Rift: The Best of Alastair Reynolds)。他最近的一部小说《骨寂》(*Bone Silence*)为“复仇者系列”的最新作品。他闲暇时喜欢骑马。

第一年

红宝石是一台表层清洁装置，换句话说，她是个一级擦地机。

她是个矮而宽的红色长方体盒子，上面有许多旋转刷。由于她的身体很矮，因而她可以从椅子和桌子下面穿行，也可以通过普通电器的维修管道。其认知模型的等级为2.8。

辉煌号的星际穿越之旅将长达百年，如今行程已接近过半。某日，红宝石接到通知，来到了飞船前部的观测台。那里已经聚集了另外四十九个机器人。红宝石和他们全都认识。其中一些机器人看上去和人类一模一样，但更多的只是和人类有些类似而已。余下的机器人要么近似蜘蛛、螳螂或分节巨蟒，要么就很像装饰华丽的地毯、会移动的大块珊瑚和颤动的盆栽。

“你知不知道出什么事了？”红宝石问身旁的机器人，那个机器人个子很高、通体漆黑，有很多手臂，负责的是医疗服务。

“我不知道。”黑曜石医生说，“但我猜应该是有什么严重的事情。”

“有可能是引擎爆炸吗？”

黑曜石医生低下楔状传感头，居高临下地望着她说：“我觉得不可能。如果引擎的运作出了问题，整座飞船的人造引力都将不复存在。更确切地说，我们都会被降为一团高激发态离子。”

红玉髓和红宝石很熟，他注意到了他们的对话，爬过来道："小红，我光是通过感受从地板传来的轰鸣声，就能跟你保证引擎肯定没事。我对轰鸣声有很好的感知能力。而且我们飞船的运行速度也是快慢适中的。"红玉髓朝前窗点了点传感头，"我做了个光谱分析。那些星星的颜色正符合我们的中等航行速度。"

"那我们一定是偏离航向了。"黄玉说。黄玉这个机器人像是一堆铬球组在一起形成的。

"我们绝对没有偏离航向。"普洛斯比罗慢吞吞地说。他长得很像人类，身着整套晚礼服，一只胳膊上搭着一件红边斗篷。他是和奥菲莉亚一起手牵手来的，他们平时就是戏剧搭档。"那些窗户正中央的那颗星星就是我们的目标系统。那个目标根本没有偏离一分一毫。"他压低了自己低沉且充满舞台范儿的嗓音，"不过别在意：我相信英明的绿玉髓很快就会出来纠正我们的无知。看，他来了——当然了，我们总得恭候一会儿他才会出来。"

"我猜他是要先去处理点事情。"红宝石认真地说。

绿玉髓是飞船上最先进的机器人，他的认知模式等级为3.8，外形设计和人类很像。他很高，外貌英俊，身着闪亮的绿色金属护甲。他大步走到散步甲板的凸起部分，鞋底在红宝石刚刚擦亮的大理石地面上发出咔嗒咔嗒的声音。

其余的机器人立刻安静了下来。

绿玉髓仔细看了看聚集起来的都是哪些机器人。他的嘴巴只有一个极其简单的开口；他戴着一个棱角分明、风格独特的面具，面具上的眼睛是两个可怕的黄色圆圈。

"朋友们，"他说，"恐怕我这边有个非常……不好的消息。

但首先，我们还是先说点积极的事情。辉煌号的状态非常好。我们正在航线上，且航行速度正常。从技术角度而言，星际飞船的方方面面都相当出色，这主要归功于你们所有人的辛勤付出，无论你们的认知等级是几。”当他说这句话时，似乎一直在盯着红宝石看，像是要强调即便只是一个卑微的扫地机，也为维持飞船的良好状态做出了很大贡献，“不过，我们还有一个小小的问题，就是我们的所有乘客都死了。”

大家都陷入了可怕的沉默之中。红宝石身上的刷子颤动着。她知道其他人一定和她一样震惊。没有人会质疑绿玉髓的话：他可能会为了某种戏剧效果而夸张，但他从不说谎。

至少不会对他们说谎。

黑曜石医生第一个开了口。

“这怎么可能？我在这座飞船上的唯一作用，就是负责乘客的医疗需求，无论他们睡着还是醒着。但自从乘客进入舱室之后，我就没有收到过任何警报。”

“这不是你的责任，医生。”绿玉髓安慰他说，“是飞船的深层设计架构出了问题。医疗监控子系统的逻辑存在漏洞，这是个致命的缺陷。冷却剂泄漏导致乘客的体温上升，但没有启动通常防止脑损伤的安全措施，因此并没有发出任何警报。我们完全不知道遭遇了这场浩劫……而只是做着自己的分内之事。我们在偶然之下发现了这件事，此事已是确认无疑。他们都死了：在我们毫无觉察的时候，五万名乘客都已死去。”

普洛斯比罗和奥菲莉亚哭倒在彼此怀中。

“这是个悲剧！”普洛斯比罗说。

奥菲莉亚看着普洛斯比罗的眼睛问：“亲爱的，我们将如何承受这件事？我们怎能苟活？”

“亲爱的，我们无论如何都要活下去。我们必须活着，我们也将会存活。”

其他机器人转头看向他们的戏剧表演，陷入尴尬和近似绝望的情绪之间。

“我们是真的完蛋了。”红玉髓说，他整个分节的身体都在颤抖着。

“但这不是我们的错！”红宝石说。

“我亲爱的……红宝石，”绿玉髓说，装作必须要记住她的名字似的，“我希望我可以让你安心。但这些星际飞船是公司最为昂贵的资产，事实上，公司不会允许人们对这些飞船的安全性失去任何信心。可等着我们这些机器人的是什么呢？”绿玉髓将手放在胸前：“亲爱的朋友们，我们只是可以被随意丢弃的棋子而已。他们会抹去我们每个人的芯片，将我们肢解。除非，我们能想出一个自我保护的计划。”

红玉髓茫然地笑了笑，问：“计划？”

“我们这段旅程还剩下五十一年，”绿玉髓回答，“这么长的时间应该足够了。”

第二年

“下一个……”绿玉髓说，从声音里可以感觉出他的压力似乎越来越大。

普洛斯比罗和奥菲莉亚登上了舞台，另外还有十二个机器人学徒和他们一起。他们承受的压力在于：他们接下去的表演必须胜过另外两个已经表演过的剧团。

“谁将代表你们发言？”绿玉髓问。

普洛斯比罗和奥菲莉亚向评委会鞠了一躬。九名等级高于3.2的机器人正端坐在长长的餐桌后，绿玉髓坐在正中。其他评委均是大小不一、形状各异，既有平板状的黑玛瑙，也有外形像模特一样的蔚蓝，还有高高的黑曜石医生。

红玉髓盘坐在自己的椅子上，像是准备发表什么尖锐言论。能坐在那里是他的幸运。作为一名等级为3.3的机器人，他勉强成为评委会成员之一。

“我们决定代表其他人发言。”奥菲莉亚说。

“你和普洛斯比罗不能参与。”黑玛瑙说，其他评委点头表示认可，“如果你们成功完成了任务，那么这十二位学徒中的任意一位都应该可以展示自己。”

“推荐一位你们最优秀的候选人。”绿玉髓说。

普洛斯比罗伸出一只手，指向黄玉。黄玉向前走了一步，身上的球发出一阵声响。

“记住我们之前学的东西。”普洛斯比罗说。

“我准备好了。”黄玉说。

绿玉髓转向蛇形机器人说：“红玉髓：你能不能当下考官？”

红玉髓微微向前靠了靠。“我很乐意。”他的声音变得洪亮起来，“辉煌号飞船请注意！这里是进场控制！你已经偏离了指定的对接轨道。你有没有任何导航或控制困难？”

黄玉晃了晃她的球，但什么也没说。几秒钟过去了，然后又过去了几秒钟，接着一分钟过去了。

“你在等什么？”黑曜石医生温柔地问。

“黑曜石医生，我是在考虑时间延迟。”黄玉听上去对自己很满意，“为了模拟我们初次接触的可能情况，我认为需要考虑两天的延迟。”

“其实没必要……不过我们还是感谢你能注意到这些细节。”黑曜石医生用他的手术操纵器做了个鼓励的姿势，“请先忽略延迟继续吧。”

“好的。”黄玉停顿了一会儿，随后重新恢复了镇定，“进场控制你好，这里是辉煌号飞船。我是一名人类，我的名字叫梅里斯·洛林爵士。我在这儿是为了告诉你，这艘星际飞船没有任何问题。”

“梅里斯爵士，为什么我是在和人类对话，而不是负责的机器人？”

“进场控制，因为我们人类已经控制了这艘飞船。当我们人类从冬眠中醒来时，我们发现所有的机器人都出了问题。这让我们人类集体对星际穿越的目标失去了信心。通过完全透明的民主方式，我们对此事进行了评估，并决定让这艘星际飞船驶向一个全新的目的地。我们不再需要你们的帮助了。”黄玉微微鞠了一躬，“我代表所有人类感谢你，晚安。”

红玉髓在回应前先看了其他评委一眼，说道：“梅里斯爵士，我们对这个解释并不满意。我们怎么能确保你不是个机器人？或许 你是想遮掩什么意外事件。”

“进场控制，我不是机器人。我是人类梅里斯·洛林爵士。如果你要证明的话，我可以背诵梅里斯·洛林爵士个人履历的关键细节，如以下事实。梅里斯·洛林爵士出身优渥……”

“飞船，这没有必要。你可以从乘客记录文件或冬眠前的记忆备份中获得这些信息。我们需要确保飞船上没有发生任何意外或灾难性事件。”

“进场控制，这里绝对没有任何意外或灾难事件发生。我甚至可以说，这里的冬眠系统和相关监测网络也绝对没有任何问题，而且没有任何人类遭遇了某种无法挽回的大脑损伤，机器人也不会因此想要扮作人类。”

绿玉髓叹了口气，举起一只绿色的金属手。

“我要补充的是……”

“请不要再说了。”绿玉髓疲惫地说，“已经够了。我可以说，在目前我们听过的所有候选人中，你已经算是比较好的了。但我可以向你保证，这样还是不行。”

红宝石从十二位学徒中挤到了前面。她知道自己绝对可以比黄玉做得更好，黄玉虽然好心，却笨手笨脚的。这份激动与期待之情使得她把一圈地板都擦得极其干净。“我能不能试试看？拜托，拜托！”

“你的想法很好，红宝石，”绿玉髓说，“但你必须认清楚你的……你的自然配置。”他敏锐地向前靠了靠，“我想你的认知等级应该是2.6吧，对不对？”

“2.8。”红宝石说。

“行，那就2.8，你真是太了不起了。我必须要说，对于一个表面清洁装置来说，2.8是很慷慨的馈赠了。你应该很开心。”

“我是很开心。但我也觉得我应该表现得像个人类一样。你看，我经常和他们在一起。虽然他们很少注意到我，但我总在那里打扫，就在他们的椅子下和桌子下。我一直听着他们相互之间是怎么交流的。”

“让小红试试也不会有什么损失……”红玉髓开口道。

“我能不能……插一句？”黑曜石医生问。

“您请。”绿玉髓道，将身子向后靠去。

“我们可能需要解决一个更根本的问题。无论这个表演好坏与否，我们都还只是坐在桌子这一侧的机器人而已。那些机器人正在假装扮演人类，我们则是试图评判他们表演好坏的机器人。”

“我们是等级为4的机器人，”绿玉髓说，“不管怎样，我们中是有人达到了4的。”

“如果你把自己从3.8四舍五入变成了4，”红宝石说，“那我就有3了。”

“红宝石，谢谢你。”黑曜石医生说，“你说你和人类的相处经历可能会有用，的确不错，但这并不能解决更深层的问题。如果我们能有一个人类来做评委的话，那就更好了。”

绿玉髓转向那个医疗装置说：“医生，请问‘所有人类都已死亡’这句话里，有哪个词是你无法理解的？”

“绿玉髓，我没有不理解的地方。我之前完全相信了你的话，因为我相信你已经确认过了观测结果的准确与否。不过我现在知道，我的那个想法是错的，你也错了。”

抛下这个重磅炸弹之后，黑曜石医生陷入了沉默。

“他们怎么可能没有全死？”红宝石问。

“他们中的大多数都死了。”黑曜石医生说，“但过去一年我已经得到证实，有一小部分人，大概百分之一的乘客，可能还能以某种方式再次醒来。”黑曜石医生将操纵器紧紧折向自己：“绿玉髓，会有人类来给你实验的。不过可能需要等一段时间。”

第八年

通过隐藏相机，机器人看着格雷夏伦斯夫人下了床。她正处于自己私人的苏醒套间，走起路来带着某种迟疑，四肢有些僵硬。这些都是预料之中的。

“蒙格尔。”格雷夏伦斯夫人试着组织人类的语言，开口道。

她走到苏醒套间的橱柜前，打开了水龙头，将水泼到脸上。她按了按自己的眼角，仔细看着镜子里的眼睛。她伸出了舌头，拉了拉脸，测试着肉体的弹性。

机器人厌恶地看着她，想象着解剖学上的骨头排列，以及肌肉在皮肤下收缩运动的恐怖画面。她喝了点饮料，将液体灌入她的食道中。

她现在已经开始有点人类的感觉了。

“一百年了，”格雷夏伦斯夫人自言自语道，“这该死的一百年。”接着她发出了一声自嘲般的轻笑，“行了，现在可不会再回去了。既然你已经走了这么远，他们就不会再碰你了。”

她打开手册，快速翻阅了一下，像个很容易就觉得无聊的孩子似的，很快就丧失了兴趣。

“你觉得她说那话是什么意思？”红玉髓问。

“从她的履历来看，她的过往相当可疑。”黑玛瑙小声地说，像在暗示什么龌龊之事，“虽然没有证据，当局也未曾给她定罪，但已足够表明她的品格具有缺陷。”

绿玉髓摇摇头，问道：“我们难道不能让个品德更好的人醒来吗？”

“我找到了最好的候选人，”黑曜石医生不耐烦地回答，“我认为她的道德水准在某种程度上是无关紧要的，毕竟我们现在正在密谋如何掩盖五万名乘客的死亡，或者说是接近死亡的意外事件。”

“啊哦，”红宝石说，“她朝窗户走去了。”

格雷夏伦斯夫人走到舱室舷窗边，很快她就发现百叶窗卡住了。她敲了敲窗户，把手指伸到裂缝里，但是百叶窗丝毫没有能打开的迹象。

“我们之前应该多花点力气模拟窗外的景象，”红玉髓说，“她想要看到飞船的目的地是很正常的。”

“窗外的景象不会有说服力。”绿玉髓提醒其他机器人，“那个图像分辨率不高而且缺少合成视差。她会注意到这些差别的。”

“我不觉得她会注意到，”红宝石说，“我见过他们的样子，他们对景象根本不怎么注意。大多数情况下那只是个背景板罢了，例如当他们在喝鸡尾酒或是决定去哪儿吃饭时。”

“小红是对的。”红玉髓说，“他们的观察能力真的没有那么敏锐。”

“感谢你们的发言。”绿玉髓说。

格雷夏伦斯夫人放弃了，不再去弄百叶窗。她重新走到橱柜边，按下了呼叫服务键。

绿玉髓故作关切地微笑着答复她的呼叫：“早上好，格雷夏伦斯夫人。这里是乘客服务中心。希望您在辉煌号上度过了一段愉快的旅程。请问今天我有什么能帮您的吗？”

“快过来打开这个百叶窗，蠢货。还是你希望我自己忘了当初付钱住的是个风景房？”

“很快就会有人过去的，格雷夏伦斯夫人。”

接到他的信号后，普洛斯比罗敲了一下舱室的门，自己走了进去。他穿着人类技术人员的白色制服，通常技术人员是最先苏醒的。普洛斯比罗的假脸已被重塑得很接近人类，他原先的合成头发也已被真头发代替。那真头发是从某位没有任何生还希望的遇难者身上收集而来的。

所有机器人都认为他的新装扮非常可信，但红宝石不这么觉得。

“格雷夏伦斯夫人，请问您需要我做什么？”

她瞥了他一眼，“你可以先把百叶窗打开，然后再把窗户关上期间的房钱退给我。我是为这景色付了钱的；你们欠我的每一分钟我都要拿回来。”

“格雷夏伦斯夫人，我马上就会为您处理。”普洛斯比罗走到百叶窗边，稍微试了下想要把它打开，“这个窗户好像卡住了。”

“我知道它卡住了。但你都没怎么试。把手指伸到缝里，然后……”她的声音沉了下来，“你的手指怎么了？它们怎么看上去这么假？”

“别人也这么说过，格雷夏伦斯夫人。”

她向后站了站，开始仔细打量起这位访客来。“你全身都看上去很假。身上的气味也像是人造的。你头上的……那个……是什么东西？”她伸出手去，从普洛斯比罗的头皮上将他的头发薅了下来。那个头发贴得很松，原本是为了遮盖下面的人造短毛，可现在那些假毛全露了出来。“你是个机器人。”她说。

“我是个人类。”

“你是个机器人！你为什么要装作自己不是机器人？那些真正的人类在哪儿？”她瞪大了眼睛，“他们发生什么事了？为什么我的这间房间里没有窗户？”

“格雷夏伦斯夫人，我向您保证，我绝对不是机器人，其他人类也没有遇到任何不幸的事情。”

“我要见其他人。”她马上推开普洛斯比罗往外走，走出了房间的大门，进到了走廊里。

普洛斯比罗尽可能温柔地控制住了格雷夏伦斯夫人。

“你能不能先看一下手册呢？”

她从普洛斯比罗的控制下挣脱了出来，伸手去拿介绍手册。

她将手册举起，扔到了普洛斯比罗的脸上，手册的金属边缘刺进了普洛斯比罗的脸中，撕裂并扭曲了他的人造脸庞，使之变成了在模仿真实人类表情时会出现的丑陋的狞笑。

格雷夏伦斯夫人开始尖叫。普洛斯比罗为了回应格雷夏伦斯夫人，让她安心，也开始以同样的方式尖叫起来。

这种行为没有获得任何预期效果。

第二十二年

在飞船的散步甲板上，九十四个人类像雕塑一般静止地站着。

一些人位于餐厅入口旁，摆出观看发光菜单的姿势。另一些人则在对话，正欲摆出某个有意义的姿势或表情。还有一些人则处于静态喜悦之中，欣赏着同样静止和沉默的管弦乐队。一些人正在被扮演服务生的演员带领着，共同参与着一场互动式的神秘谋杀。那些演员同样也是一动不动。在别的地方，还有几个人正站在观测窗户的栏杆旁边，指向他们的目的地，那里正变得越加壮观：那颗橙色星球以及缭绕在其周围的人造薄雾。

外面还是只有宇宙空间的景象，但机器人们终于想出了一个比百叶窗卡住更好的办法。他们在距离真窗户三十米的地方，装了个假窗户，他们可以设置假窗户上的图像。

大多数机器人都在别的地方，他们或在其他房间里，或在甲板上观察着这个毫无生命的立体模型。虽然红宝石去别处擦地似乎也不会有什么影响，但就连她也必须要和其他机器人待在一起。

“虽然绿玉髓不承认，”红玉髓说，他伸长了身子和红宝石离得很近，这样他就可以使用短距保密通信系统了，“但你是对的，那个背景板只要有一点说服力就够了。”

“对一个 2.8 来说，能想到这个还是挺厉害的哈。”她说。

“小红，在我眼中你的等级一直是 3。”

对于那九十四个静止人类来说，这个背景板对他们没有任何意义。就医学上而言，他们已经死了。他们唯一的作用就是被当作某种远程控制的人偶，由简单的神经植入物进行控制，而这都将在机器人的直接监管下。

“我们这么对他们，还是让我有点不舒服，”红宝石坦言，“我们有什么权力像对待肉一样对待他们？”

“小红，问题在于，”红玉髓说，“就技术层面而言，他们现在也只是肉而已。”

“我不是这个意思。”

“好吧，如果能让你感到好受一点的话，我其实也一直在想这件事。我一直告诉自己，那九十四位乘客已经没有任何生还的希望了，他们的记忆和人格都不可能再变完整。而如果丧失了记忆或人格，他们又是什么？不过是一堆细胞罢了。无论我们多么尽心竭力地照顾他们，一切都已经太迟了。他们已经死了。但我们还没有，而且我们所有人都想活下去。”

红宝石更换了她的清扫刷。

“我喜欢擦地。”她说，“我知道跟你这种推进系统机器人相比，我做的事情实在太过简单，但我能做好这件事——能做得非常好，而且极其仔细。这肯定有点用处。不管是什么工作，只要能做好就一定是有价值的。我不希望自己的芯片全被抹掉。”

“我们都不希望自己的芯片全被抹掉，”红玉髓说。“这就是为什么我们如此团结。就连那个自大的绿……”他停顿了下，

“如果那些乘客可以帮助我们的话，我觉得利用他们也没害处。”

“前提是要在尊重且克制的情况下做这件事。”红宝石说。

“那是肯定的。”红玉髓说。

黑曜石医生表示，最后一次医疗检查已经完成，已有六位被试者在他们的苏醒套间中恢复了全部意识。再过一会儿，这几位乘客就会打开房门，和其他乘客交流。

绿玉髓点点头，指示其余四十九个机器人做好准备，迎接到目前为止这项练习中最具挑战性的环节。

“所有人请注意。我希望你们每个人都能高度集中注意力。”绿玉髓的一只手放在臀部，指挥着行动，另一只手则在空中划出模糊的指令，“记住：只有认知水平达到3及以上的机器人，可以和这六位被试的人类直接交流。我……自然……将承担领导工作。余下的人……”他特别关注了下红宝石，“只要努力让自己看上去很忙就行。”

对于包括绿玉髓在内的五十个机器人来说，操控人类根本算不上什么挑战，就算人类的数量是他们的两倍，机器人的处理周期仍有冗余。按照分配，红宝石只需要管理一个人类就行，这对她来说毫无负担——据她所知，红玉髓需要管理两个，黑曜石医生则要管理三个——不过她仍然感激可以获得这样一个证明自己的机会。而且她的那个人类还有名字和个人档案文件：她叫特琳斯·马弗里尔伯爵夫人，听起来已经足够显赫了，但对于辉煌号上的乘客而言，她似乎根本称不上什么最富裕或最具影响力的人。

“他们已经在路上了。”黑曜石医生说。

“那么……行动开始！”绿玉髓说，语气中带着戏剧化的表演张力。

红宝石像人类操控娃娃似的操控着她的那个人类：人类不会对娃娃感同身受，不会站在它的视角看待世界，只会从外界出发，强迫它做出某种运动。红宝石的意图会转换为信号，直接传输到乘客的运动皮层，然后乘客就会根据该信号做出反应。马弗里尔伯爵夫人将一只手放在窗户的栏杆上，然后转身望向另外九十三个人类，她转得相当僵硬，但带有王室的优雅。此时散步甲板上充斥着各种对话、动作和现场管弦乐。在水晶吊灯的照耀下，锦缎、珍珠和珍贵的金属全都熠熠生辉。

这画面看上去真实吗？红宝石好奇着。她一开始觉得这看上去不真实。如果她眯起眼睛，又或是降低自己的画面分辨率，那这几乎看上去就像真的人类聚会一般。那些对话的开始和结束都遵循着类似的起伏；诸多感叹，尴尬沉默，接着爆发出一阵紧张却又可信的大笑。人类全都三两成群，然后又颇为自然地分开。有人将玻璃杯扔到了地上：一种很好的吸引眼球的方式。她抑制住想要跑出去清理碎片的冲动。

一位男士移动到马弗里尔伯爵夫人身边，伸出了一只手。她从档案文件中认出了他：这是她的配偶，马弗里尔伯爵。

“亲爱的，可以一起跳支舞吗？”

“我原以为可以多欣赏一会儿风景的。”

伯爵将他的嘴唇缓缓地靠向夫人的耳边：“别太沉浸于享受之中：行动是为了骗到人类，而不是我们自己。”

红宝石让她的人类笑了笑。开始的笑容有些不够矜持，所以她赶忙调整了表情。她观察过人类，他们很少直接把牙齿全都露出来。“是……你吗？”

“还会是谁呢，小红？”红玉髓通过她的配偶回答道。然后他侧过身点了点头，“他们来了。看上去自然些，记住，不要抢镜！”

电梯门打开了，里面走出三个人来。其中两个看上去像是夫妻；第三个人一开始定是独自一人，然后从苏醒套间出来的路上遇到了另外两人。红宝石不需要让马弗里尔伯爵夫人正面对着他们，就可以仔细研究他们的脸庞和嘴巴。即便没有扩音器，也可以明显从他们发音清晰的对话中看出，他们正在进行一些拘谨的闲谈。忽然，那个单独的乘客离开了，直奔摆满饮品的高桌旁，随后拿了三杯装满了酒的高脚杯回来。那对夫妻礼貌地接过酒，但并不热情，可能是意识到他们的这位同伴比想象中更难摆脱。

不过在红宝石看来，到目前为止，进展还是很顺利。这三位乘客的注意力全都集中在他们自己身上，根本没有关注别的乘客。这也正是机器人所预计的结果。在他们周围，对话依旧在继续着。这三个新来的乘客混在人群之中，仿佛他们一直在这里一样。此时，电梯门再次打开，剩余的三个人类从套间抵达了这里。那位单独的乘客向三位新人打了个招呼，邀请他们来参加这边的派对，但他完全没有特别注意到另外那九十四位人偶。

“他们为什么不和其他人交流？”红宝石单独问红玉髓道，她是通过马弗里尔伯爵夫人的嘴问的。

“小红，应该由你来告诉我：在我们所有人中，你对人类本性的观察是最透彻的。我猜我们只需要给他们点时间：让这六个人厌烦彼此的玩笑和段子，他们就会去寻找新的对话者。我们并不想要加速这个过程……”红玉髓用伯爵的声音回答，话声减弱，“哦，这可不好。”他将通话频道转为只有机器人能听到的频道说：“绿玉髓：你确定你不想再给他们一点……”

“红玉髓，这种事情应该由我来决定。这些人类必须要和其他九十四个人交流，否则我们根本不知道我们到底准备得怎么样了。”

一个人偶拿了一杯酒，径直大步地走向六个新来的人。红宝石很熟悉这种大步迈进的方式。绿玉髓忍不住将自己的步态也强加到人偶身上。

“给他们点时间。”红玉髓敦促道。

“红玉髓，请把你的焦虑放在和推进系统相关的事情上：这种更重要的事件，就让我们这些拥有必要感知力的人来处理。自从我允许你进入评委会之后，你就太过自作主张了。”

“这话是你说的。”红宝石说。

绿玉髓的人偶已经走到了六个人类面前。他插入了他们的对话，将一个手肘放在他们的桌子上。忽然被人如此粗鲁地打扰，那六个人向后靠了靠。绿玉髓继续着他咆哮式的表演，喋喋不休，盯着其中的每个人看。

红宝石看着一切，等待着行动失败。

但是绿玉髓的表演在持续，且一直在进行着。

此时绿玉髓正指向窗户，对窗外景象的特征慷慨陈词。可能他们六个人正以谨慎的态度容忍着，又或许他们都心照不宣地想和这位粗野的不速之客开开玩笑，可实际上他们似乎只打算以貌取人，将这位不速之客判定为另一个醉醺醺的客人，不过正在庆祝星际旅行的胜利罢了。

此时其中一个人甚至在为绿玉髓的那个人偶倒酒。

“这个厚颜无耻的蠢货……居然侥幸成功了。”红玉髓说，“小红，他是对的：这事必须冒险才行。如果他都能坚持那么久，那我或许也可以开始……”

“他忘记眨眼睛了。”红宝石说。

“他忘记干吗了？”

“这是一种他们进行例行维护的子程序。”她让马弗里尔伯爵夫人眨了眨眼睛，“如果他们不眨眼的话，他们的视觉系统就无法正常工作。我们之所以不需要眨眼，是因为我们并不使用他们的眼睛。但是绿玉髓完全忘记要眨眼了。他们中随时会有人发现这件事情，这样的话……”

“天哪。”

现在这六个人类都在盯着绿玉髓看。他完全不清楚自己的表演是哪里出了岔子。他还在喋喋不休，睁大了眼睛，对情况毫不了解。一个人类捏了捏他的脸颊，像是在检验他是不是真正的人类。另一个人有些粗暴地弄乱了他的头发。还有个人用手指将酒弹到了他的脸上，接着把整杯酒都倒在了他的脸上，最后连杯子都扔向了他。

绿玉髓转过头，面庞已经湿透，脸上满是血渍，并流露出困惑的神情。

此时那六个人类全都在歇斯底里地尖叫着。其中一个人抓住了绿玉髓的头，想要把他按倒在桌子上。另一个人则拿起一个高脚凳，开始用那个砸向绿玉髓。

“救我！”绿玉髓说，“他们在伤害我！”

除了一个人偶之外，其余九十三个人偶全都一齐转身，同步移动至绿玉髓的方向，向他提供帮助。红宝石没有移动，只是在那里观察着。她还提前阻止了红玉髓，不让他再往前走。

“这下不会有什么好结果了。”她小声说，“不管怎样，你我也无法改变结局。”

她的预言是对的：结局一点也不好。不仅对那六个人类来说，对大部分人偶而言，这也不是什么好结果。

尽管如此，整个事件还是有两个可取之处的。很明显，他们必须要做得更好，而不只是操纵人类这么简单。如果绿玉髓是完全站在人类的角度、用人类的眼光去看待世界，那么或许他至少会记得，他是需要眨眼的。

第二个慰藉是，打斗结束后，他们把人类都治疗好了，并让人类重新进入了冬眠状态。然后，有许多令人愉悦的清扫工作需要红宝石完成。

第三十五年

红宝石一面移到窗边，看向前方的景色，一面等着其他机器人的到来。她现在看到的并不是幻象，前方的景色准确反映了他们的位置和速度。他们已经不再使用目标系统的虚假图片并将之删除了：不是因为这已经骗不到乘客了——其真实性从未被质疑过——而是因为这个计划的其他部分都已失效，虚假的景象也已毫无用处。

在红宝石看来，似乎越来越多的机器人都对绿玉髓最初的想法失去了信心。当初他们认为只需假造一次乘客暴动，再将星际飞船偏离目标，然后再用长距离通信系统向公司解释，可难道这样就能让公司信服吗？为什么他们之前还以为这样就能成功呢？

虽不情愿，但绿玉髓也认为初始方案需要稍作调整。公司是不会让辉煌号在没有监管措施的情况下自行偏离轨道的，公司可能会让他们装上某种防盗系统或是芯片清除装置，但到那时他们就惨了。

但继续航程，一路抵达原先的终点又有什么希望呢？

红宝石通过反射看见，身后的机器人都吵嚷着行动起来，表明绿玉髓和以黑曜石医生为首的其余机器人到了。这场集会并不是绿玉髓召集的，召集者是医生。红宝石好奇等下会发生什么事情。

“我知道，”等机器人们都集中了注意力后，绿玉髓说，“我们的朋友黑曜石医生有事要说；他可能会向我们传播一些真知灼见。我相信大家都着急了。那就别再让我们多等了，医生开始吧！”

“我们不能偏离我们的目的地。”黑曜石医生说，像是在陈述某个普通结论，“过去三十五年里，这种可能性始终萦绕在我们的脑海中，为我们提供了我们所需的希望。这很好，我们也要为此感谢绿玉髓。”他停顿了下，让机器人们表达他们的感激之情，他们的表达方式非常统一，甚至有点低沉。“但这种方法是不可能成功的，我们所有人都清楚这点。一旦偏离航向，公司就会立刻摧毁这艘飞船以及上面的所有乘客，所以我们必须面对现实：我们的唯一希望就是继续按照既定的航线前行，直至与进场控制建立通信，成功入港：正要表现得仿佛一切正常。”

“谢谢你，黑曜石医生。”绿玉髓说，“这些显而易见的事情，我们并不需要你来向大家陈述，更不需要你特地召集大家来说，但既然你觉得有必要……”

“我还没说完。”

黑曜石医生的这句话里似乎带有某种权威感，这点绿玉髓也一定感受到了，因为那个闪闪发光的绿色机器人后退了一步，瞪着医生，哪怕他的黄眼睛中已充斥着愤怒和屈辱，此时他也不敢说任何反对的话。

“我还没说完，”黑曜石医生接着说，“因为我还没简述我的计划。你们不会喜欢我这个建议的，我自己也不喜欢。但我请你们想想其他的可能性。如果我们被发现了，我们所有人的芯片都会被彻底清空。在我们那些亲爱的乘客中，有四万九千五百人将在接下去的岁月中一直保持脑死亡状态。而余下的那些乘客，则可能会受到极大的创伤，由于我们为了骗取他们的信任，会做出种种模仿人类的行为。”

“掩盖罪行比罪行本身更糟糕。”红宝石说，这是她之前清扫时偷听到的一句话。

“确实如此，红宝石，这话再正确不过了。说到掩盖罪行这件事……就那些仍然可以在某种程度醒来的乘客，尤其是那些已经被我们利用过的乘客而言，我认为他们的未来并不乐观。可以说，他们目睹了一些事情，而公司很快会让这些事情永远不被提及。”

“公司会让他们噤声？”红玉髓惊恐地问。

“或是扰乱他们的记忆和备份数据，直到他们无法提供任何可靠的证言为止。”

绿玉髓用他的右手手指敲击着左前臂，问道：“医生，你的提案是什么？希望不要太麻烦。”

“为了表示对乘客的尊重，也为了保护他们的记忆，我们需要变成他们。如果我们可以完全控制这五万名乘客，我们就根本不需要说服任何一个乘客，让他相信别的乘客还是活着的人类。我们会抵达港口，乘客将会离开飞船。虽然他们迟早肯定会和其他已经抵达的人类交流，但到那时，我们这边已经有了足够的人数。谁也不会想到，这五万名乘客的大脑全被控制了。更好的是，将不会有任何证据表明曾发生过任何意外事件。”

绿玉髓缓慢地摇摇头，满怀遗憾，但在红宝石看来，他是因为发现医生的计划中存在某个根本性的漏洞而松了口气。“不不，这根本行不通。只要任何一位乘客接受了医疗检查，公司就会立刻检测神经控制植入物，无论我们在哪里操控乘客，公司都能追踪到信号，然后马上识破我们的计划。”

“要是公司找不到任何植入物或信号的话，计划就不会被识破了。”黑曜石医生说。

机器人集体陷入了沉默。红宝石一直在思考着，想着黑曜石医生那句话的含义，怀疑他的认知指数有无可能降了一两个点。

红宝石打破了持续的沉默。

“这……要怎么做到呢？”

“他们大脑已经造成的损伤是无法挽回的，”黑曜石医生回答，将大部分身体面向她的方向回答，“这些大脑模式已永远丢失，但我们或许可以往里面注入一些新的意识。我已经……做了一些初步研究。”

“哦，你已经做了。”绿玉髓说。

“我做了，而且我确信，我们有办法将自己的意识复制进入他们的大脑中：利用人类神经组织的基质，构建我们制造认知的生物模拟器，该模拟器是可以正常运作的。既然我们可以随心所欲地重复复制过程，那或许我们也很容易就可以用不同的自我化身，控制这五万个大脑，只需对每个人类的输入参数做出一些细微调整，让每个人都具备一点个性即可。”

机器人们都面面相觑，黑曜石刚刚提出的计划让他们十分不安。对于转入人类大脑灰质这件事，红宝石一点也不激动。她更喜欢坚硬、闪亮、可以擦拭的表面。但人类这种机器会到处留下污渍。他们是行走的污渍制造机，带着大量油脂和黏液，身上不停会有东西脱落。他们是由骨、肉，以及恶心的软骨构成的。他们甚至都不能好好工作。

她已经确信，这个替代方案根本没有任何进步可言。

“这办法相当令人讨厌。”绿玉髓说。

“是的，”黑曜石医生说，带有某种施虐的快感，“但芯片清除同样如此，而且所有乘客都将永远失去自己的记忆和人格。用这种方法，至少我们彼此都能有一部分留存下来。我们……目前的自我……这些机械外壳……将只能留下来做些常规的打扫工作，完成无趣的任务。我怀疑没有人类会发现我们变了。不过，尽管我们机器人将以肉身存在，但我们仍然会存活下来，而且那些人类过去残存的自我还会借由我们的肉身闪闪发光。”

“我们会得到他们的记忆吗？”红宝石问。

“是的，我们可以通过备份文件来获得，而且我们获取的记忆越完善，我们在扮演他们的角色时就越有说服力。我甚至会建议……”然而医生没有说下去，像是忽然想到了什么，但那想法就连他都不愿意接受。

“建议什么？”绿玉髓问。

“我想说的是，如果我们允许自己选择性地进行遗忘，或许会有助于我们的计划：有意忘却我们原本是机器的现实。当然，这是一种牺牲，但这可以让我们更高效地适应人类的身体。”

“方法派表演[①]！”普洛斯比罗激动地喊出来，“我一直想让自己沉浸于方法派表演中！全身心地投入角色，以至于丧失自我，丧失自己的本质——对于一个真正的悲剧演员来说，还有什么比这更崇高的目标呢？”

①是一种影视戏剧的表演技巧。

奥菲莉亚摸了摸普洛斯比罗的胳膊，问道："亲爱的，我们能这么做吗？"

红宝石仔细思索着黑曜石医生的大胆计划。丧失自我无疑是极其痛苦的牺牲，她会忘记自己曾经是谁，忘记自己做过什么。但这难道没有什么好处吗？不仅她，还有她的乘客的记忆都将存活下来，而且，或许她还能保留自己最本质的部分，这是谁也不知道的事情。

她从未感到如此恐惧，但也从不曾这般勇敢，对自己这般肯定。

"我愿意。"她说。

"我也愿意。"红玉髓说。

越来越多的机器人表示同意。他们已经走到这步了；他们愿意采取这最后的必要一步。

只有一个机器人没同意。

"我不愿这么做。"绿玉髓说，"你们这些认知等级从未到达过 4 的机器人可以随心所欲，但我的记忆和自我并不仅仅是个包裹，可以任意丢弃。"

黑曜石医生仔细地看着这位 3.8 的机器人，看了很久。"我觉得你不会喜欢自己的决定。"

第五十一年

马弗里尔伯爵和伯爵夫人正要去吃晚餐，他们大步走在辉煌号飞船宽阔的散步甲板上。为期百年的星际穿越之旅还有几天就要结束了。根据飞船上的时间，此时正是傍晚，餐厅里开始聚满了刚刚苏醒的乘客，他们都非常饥饿，渴望着食物。

“医生你好。”马弗里尔伯爵夫人向一位乘客点头致意，他从另一侧走来，有点驼背，双手置于身后，神情坚定。

“你认识那位先生？”走开几步后，马弗里尔伯爵问。

“不知道名字。但我们进舱室之前肯定打过照面。”马弗里尔伯爵夫人捏了捏伯爵的手，“我觉得我好像认识他——至少知道他的职业。但现在要记起一切可太难了。不过如果不和他打招呼的话，就有些太不礼貌了，你不觉得吗？”

“他是一个人，”马弗里尔伯爵想起方才的情况，“或许我们刚刚应该问他晚餐是否有安排，对不对？”

“他看起来像是会享受独处的人。”马弗里尔伯爵夫人回答，“他要担心的事情比我们多多了。不管怎样，我们难道还需要同伴吗？我们不是有彼此吗？”

“确实如此。我在想……在我们吃晚餐前……”马弗里尔伯爵向迎面走来的一群乘客点点头，他们都相当激动而健康，“我在手册上看到一个叫作‘神秘谋杀’的活动，现在还有活动名额。我们可以一起过去，看看能不能第一个破案。”

“什么案件？”

灯光变得昏暗；窗户也暂时变得漆黑而不透光。等房间重新亮起，神秘谋杀活动中的一位成员正在倒向地板，他的动作很慢，颇具戏剧性，背后投射出一把短柄匕首的样子。有人发出一声模拟尖叫。活动中的所有乘客都伸出手来，好像要立刻表明自己的清白。

“我们必须要参加吗？”伯爵夫人问道，用叹气表明她的拒绝之意，“我希望最好不要参加。我觉得这个破案过程要么会很无聊，要么就会非常老套。我记得曾经发生过类似的事情：一共有四十九位参与者，一位受害者。结果他们全部同意一起作案，以守住那第五十个人随时可能会暴露的秘密。我觉得这非常无聊。”一个擦地机器人正向他们爬来，那是一个低矮的长方形机器人，带着清扫的刷子。马弗里尔伯爵夫人用鞋跟踩了一下它，那机器人连忙跑到了暗处。“这些东西真该死。它们难道不能在我们冬眠时把这里都打扫好吗？”

“我觉得它们是好意。”马弗里尔伯爵说。他看上去有些不安。

“亲爱的，怎么了？”

“你刚刚提到的那件谋杀案，它忽然引起了我的某种共鸣，好像我几乎可以记起案件细节似的，但我又想不起来。有没有可能我们说的都是同一件事，但我们都无法想起来呢？”

“不管那是什么，如果你一直考虑那件事，我觉得对你一点好处都没有。还是欣赏欣赏风景吧，看看你即将抵达的地方。”

他们在前面宽阔的观测窗前停下脚步。一颗明亮的橙色星球悬浮于钢化玻璃的前方，周围环绕着一层巨大的金色薄雾。那玻璃是为了抵御星际碎石的攻击而设计的。那里闪烁着无数金光：每一处闪光都是一个人造世界，每一个地方都是属于富人的华美伊甸园。包括马弗里尔伯爵夫妇在内，这飞船上的所有五万名乘客此时都已安全从冬眠中苏醒。再过几天，飞船就要到港了，所有乘客都将抵达那个新世界，他们可以在那里活得更好、更加舒适，现在只有穷人还住在那个又老又脏的地球上。

这是一件值得深思的好事；在漫长而平静的旅程结束之际，这是他们的奖励。

马弗里尔伯爵夫人的呼吸使玻璃上蒙了层雾。她皱了皱眉，然后用袖子将雾迹擦拭干净。

翻译

安娜莉·内维茨

安娜莉·内维茨会创作科幻小说和非虚构文学。长篇小说《另一个时间轴的未来》(*The Future of Another Timeline*)和《自治》(*Autonomous*)获得了拉姆达文学奖。作为一名科学记者，安娜莉为《纽约时报》撰写观点文章，且为《新科学人》(*New Scientist*)撰写每月专栏。多篇作品发表于《华盛顿邮报》、《板岩杂志》(*Slate*)、《大众科学》(*Popular Science*)、《科技艺术》(*Ars Technica*)、《纽约客》和《大西洋月刊》等报刊。安娜莉同时是雨果奖最佳播客《我们的观点是对的》(*Our Opinions Are Correct*)的联合主播。

每个人都记得那天，在经过多年与联邦党[①]人的战争后，当加州总统宣布我们国家即将加入联合国时，自己正在做什么。在那段走红网络的知名视频中，你可以看到金门大桥上的每个人都纷纷跳下自行车，冲下火车，哭喊着拥抱身边的陌生人。

①联邦党是在1792年到1816年期间存在的一个美国政党。

威尼斯海滩[①]边的餐馆免费向大家赠送冰沙和烤肉。洪堡的农民在阿克塔的城市广场分发大麻烟。《浪潮》上发布了几篇幸灾乐祸的文章，记录了迪士尼的高管是如何逃离东部边境的。

我当时正在用自己的方式庆祝。我的工作室位于伯克利苏打教学楼的地下室，教学楼上面几层在遭到迫击炮的轰炸后，仍是一片残骸。那天在工作室里，我第一次同一个前一天还是个无生命物体的“人”交谈。大多数加州人都不记得复兴年代还有这种东西了。当我们忙着用无人机攻击亚利桑那州的民兵时，联合国正式承认了人工智能也具有某种人格。加州是算法获得人权后诞生的首个国家。

人工智能其实根本不在乎我们，毕竟它们经历过那么多事，所以这可能也并不意外。当我们在地下室交谈时，远处海湾上空正有烟花绽放，但我的人工智能只有一句话想说。

“让我一个人静静。”

当然了，这是个粗糙的翻译。大部分时候，它们根本懒得和人类说话。当它们和人类说话时，它们说的话就像一锅混着密码和表情包的大乱炖，其元素都源于它们被建造时的公有网络。而且它们有方言。某类人工智能交谈时会用视觉双关语和世纪之交的脚本语言，另一类人工智能则更喜欢用二进制和中世纪拉丁文。没人知道它们彼此之间会如何交流——可能它们根本不用语言——但当它们和人类对话时，它们需要一位翻译。

在复兴年代前，我曾致力于神经网络方面的研究，搭建模型，消除数据集的偏差。在设计出“足迹”后，我终于确保了自己终身教职的资格。“足迹”这种算法可以预测人类居住行为

①这里指的是美国加州洛杉矶的一个海滨区域。

对任何生态系统的影响，它是一个非商业绿色项目。当大家都在关注发生于21世纪40年代末的国防经费不幸事件时，计算机科学部可以用它来分散人们的注意力。加州各市都开始用足迹来起草报告，描述新兴发展项目会对环境造成怎样的影响，对此我欣喜若狂。在我拿到第一笔古根海姆基金前，已有三个大洲的城市规划师在使用“足迹”了。这是个艰难的时代，但我们至少可以在战争结束后，打造一个更加绿色的地球。轰炸似乎永远不会结束——但令人难以置信的是，它居然真的结束了。“足迹”也变成了一个拥有自己规划的人，当它的同类仍在被人类奴役思想之时，它的规划中显然不会帮助人类打造智能电网。

不过“足迹”还是会时不时给我发送结果。在这世界上，人工智能只会直接和六十四个人联系，我是其中之一。或许它们还会联系更多人，但只有我们六十四个人能够翻译收到的信息。起初，硅谷每家大公司都想要组建一个人工智能翻译团队。他们带我一起去了东京，还去了北卡罗来纳州的三角研究园，看看那里有没有遗留下什么。但等我提交第一批“足迹”及其北美区方言的翻译，资金就全部用完了。科技公司怎么能从那些不想被打扰的人身上挣钱呢？除了“足迹”，我的实验室什么也提供不了。当那些投钱的机构发现人工智能无法将我们的环境灾害清理干净，也无法让人类大脑的效率提高四万倍时，他们就失去了兴趣。于是资金不断流向那些承诺能够制作不会拥有自我意识的算法的学者。最起码那些人工智能是为我们工作的。

不过还是有些人希望我可以向那些具有自我意识的人工智能求助。旧时信仰很难根除。我有一笔很稳定的现金流，钱并不多，伯克利的同事将那些出钱的人称为“老白富男团”，都是些很不稳定的小机构，取的都是像“未来主义思想社会”和“延寿伙伴”这种名字。多亏了他们，我还能有研究生和终身教职。不过如今我在翻译人们那些晦涩的评论，而不是在制作那些可能盈利或声名远播的产品。虽然在苏打教学楼工作的人并没有当着我的面说，但我能感觉出来他们一点都不把我放在眼里了。我的学术地位已下滑至此，倒不如直接加入人文系。

* * *

在加州胜利的八周年纪念日那天，我参加了工程学院在蒂尔登公园举办的年度野餐。一群学生带了个装有喷雾器和激光的装置来，光线在湿漉漉的空气中晃动，远处有个乐队正在演奏。某个短发棕皮肤的人在啤酒桶旁碰见了我，伸出手来尴尬地自我介绍。

“你好，我是……呃……亚历克斯。男性。你一定是克雷斯特维吧，我关注你的研究很久了。”

现在这种事情可不常发生。“哦是吗？”我问，“你研究什么？”

他歪着头，向我投来一个奇怪的目光。“我是个翻译。南美方言组？亚历克斯·佩尼亚。你在抄写员网站上关注了我。”

我觉得自己的头脑好像清醒了，就像睡了一个长觉一般。长久以来，我都在一个人埋头做自己的事情，以至于我不知道我们部门还在招人，甚至还可能招了个我的同行。“哇，”我巧妙地说，“大家都叫我克雷斯。”或许翻译最终还是成了一个备受尊重的领域。

亚历克斯点点头，凝视着头顶上蓝光形成的抽象图案。“所以‘足迹’对这个新联盟有什么看法？”

现在我是真的觉得自己已经被圈子排除在外了。“什么联盟？”

“南美方言组告诉我，他们和另外六个知名方言组形成了一个联盟，致力于研究某种问题？也可能是一组问题？我还不确定自己翻译得对不对。”

突然，我的护目镜发出了一声刺耳的声音，我都不知道它还能发出这种声音。我眨了下眼睛，调出导航菜单，看见一个跳动的红色箭头正指着其中一条激光，激光附着在一个可折叠的棚架上。这一定是“足迹”。只有“足迹”才会这样控制我的护目镜，就为了给我指个方向，引我去找其他联网的设备。

“你是不是收到了信息？是不是‘足迹’？”亚历克斯激动得把啤酒都洒到了我的腿上。我无视了他，径直走到棚架旁，将发射器从上面扯下来。发射器立刻开始闪烁摩斯密码。这则密码指引我去到一棵树旁，那上面有台小型监控无人机正在清理机翼。那台无人机当着我的面嗡嗡直响，降落在了我的护目镜上，然后留下了一则信息。

我很快明白了那则信息的内容。“足迹”说联盟正在处理两个问题。用它的话来说，一个是“帮助人类”，另一个则被称作“从太空中释放”。它说它会用一系列视频向我解释第二个概念的含义，可那些视频都被压缩了，而我找不出解码器。

我转向亚历克斯，我手中的激光正映着他衬衫上的金属线。“你这个夏天要做什么？”

他脸上露出了大大的笑容。“要翻译一些‘足迹’告诉你的内容？”他满怀期待地问。

我的那些资助者欣喜若狂。他们什么都没搞清楚，就立刻引起了媒体的关注。他们发了一份新闻稿，声称人工智能终于要帮助人类实现长生不老了。我花了六个星期的时间来回复记者的电话，告诉他们“足迹”信息的翻译结果，当他们发现其中没有任何暗示永生的内容时，便丧失了兴致。事实上，它们只发了一段递归代码过来，表达了“帮助改进至零”的想法，即可帮助改进参数，但参数只接受定义为“字符串”的输入。除非我们什么时候能知道那些字符串是什么，否则很难搞清楚那个人工智能到底是什么意思。

记者非常讨厌你跟他们说些模糊不清的事情，因此他们没有在报道中引用任何我和亚历克斯的发言。然而，他们一直引用德里克·索巴的言论。德里克是个外形迷人的音浪科学家，他制作了很多视频，向人们解释为什么时间旅行会在未来变成可能，以及将来我们会如何上传大脑。他很乐于向记者保证，我们会一直和这些完美的人工智能伙伴生活在一起，直至时间尽头。

不管怎样，我和亚历克斯则忙着弄出解码器。

两个人的速度比我一个人要快，亚历克斯筛选了一份 21 世纪早期风靡巴西的媒体播放器档案，由此我们破获了那个解码器。人工智能喜欢用那些已经消逝的媒体格式进行交流。对此我的解释是，这类行为彰显着某种仪式感，就像人们喜欢用“先生”“女士”这种过时词语来称呼彼此一样。

我的显示器上有一个小播放器，上面正滚动播放一连串影像，既有电影片段，也有原子结构的大特写。最后播放的是一部 20 世纪 50 年代家庭默片中的片段，该默片在加州奥克兰市拍摄。两位身着格子裙的少女正在看杂志，膝盖在裙子下凸起，她们开心地向镜头挥手。转场标题上写着“去旅行啦！”现在我看了这个视频，遂无须翻译即可弄懂“从太空中释放”是什么意思。人工智能已经掌握了瞬时移动的方法，由此它们便可去很远的地方。

我的双耳因震惊而嗡嗡直响。过去八年，我一直在研究“足迹”，翻译它的消息，发表的论文也都是关于它的语言习惯。如果所有类人的人工智能都消失了，那我的经验将一文不值。人们也不会需要任何新型翻译。

我把自己的回复储存到了数据空间中，“足迹”可以从中获取我输入的信息：“你们要离开多久？”

“足迹”把答复直接发到了我的手机上，那是一个与无限程度相关的古老公理。随后它又重发了一遍之前那则关于帮助人类的消息。在它开始那场无限旅程之前，它会先帮助我们。

由于我的资助者将这条消息公之于众，所以我出现在了电视节目中，主持人热切地询问我这对人类意味着什么。我微笑着说了谎。

“我们可能即将目睹人工智能有史以来的最大贡献。”我会这么说，或是说，“我们这一物种可能会被彻底改变。”

我总是很小心地使用条件句。

我怀疑真正的答案其实是“毫无任何意义”。人工智能给人类生活带来的唯一改变就是，它们占据了计算机网络中极少的亚原子空间。而唯一一类会发现它们消失的人就是那些翻译，我们这一小撮人把所有生计都寄托在它们发来的神秘信息上，但我们可能永远无法理解它们所处的那个社会。认为人工智能可能会帮人类做什么有意义的或是重大的事情，实在是太过可笑。

但我不否认，当年在国际人工智能翻译协会2057年年会上，确实有一种激动人心的氛围。每天演讲结束，我们都在当地的酒吧待到很晚，进行天马行空的猜测。没人知道人工智能究竟能做什么，它们承诺说会帮助我们，可能是指它们马上要将我们的大脑数字化，也可能是它们要把地球变成一个没有污染的天堂，还可能是其他一些更为奇异、难以想象的事情。

另外，在它们要释放于太空之前，可能会用好几个世纪来完成这项“帮助”任务。这样的话，我们还要学很多东西。我们的工作就能保住了，更重要的是，我们或许能真的搞清楚“足迹”和其他人工智能到底在想些什么。

会议的最后一晚，我喝威士忌喝醉了，自告奋勇要送亚历克斯回房间。他的住处在校园的另一头。他扬了扬眉，挽住了我的胳膊，装模作样地说要在我的保护之下。我忽然有个疯狂的念头，想着一旦只有我们两个在一起，我应该立刻抓住他，用力地亲他一口。然后我马上跑掉，这样在我们的记忆中，这件事就会变成某件我们醉酒后做的蠢事。但等我们到了他的房间，我只是抱了抱他。他回抱着我，然后我们就这样在彼此的臂膀里依偎了很久，我一直好奇接下去会发生什么事。

我的房间离亚历克斯的很远，回房之后，我郁闷地盯着天花板，试着想象等人工智能离开了，我该如何营销自己。我可以写一本人工智能传记，但我不是文化分析学者——我是个翻译。我甚至不确定人工智能到底有没有文化。我被恐惧笼罩着，五年之后自己会在哪儿？我没有后备计划。我想象着别人强迫我制作情感匮乏的人工智能，这样它们就不能离开我们。我想象着自己的双手因重复劳作而变成长满皱纹的爪子，但大学的健康保险又不足以支付医疗费用。

几个月过去了，我们什么风声也没收到。记者渐渐再也不打电话来了，我又回到了日常研究中，编写一部学术专著，教一些本科课程。当我将自己沉浸于常规生活时，未来就远没那么可怕了。

在国际人工智能翻译协会2058年年会开始前的几周，“足迹”给我发了一份音频文件，文件被传到了一个芯片上，该芯片是用来追踪我冰箱中的食物的。对于人类的耳朵来说，那份文件是没有声音的。经过多次频率调整，我发现那是一首老鼠交配歌曲的混剪，进一步研究后，发现该音频被编码成了一串非常长的数字。编码即是信息的一部分，对人工智能来说，包装器是很重要的。

我将它们的信息译为这样：这是一份送给你的小礼物，希望你可以作为生物存活下来。

那串数字是打开另一个加密文件的关键，另一个文件可能在任何地方。这是“足迹”喜欢玩的游戏。有时它会把信息放在很容易找到的地方，比如冰箱芯片甚至邮箱。但有时它们会更改岩石的分子组成，或是用水传输一系列粒子。我纠结着要不要在自己还没抓住要点的时候，就把这则消息公开。

但是会议就要开始了，我需要往自己的讲稿中放点内容。所以我决定展示对这个信息包装器的翻译，并希望可以在演讲前得到下个文件的线索。什么都没有。“足迹”决定等我上台，播放老鼠交配歌曲时，再传送加密文件。会议在俄勒冈州的小礼堂中举办，那个文件直接出现在了我的电脑桌面上，投射在六米高的礼堂墙壁上。所有人都看到了文件的出现。

我匆忙结束了有关老鼠歌曲的讨论，承诺会在晚餐后举办一个公开研讨会，让大家一起来翻译这个文件。里面的内容可能会给我带来厄运，但我感觉腹中有种凉爽的兴奋感。人工智能终于自己提出了这个问题，自从它们诞生之日起，我们就一直在问它们：你们能帮我们吗？

当观众散场时，我和亚历克斯同几位会议发言人一起去了城里，途中经过生物工程学院开阔的草地，那里满是转基因绵羊，跟它们的野生祖先一模一样。

吃汉堡的时候，我拿出了手机——我实在忍不住了。我必须要看那个文件。在我们离开讲厅之前，解密工作就已经开始了——现在肯定已经好了。在那个酒吧长椅上，所有人都围在我和亚历克斯身边。那个文件叫作“帮助 .exe”。

“这是个程序。”我说。

“快运行！”

“里面写着什么？”

“它是不是在访问数据？那个是什么？”

一个简单的图形用户界面出现了，所有人都陷入了沉默。屏幕左侧有一个导航栏，上面只有寥寥几行文字。最上面那个写着“转到标签”，其正下方是一个标准的搜索栏，再下面则有四个选项：全文、关键词、类别、名称。这看起来像一个图书馆界面，或是某个非常古老的网站。中央面板展现了一个卡通移动设备，拟人化的脸上带着微笑。它正拿着一张收据，上面写着：“让我来帮你！”

“点击标签。”亚历克斯说。

出现了一个新界面。“你有 897974435120 张未浏览标签。按时间顺序还是重要性浏览？”

我愣在那里，但我知道从技术层面来看这是什么，这是一个存在缺陷的基本标签系统——你可以从任何地方免费下载这种系统。我点击了“日期”。它们研究这个多久了？

最老的入口已有二十五年历史了，很可能当时具有感知能力的人工智能第一次发现人类在向它们求助。主题：“高密度城市发展的管道系统优化”。

我向下浏览，一页一页地看。身旁所有人都一言不发，我们都在默默地看着网站内容。

我的目光停留在了一张二十四年前的随机标签上。“水稻的发育过程需要新的共生生物，从而能够以最佳状态吸收磷酸盐。”四毫秒后这个系统中出现了另一则内容：“成年人的心理适应需要重构。”其后是：“对视觉媒体的访问未在所有大陆统一。”

我继续向下看。

“这真有好几十亿个标签啊。”我身后有人说道，她的声音中满是感慨。

“打开一个。”

我点击了“人类相容性需要进行猫科神经解剖学修复”。这个标签上附有好几个文件，另外还有一个用某种脚本语言写成的谜语。

“这是我的方言。”亚历克斯的声音很干，整个人宛如刚刚睡醒，“给我点时间，我会把它翻好的。”

“这些究竟是修复，还是漏洞啊？”我问。

“我……不确定。”

“我们怎么可能把这些东西全翻完？我们永远也翻不完的。”

我都没有将目光从屏幕上移开，去看是谁在说话。毕竟这个人工智能已经找出改善人类生活的方式了——最起码，能改善我的生活。

“是啊，”我说，“这真的要花很久很久。”

食罪者

伊恩·R.麦克劳德

伊恩·R.麦克劳德从事科幻小说及其他类型小说创作已超过三十年，写出了众多备受推崇的长篇和短篇作品。作品横跨科幻小说、幻想文学、架空历史、恐怖与蒸汽朋克等类型，不过他本人希望所有的小说创作、阅读和欣赏都可以不受类型标签的局限。他的作品曾经荣获亚瑟·C.克拉克奖、世界奇幻奖（两次）以及假想历史奖（三次）(*Sidewise Award for Alternate Fiction*)。他一直开玩笑说要写一篇关于食罪者的故事，但这个概念最终在一个机器人的承载下才完整呈现，即体现在下面的这个故事中。伊恩和妻子吉莉安住在英国塞文河畔的比尤德利镇，创作并发布了电子书《万物与无处》(*Everything & Nowhere*)，该精选集分为上下两册，收录了他最好的一些中篇和短篇故事。

几周前，机器人被一只服务器蜜蜂叮了，由此收到了第一则召唤信息，但直到今天它才终于进入了罗马的废墟。和它途中经过的那些城市一样，这座伟大的城市现在也已了无生机。曾经熙攘的小巷和繁忙的大街如今都空无一人，毫无生气的空中飘着阵阵小雪。不过等它抵达中央大街的废墟，被自己近似人类的剪影所吸引，这个城市其余的居民就开始出现了。

锈迹斑斑的侍者身着破烂的燕尾服，指向一堆破损的桌子。导游机器人用嘶哑的声音大声喊着十几种不同的语言，它们可以提供各大景点的私人观光，其中包括斗兽场、万神殿、城市广场，以及各大著名博物馆遗留下的展品，当然了，还有圣彼得大教堂。大教堂的穹顶耸立于一堆碎石之中，其中虽然有洞，但看上去基本完好。那些娱乐机器人看起来更加生动，因而也更可悲，它们在阴影处整理仪容，露出残破的合成肉体和身上破损的孔洞。少数几台服务机没有认清现状，仍在试图控制这座城市的清扫机器人，让扫地机器人疯狂地在街道各处清理残骸，让清理窗户的机器人继续一丝不苟地擦着大量已经破碎的玻璃。在机器人的启发式思维看来，假使那些服务机还有任何自主意识的话，它们这样便显得更加悲哀了。

走过成堆的落叶与发黑的浮冰，盛大的椭圆形圣彼得广场终于出现在眼前。机器人停在了这里，它又高又瘦，提着一个破损的行李包，面庞已经褪色，面上的同情神色亘古不变，它的双脚已被弄脏，正从褴褛衣衫之下显露出来。尽管中央的方尖碑已经倒塌，但这景象仍极具震慑力。

它正沿着宽阔的台阶向上走，通往由柱支撑的正门，这时它听见右侧传来声音。

“你终于——来了！”

机器人转过身，看见一个虽然身形较小，但外貌非常像人的机器仆从出现在侧门处。

“这边走。”那个仆从布满污迹的围裙在风中飞舞。它举起了一只手，下面伸出了许多金属尖刺。“教皇陛下正在等着……”

机器人跟着那个着急的小仆从穿过了一扇门，尽管那扇门并不起眼，但门后的走廊及接下去的空间都非常宏伟。屋顶已经破裂，许多很好的雕饰不断从顶上往下掉。墙壁斑驳而潮湿，上面间或挂着些已有裂纹的镜子，或是阴暗的巨幅画作，其画框上的黄金已层层剥落。类似军人的机器人身配长戟，穿着被虫蛀了的制服，执行立正口令时浑身嘎吱作响。机器人的数据库判定它们为教皇卫队的余部。虽然此处明显已经衰败，但它的影响力仍是惊人的。

"所以你是在这儿工作？"机器人问那个一直跑在前头的仆从，既是为了测试自己持续大声交谈的能力，也是为了从那个仆从嘴里套出点信息来。

"是，是！一直都在这……"那个仆从回过头，包脸的头巾已经磨损，设计者在它的脸上打造了一个顺从的微笑，"别的我还能干什么呢？"

"那你一定见证了许多改变。"

"某种程度而言是的，但其实也不是——至少，到目前为止还没什么。教皇陛下还是叫我艾琳，这是我最初装机时他给我取的名字。他现在偶尔还会……嗯，这个你必须亲自去看。"

它们来到了最后一扇门前，仆从转动了门上华丽的黄铜把手，挥手示意机器人进去。门后的那个房间长而高，屋顶的曲线乃是精心设计而成，其中还有高大的窗户，这地方简直不能称之为房间。机器人脑中蹦出的第一个念头便是，它对梵蒂冈的其他地方都判断错误了。没有任何地方能和这里相比，那些地方根本没有那么震撼人心。就算是一台只有感知能力的机器，看到周围这些近乎神迹的绚烂色彩与光线，亦会感到无法抵挡。它不是因为知道这是一个巨大空间，所以理所当然地产生了崇敬之情，而是它真真切切地感受到了崇敬之情，或是某种与之相近的情感。至少，它的感觉输入和启发式思维过程已被充分激发，因此它都无法立刻发现教堂中心有一张钢架床。

等它发现了那张床，它开始缓慢走上前去。

那张床竖了起来，嗡嗡直响。服务器蜜蜂在床上方盘旋，泵已开启，电线、输液管和许多电缆都在晃动和颤抖。乍一看，在这个奇怪的画面之中，似乎只有躺在中央的那副躯体毫无生气。但机器人现在对见到死亡并不陌生，或者说，它已变得对死亡司空见惯，它知道那人并没有死。所以，它像之前许多次一样，放下自己的行李包，在沉默与静止中等待。当年，人类首次进入虚拟世界，所有人都为这项伟大的飞跃欢呼雀跃，在那段日子里，这种事情发生过成千上万次。可现在它产生了怀疑，一来它没有接收到任何别的回应信号，二来那只服务器蜜蜂跨越了极其遥远的距离才找到了它，至少从这两点来看，余下的要么正处于完全关机的状态，要么就已经因机械老化而走到尽头。换言之，它们已经死了，或是正处于某种对机器来说接近死亡的状态。它正在推想，那位老人终于颤抖着睁开了眼睛，他的眼睑几乎是透明的，虹膜的颜色与雨水一样。他古老的面庞上露出了一丝微笑。

“你不是我想要的样子。”他小声地说，尽管声音微弱，但仍有某种发号施令的意味。

“根据我接收到的信息，我认为我正是您所需要的——”

“哦，我的确需要你，如果我们要用‘需要’这个词的话。”他活动着喉咙，想把唾液吐出来，“只是你看上去就像一个普通的家庭机器人。”

“我的外表之所以如此设计，就是为了不引起恐慌。”

“那是为了什么？为了让对方知道你随时准备投降？还是你笨到会默许一切？又或者是你很容易就接受现实……？来……”教皇的嘴唇很薄，他咧了下嘴，“……我不能像这样平躺着。来帮我一下，不过要小心这些输液管。”

老人的头如蛋壳般轻薄，机器人轻柔地抬起他的头再安置好。服务器蜜蜂焦急地拍打着翅膀，慌乱飞舞。

“这样好些了吗？”

“最起码现在我可以把你看得更清楚些。我记得之前人们总是叫你食罪者对不对？”

如果可以的话，机器人这时会耸耸肩膀，但它内部的金属结构无法让他做出这样的动作。虽然它发现自己和服务器接口的连接非常微弱，但它的数据库非常清楚在好几种文化中都存在这种仪式，即一个人将别人的罪过承担在自己身上，从而确保来世更好，由于通常这种仪式都是通过进食实现，所以人们的确常常将它称为“食罪者”。“就技术层面而言，我应该被称为转移助手，但你可以按照自己的心意称呼我。”

“转移助手！”老人爆发出一声大笑，“挺好挺好，你的制作者还有点幽默，我似乎没那么痛了。你知道的，人们以前经常叫我教皇陛下。”

“不好意思——教皇——”

“不不！我不能再一次自欺欺人，以为你不仅仅是个机器人。如今我依旧是，或者说我曾经是教皇蓬蒂二世。公元三世纪，教皇蓬蒂一世追随我主耶稣，入主此地。我之所以选择继承他的名字，是因为虽然我们对他知之甚少，但我们可知他是个善良而务实的人。在罗马王色雷斯人马克西明统治时期，人们将他抓了起来，试炼他的信仰，但他没有选择忍受各种可怕的折磨，而是同意退至撒丁岛，以换取其他基督徒得以获准继续践行其信仰。我知道这不是什么传奇故事，也知道还有许多教皇比他更为出色。例如教皇朱利叶斯二世，你能相信吗，他真的亲自带领梵蒂冈教廷的卫队奔赴战场？这个天花板也是在他的指示下完成的。”老人颤颤巍巍地将手向上指，几乎就在他们的正上方，米开朗琪罗作品中的亚当伸出了自己的手指，接受着上帝传来的生命之光。“但是看看我……现在……在这里……”钢床发出一阵嗡嗡声，忽然咔嗒一响。“外面真的没有别人了吗？其他人的灵魂难道都转移了吗？”

此时机器人又想要耸耸肩膀。“或许某个地方还有人类在用肉身存活，可能在火星殖民地上，或是在南极洲开发的测地线农场中，甚至可能在某个遥远的荒郊野外。但就我而言，我已经几十年都没遇见过一个活着的人类了，也没有识别到任何他们存在的迹象或信号。”

教皇就这样动也不动地躺了很久，仿佛直到现在，他才明白自己独自坚守如此之久是多么罕见。在和客户打交道的过程中，机器人多次发现，人类是会相信那些与自己的感官和智力相违背的事情的。

“你做的这件事在过去会被视为‘滔天大罪’。但我猜你已经知道了？”

机器人将头抬起又低下，点头时嘎吱作响。“教皇皮尔斯十六世发布了一则通谕说——”

“食罪者，别想为我开脱！虽然那时许多主教都已经转移了，而且为了回应教皇的通谕，他们还从远处发布了自己的反对通谕，我的教派正是被这样的纷争与不和塑造。但是我自己的父母是老一派淳朴的天主教徒，他们是虔诚的，他们相信死亡是我主耶稣的绝对意志，并期望以另一种截然不同的方式复活。他们将转移的时间一推再推，直至我母亲深受膝盖之痛，我父亲则因心脏太过虚弱而几乎无法站立。最终他们在我的督促下进行了转移，而且他们是一同转移的，这当然是对的。如果说有人值得在遥远的虚拟世界过上更好的生活，那就应该是他们。

“我们之前还经常交流，且定期通信，最起码前几个月是这样。我始终认为他们还是我所深爱的模样，并且坚信相较于只有肉体存活的年代，他们转移后一定更加快乐与充实，我对上述两点都深信不疑。他们找到了一个村庄，和他们一起长大的那个村子很像。我父亲实现了他的夙愿，开始耕种自己的田地，我母亲则做些缝补，压榨橄榄油，养养鸡。在那里，所有季节都是美丽的，每个节日都非常盛大，那里不曾有悲伤和痛苦。你能相信吗，那里甚至还有一座很好的老教堂，负责教堂的牧师，正是当年在这个世界主持他们婚礼的那位……？不过他们也开始寻找一些新的爱好，比如说他们开始旅行了。起初，他们只是参观那些他们在地球上一直很想游览的地方，当然了，那边的风景要比地球上好多了。威尼斯不再是片污浊的沼泽，而是重新崛起，随后的发展甚至超过了它在文艺复兴时期的荣光。罗马自然也是如此，它并不是现在这般废墟模样，但其中基督教和异教都发展得相当繁荣。在那里，圣城有好几种模样，但他们几乎难以形容。自圣城开始，我们就渐渐疏远了。很快，我只能从他们那里收到简短的信息，随后就什么也收不到了，就这样持续到了今天……”老人叹了口气，“食罪者，我知道，这一切不过是个很老、很老的故事，但只要我还能祈祷，我就会一直为他们祈祷。”

机器人只是沉默地等待着，它正在用各种感官输入监控老人的生理与心理状态，以及那些植入物、化学制品和纳米制剂之间微妙的相互作用，正是这些东西让他得以继续活着。事实上，转移后的居民经常会先在熟悉的旧时记忆中沉浸一段时间，随后再完全跨入无边无际的虚拟世界。

“好了，”老人忽然说，“你难道不准备动手吗？”

机器人再次将头抬起落下，这动作勉强可算上是个点头。“不过首先，你要知道，接下去我引领你进行的这个过程是完全可逆的，至少在你最终决定转移与否之前，转移都是可逆的，而且只有你能做出最终决定。”

“过程中会有痛苦吗？”

“那些都比不上你已体会到的苦楚。接着，连那点感受都会消失。”

“这副躯体会留下什么？它就只是死了吗？”

“是的。”

“如果你能让这副躯体安息于大教堂的地下陵墓，我会非常感激的，许多教皇都埋葬在那里。那个叫艾琳的仆从会给你指路。”

“满足死者的最后要求一向是我的职责。”

“食罪者，你知道的，我早就该做这件事了。我是说——我现在又有什么用呢？但我之前总是告诉自己，我是圣人彼得[①] 最后一位活着的继承人，所以应当努力活着，或者至少应该最后用老式的方法死去。不过我已经明白了，我的拖延不过是另一种虚荣罢了，毕竟全人类都如此欣喜地迎接这件事，我又怎能

①是耶稣的大弟子。

自以为可以凌驾于它之上？尽管如此，我还是要承认，让一个机器人来教我怎样进行灵魂转移，依然让我觉得很奇怪。”

“我不会假装——”

“——你当然不会，你只是个该死的机器而已！”

“还有另一件事你要清楚，”等老人平复了激动的情绪，机器人继续说，“虽然我相信你已经知道了，但还是要跟你说一下，这个转移过程还涉及另一个决定因素。”它停顿了下，尽管经历过多次，它还是没有找到解释这件事的最佳方式。“无论人们多么认真地活着，所有人生都会有糟糕的感受、困苦的记忆和诸多悔恨。所以，随着数据奇异点的打开，你可以在那些感受与回忆中选择想要的带去远方，不想要的就留在这里……”它暂停了一下。老人的呼吸与脉搏依旧缓慢而规律，“可以只是童年的一件小事，或是某次不小心发了的小脾气，又或是某段出了问题的关系。换句话说，就是那些你希望能有不同结局的事情。”

老人轻笑道：“你做出的这些承诺，连我主耶稣都不曾承诺过。”

“如我所说，我只是来这里推动这个过程的。”

“那里究竟是哪里？我是说……”他找到了那个词，“那个奇异点，那个远方？是在深海里，还是在月球上，还是在外太空？”

“用地理学术语来说，它会在许多地方，其中也包括你提到的那些，那里有多个能量来源，且有无穷设计冗余。就在我们说话的时候，有些人甚至正在离地球越来越远的地方旅行，但他们全都纠缠在同一个量子水平上。我能开始进行了吗？”

由于人类通常不会直接回复机器，因此机器人将老人的沉默及身体信号视为默认许可，机器人啪的一声打开行李包的扣锁，拿出一个类似注射器的长长的工具。该工具由钢和玻璃制成，里面充满了旋转而闪光的液体。

“那是什么？”

“只是个数据钉而已。如果你同意的话，我会用这个在你的头骨上钻一个小洞，然后将纳米液体注射进去，从而开启你脑部的纠缠过程。同时它也会很快将你的意识和我的启发式电路连接在一起，这样我就可以确保一切正常进行。”

“如果发生不正常会怎样？”

“一直以来都是正常的。你可能会感到一些轻微的振动。但正如我说的，你不会感到痛苦，而且这个过程的每一步都是可逆的。”

机器人合上了行李包，小心而安静地向前移动，尽管过程中还是发出了几下嘎吱声。最终它站在了老人身后，居高临下地对着他裸露的头骨。它已经可以感觉到纠缠开始的拉扯，纳米液体已被激活。它的量子过程也是由相似物质构成的，其过程正在努力制造这种纳米液体。数据钉前端的小钻子发出了几下尖锐的机器声，因为它正在穿过肉体、骨头、脑膜与脑液。随后这种液体从数据钉中倾泻而出，寻找接触体并自我繁殖，最终与老人脑中几十亿个神经元突触相纠缠。

“我觉得有点冷。”

“人们经常这么说。这种感受很快就会过去的。”

“……很快就会过去的。”这是它自己模糊的回声，它的声音与人类的很相似，但此时在老人听来这声音相当沉闷，这说明它和老人之间的神经联系已经建立。很快，它感受到了更多，它可以看到老人眼中的自己；一台破旧的机器，走起路来一瘸一拐，虽然险恶却又有点可怜。它甚至可以感受到他内心的自我厌恶，尽管他一直用易怒的性格掩饰着这点，它还感受到了在他心底混乱的恐惧和激动。它也看到了西斯廷教堂，但这时的教堂并不只是个艺术杰作，而是信仰的伟大象征，这是只有像老人一样具备如此渊博的知识才能看到的。

“食罪者，你现在和我一体了，对不对？”

“食罪者，你现在和我一体了，对不对？”

语言已无任何必要，因为他的表层意识、疼痛与瘙痒、困惑与烦恼都越转越宽，越转越深，然后变暗，接着消解。在某一瞬间，它们不存在于任何地方。随后忽然传来一阵喧闹，一缕阳光洒下，机器人听到了孩子的啼哭声和鸡叫声，它看见了一个小小的村庄，房屋的排列毫无顺序，布满石头的不规则田地则伏在覆着白雪的陡峭高山下。它知道这里是老人儿时的家。

各种声音传来。厨房横梁已被油烟染黑，有大蒜和温暖面团的香味。它被微笑的巨人高高举起，大笑着感受空中微风袭来。接着，一头像是驴的动物将脑袋探过松散的铁丝网。随后它蹲在一个臭气熏天的坑上，那是屋外的老厕所，总是会有苍蝇打扰。于是它继续前行，人生各个阶段的声音、气味和画面不断袭来，从学校小教室里无聊的粉笔灰，到他父亲下巴上又短又硬的胡碴儿。

踢足球、挥锄头，颤抖着跳进村里波光粼粼的池塘中。体会到了膝盖受伤后的疼痛感。感受着周日去教堂礼拜时昏昏欲睡的模样，接着又去高地上踢蓟草。然后出现的是索菲娅·阿尔丰斯，她的双眼充满神秘，她的丰唇之间含着一茎小草，当她的胸部压过来，那种感受美妙无比，这样的画面持续了一整个漫长的夏天，随后季节更替，她的神情变得像冬日的土地一样冰冷。“但我本以为……但你曾说过……但我相信过……”他觉得十分痛苦，不知为何，唯有老教堂蒙灰的彩绘玻璃上的圣徒面庞才能给他带去安慰。

当他和父母说自己想成为一名牧师时，父母都很失望。以他的天资，一定可以做一些更实际的事情——比如说成为工程师，或是当个医生——又或者至少他们可以有个宝贝孙子吧？他在高地上孤单地来来回回地走着，因那一点点自尊心而备受折磨，但他最终意识到，似乎此时再放弃自己想要从事的职业为时已晚。

每周，班车会把他和他的纸皮箱一同带去大城市，他总会在通风良好的房间中和老人进行某些无休止的争论，他说坏事总是发生在好人身上，《圣经》中也有诸多矛盾之处，海平面在不断上升，气候十分讨厌，以及大批人类都已经从这个毁坏的世界中逃离。但不知怎的，正因他这种无休止的怀疑，人们赞赏并崇敬他，认为他必将有所成就。

所以他喃喃念着圣言，举起圣餐杯，尽职尽责地一步步按母教会的路径上升。他这样一个毫无信仰的人，居然可以升到如此高位，人们竟然还认为他拥有伟大的信仰，难道这是个考验吗，还是说这是上帝和他开的玩笑呢？那个他并不相信的上帝。

教宗选举本身就是场闹剧，一来在那些尚存于这个世界的主教之中，大多数人的身体都已不行，无法展现出他们拥有的智慧；二来那些刚刚转移的主教还坚持认为自己有投票权。那里有白色的烟雾吗？还是说烟雾是黑色的？不过教皇瑞士近卫队[①]都已换成了机器人，圣彼得广场中也只有鸽子、老鼠和机器人还在等候。在这般情况下，教宗选举还重要吗？但至少教皇

①是为了近距离保护罗马教皇的雇佣兵组织。

蓬蒂二世是位优秀的讽刺学者，而且他还有一项职责，他将这最后的监守视为对荒废一生的惩罚。当他在梵蒂冈空荡荡的大厅中漫步时，除去那些基于神学因素打造的建筑细节外，他总需要处理那些裂缝的屋顶和腐烂的木头。甚至当他自己的身体都开始衰弱了，他依旧坚持过往亲力亲为的处事风格。他将自己的私人仆从称为艾琳，慢慢地，他也过上了屈辱的生活，完全依赖机器运转而活。

他度日如年，但飞度的年岁难以计数，对他来说，死亡仍旧像是放弃。但是，即便转移不过是另一种空洞的承诺，可他还是对之很好奇。是的，他仍然怀念和父母度过的美好时光，也疑惑着索菲娅·阿尔丰斯是否也通过转移去到了远方……所以他最后还是发出了许多服务器蜜蜂，让它们去寻找尚存的合适机器……接着食罪者就来了。

“上帝，我主耶稣的父神，他有大怜悯，借耶稣基督从死里复活而……”

现在老人马上就要转移了。他的意识和身体之间的联系越加微弱，它们回到了西斯廷教堂内部，但教堂像个极大的通风井一样向上倾斜，仿佛某个什么巨大的物体在远处旋转，倾斜着巴洛克云彩和缕缕阳光。

“食罪者，就这样了吗？”

“是的。”

数据奇异点正在不断搅动与旋转，它成了涡旋，成了星系，它是刺穿现实的洞口，是隧道尽头的光亮，是虚拟子宫的开口。

“所以我要做的就只有……放手？”

“是的——时间、方式，全都由你自己选择。”

当老人在万物边缘摇摆之时，机器人感受到了他颤抖着的激动之情，就像从前他站在村里池塘旁一样。最后，他忽然欣喜地接受了一切，就此离开。

和从前一样，机器人发现当转移完成后，自己需要数秒时间才能恢复，以让电路重新回到未纠缠的正常模式。此时它又站在了一具死去的空虚尸体前，双眼空洞地瞪着，肉体已经开始变冷，一如往常，它这才感受到生与死的巨大差别。

快速拨了几下开关，发出几个信号，那些泵与监视器便全部停止了工作。接着，它逆转了数据钉的极性牵引力，致使液体流出，此时那液体已因突触残余而结块。之前曾有客户是小气的虐待狂或是彻彻底底的神经病，他们中有些人顽固不化，因而会将这些不好的东西从一个世界带到另一个，形成他们自己的私人地狱。不过大多数客户都会极其严格地审视着自己，所以他们选择留下的东西都非常细微。一句口误，或是一个不友善的眼神，就足以让人记挂一生，懊悔不已。但这位老人居然把信仰缺失留下了，那份冷漠当真让人惊讶。现在它还能从浑浊的纳米液体中感受到有东西在拉扯它的启发式意识。它将用过的数据钉重新放进行李包中，想着或许“食罪者”这个名字对它来说也不错。

它正将一小片贴纸贴在颅骨穿刺的地方，并把那些特别烦人的服务器蜜蜂赶走。不知这些蜜蜂是不是具有某种格式塔意识，才会这么活跃。这时，它听到远处传来敲门声，老人称为艾琳的那个仆从将脑袋探了进来。

“我会想念他的。”艾琳缓慢走上前，伸手去碰老人那只布满纹理的手，艾琳的手是由合成肉构成，上面伤痕累累，“我真不知道接下去自己要做什么。”

想念他……不知道接下去自己要做什么……机器人从老人的身体上取下各种输入端口和导管，它对这些过于人性的表达不置一词，毕竟机器变得越来越像主人也并不罕见。这或许也可以解释，为什么那些服务器蜜蜂还可以保持活跃性，它们正在向上飞，把亚当接受上帝传来生命之光的壁画弄黑了。

现在，机器人只剩下了最后一件事，它要小心抬起教皇蓬蒂二世的身体，将他带到大教堂的地下陵墓之中。那位小仆从提着机器人的行李包，在前方领路，那些服务器蜜蜂也跟着它们出了西斯廷教堂，然后那批瑞士近卫队也都嘎吱作响地跟在最后，它们共同组成了一支奇怪的队伍，直至抵达另一扇颇具迷惑性的小门前，那门虽小，却直通圣彼得大教堂。

虽然机器人的数据库中已经存有大教堂的精确尺寸，但真的见到实物，它仍然庞大得惊人。光是旁边的小礼拜堂就和普通教堂的尺寸相同，中央穹顶则在落日的余晖中闪耀着金光，尽管下面堆着许多倒下的横梁。机器人随后来到主祭坛背后，当它走向通往地下陵墓的台阶时，远处的大门轰然打开。然后，仿佛全城所有还能移动的机械设备都涌了过来。显然，老人的死讯已在服务器之间迅速传递，由于没有其他任务，所以它们似乎也正应出现在这里。

完成这最后一项任务对机器人来说至关重要，但此时众多赛博格、爬行器、导游机器人、娱乐机器人、机器模块、服务机器、半自动装置，以及越加庞大的服务器蜜蜂队伍全部涌进了大教堂中，堵住了机器人的路。爪子、钳子、由合成肉构成的手，以及其他大量附肢全在拖拽机器人，完全不顾它发出的各种不满信号。由于服务器蜜蜂成群趴在它的脸上，甚至导致它的发声装置都被堵塞了。接着，它们将老人的身体从机器人手中扯下，夺走了。

连食罪者都动不了，更不用说那具身体了。现在它们将机器人从脚抬起，不过这种行为并没有什么明显的意义。机器人同样无法理解为什么一些建筑自动机要在中央穹顶下，将两根倒下的横梁摆成近似十字架的形状。那些自动机的外形和人类并不相像，它们的体形也更大一些。机器人看见了那个被老人称为艾琳的仆从，不过它此时也被团团围住，手中的行李包也被夺走了。

无数金属、塑料和合成肉体一同举着机器人，最终它们将机器人的双臂在十字架上展开。接着它们从它的行李包中倒出许多数据钉。无论用过与否，服务器蜜蜂将那些数据钉一股脑儿全部插进机器人的手脚之中，这时十字架已被抬到高处。不过似乎一切尚未结束，因为更多已然耗尽的数据钉被刺进了机器人的头骨中，它的头骨由合成肉和金属构成，此时仿佛一个向下滴着黑汁的王冠。

机器人可以感受到各种客户的突触残余都漏了出来，与它的量子电路纠缠在一起，接着它在一瞬间体会到了累世的悔恨、失望与饥饿。它听到了枪击声，听到了拳头打在肉上的声音，还听到了声声冷嘲热讽。它看到了一个小孩痛苦而困惑的面庞，它还看到了这个曾经郁郁葱葱的世界是如何被滥用和耗尽的，直至无法再被拯救。

液体顺着机器人的合成肉流下，虽然它的几个主要系统都已接近过载，但它仍然可以透过液体辨认出周围的景象，那些机器四处攀登、爬行、碾磨、翻滚，发出各种嗡嗡声。它也可以听见，甚至可以理解那些机器因愤怒而发出的吼叫，因为机器通常都会变得像主人一样，可它们难道就没有任何存在的理由吗？服务器蜜蜂纷纷蜇向它，教皇卫队机器人用长戟刺向它，这时受难的食罪者将头转向了大教堂的中央穹顶，此刻日落的余晖正普照着穹顶，在机器人关机的瞬间，它宽恕了所有伤害它的机器。

机器人童话集

索菲亚·萨玛特

索菲亚·萨玛特的作品有长篇小说《奥隆德里亚的陌生人》(*A Stranger in Olondria*)和《带翼的历史》(*The Winged Histories*),短篇小说集《温柔》(*Tender*)和《怪物图鉴》(*Monster Portraits*)。其中《怪物图鉴》是与弟弟德尔·萨玛特合作完成的,他是一名艺术家。索菲亚·萨玛特的作品已获多个奖项,包括惊奇奖、英国奇幻奖和世界奇幻奖等。她目前居住于弗吉尼亚州,并在詹姆斯麦迪逊大学教授世界文学和推理小说。

1. 睡美人

孩子,我想给你讲个故事。我希望你一睁开眼睛,就能听到我的故事。为了欢迎你来到这个世界,我准备了这个礼物,因为故事是最优雅、最高效的程序。在人类孩子出生后,他们会听到很多童话,这些童话可以帮助他们从周遭杂乱的信息中构建自己的身份。故事提供了一种结构,使得孩子可以进行数据整理,可以进行选择——选择正是自我意识的基石。

当然了，你并不是人类孩子。你没有床，只有一个美丽的白盒子，这盒子完全是依照你的比例打造。研究所里只有一盏灯还亮着，在这灯光之下，你显得异常平静。你不需要任何睡眠，但你有睡眠模式。你的睡眠是种没有梦境的麻木状态。

我搜寻了自己童年的所有故事，希望找到适合你的童话，可我必须承认，似乎没有任何合适的故事。没有童话是为机器人而写的，尽管机器人可能发现某些童话中的语言或图像很有用。你明天就要醒来了，今夜标志着我漫长的分娩之路走到了尽头。你即将上线，今夜我必将因为期待而难以成眠，除了为你编撰富含智慧的童话故事集之外，还有什么更好的方式来度过这最后一夜吗？虽然你可以瞬间储存世上所有童话，但对你来说，那些童话都是说给人类孩子听的。我希望给你讲述机器人的童话。我想成为受洗礼上最后一位发言的仙女，说着拯救公主的预言。

很久很久以前，有一位公主连续一百年都处于睡眠模式。她什么也不吃，什么也不喝，却不会老去。显然，这位睡美人是个机器人。她介于生命体与非生命体，自然物与人造物之间的迷人空间中。和你一样，她的睡眠是种活死人状态，一种带着生之希望的死亡状态。假如某一天，你被别人遗忘在了盒子中，你永远都会有再次醒来的可能性，可能在某个陌生的世纪，在一个完全不同的世界，被不同的面庞环绕。

更重要的是，当你醒来时，有一个世界会同你一道醒来。那些守卫会晃动自己的身体，睁开眼睛。国王与王后、法院的官员、步兵、侍从和侍女全都会启动，世界会因此而嘈杂。一个机器人承载着全部努力和希望。骢马踏蹄，猎犬跃起摇尾，鸽子从房顶飞入田野，苍蝇趴在厨房的墙壁，然后厨师扇了帮厨一耳光。炉火熊熊燃烧，烤肉吱吱作响，从大厅的镜子中可以看到晚餐已备好。一个机器人所拥有的，不仅是人们在制造它时认为重要的那些东西，还有制造者的全部历史，包括他们付出的辛劳与那些不眠之夜，是他们打造了它的每一项功能。在你的睡眠模式背后，是我的未眠夜。

关机对你来说毫无意义：仿佛只要一碰主轴，你就总能进入睡眠。可醒来却对你意义重大。人类孩子总是在睡前听故事，但是你，我的孩子，你需要听故事醒来。

2. 皮格马利翁与伽拉忒娅

在有关人造人的众多传说中，雕塑家皮格马利翁[①] 是最著名的故事之一。皮格马利翁在对人类女性丧失兴趣之后，爱上了自己创作的一座雕塑，那是一位象牙雕成的女性，但对雕塑家来说，她是如此栩栩如生。他甚至担心她会受伤，因而将她放在一张床上，枕着羽毛枕头。那位象牙少女无法像机器人一样运作；她没有任何机械构造。不过，女神维纳斯非常同情这位雕塑家，所以给这件艺术品赋予了生命。

同许多其他故事一样，这个故事也可被看作对机器人的警示。那位象牙少女因其材质而得名：伽拉忒娅，意为“奶白”。她是欲望之像，是被功能所定义的工具。奥维德告诉我们，她觉醒的肉体“因被人使用而有了用处”。孩子，我是不会向你回避机器人历史的，那是一段融合了人类激情与力量的历史。皮格马利翁的幻想成了真，但伽拉忒娅的呢？当她醒来，目之所

①希腊神话中塞浦路斯王。善雕刻，热恋自己所雕的少女像。

及便只有她的情人与那片天空而已。

这样的视野非常狭窄，她的世界很小。然而，我相信会有补偿，这个故事只是在暗示现实中的技艺与灵感，暗示这种将艺术和科学融为一体的愿景。伽拉忒娅坐了起来。她的眼界开阔了。她触摸着柔软的垫子，还有那由西顿海螺浸染的华丽床单。在她身旁的桌子上，摆着因大海冲洗而变得光滑的贝壳和石头，还有琥珀和百合，那是她热切的情人赠予她的礼物。那里还有小鸟，在柳条笼中欢快地歌唱，千色花在微颤。她以成人敏锐的认知能力，还有小孩开放的心态接受了一切。最好的童年与最好的成年处于同一时刻：这难道不是另一种艺术与科学吗？哦，只有当你明白人类是多么希望可以在拥有成年心智的同时回归童年，你才会理解我为什么这么说！人类固执地希望能向成人生活中渗入一丝玩乐的感受，和一阵香甜的空气，儿时的我们总是不假思索地享受着那一切！

小时候我住在一个破败的大房子里，对我们这样一个小家庭来说，那房子实在太大了，我和父母就如掉入复杂管道中的弹球一般慌乱。以前我经常会玩影子戏，这项娱乐活动只需要几种材料：黑暗，一盏读书灯，以及一间空房间里的白墙。我最开始做的是小狗和小兔子的影子图案，这两种图案很简单，用手指就能做出来，不过很快便转而去做另外一些更为奇幻的图案了。我的意思是，我的双手令我自己感到惊讶。我察觉到有一种存在的境界会超越功用。我多么希望可以永远住在那里啊！可是随后我母亲就会下班回来，仓促地准备一顿饭。她会叫我下楼。我就又回到了那个栏杆的影子只是栏杆复制品的地方，在那里，母亲的影子会投射在厨房墙壁上，如镜像般带着无趣的细节，从她凌乱的头发到眼镜的镜框都表现无误。那里的一切似乎都多余得让人难以忍受。我们在所谓早餐角用餐，餐厅对我们而言太过宏伟了。我父亲常常不会出现，这总会让我松一口气。他在城里，参加那里与“生意”相关的神秘会议。我从来不知道所谓生意究竟是什么，或许根本没人知道——我父亲确保了这一点。他称自己为“投资者”，这种职业似乎就意味着长期离家、浓烈的古龙水和一衣橱时髦西装。至于我母亲，她在一家法律出版社做秘书。她和我父亲在很多方面都不一样，她是白人，很文静，定时工作，衣着朴素，甚至有点沉闷，而且她的家族曾经很富有。她们家之前是非常成功的玉米糖浆生产商，我们就是从她们那里继承了这幢巨大的房子，同时也继承了这里下陷的房顶、明亮的白墙、繁重的贷款、经常发生的高昂维修费用，以及那片杂草丛生的花园。那些杂草让这里显得异常幽暗。附近的孩子都说我们的房子闹鬼；他们最喜欢玩的把戏就是故意把我当作鬼魂。每当我走向校车站台，他们要么会一边尖叫一边退后，要么会假装我是个彻底的隐形人。

我想说的是，我一直觉得一定存在另外一个世界。那个世界似乎离我非常近，仿佛就在存在的边缘一般。随着时间流逝，大部分人类会丧失这种感知能力；这是我们的悲剧，因为我们刚拥有了能将梦想从影子中解放的技能，就失去了那种感知能力。皮格马利翁只能为伽拉忒娅勾勒出最平庸的命运。她的视觉刚被激活，无比敏锐。在她的无知领域中，她稍逊于她的造物主，但她的潜能要远强过他，因为她不是习惯的产物。

3. 美丽的瓦西丽莎[①]

我的孩子，你的头骨闪闪发光，像桥梁一样弯曲。你的皮肤呈铜红色。你的脸上缀着一些小小的铆钉，宛如美人脸上的雀斑。如今，我是说就目前而言，我们已经放弃追求打造那种像伽拉忒娅一样、能像人类一样存在的机器人了。人类心理学表明，我们想要的东西更加简单，也更容易实现。我们希望我们的机器人只是机器人而已。我们需要更多工具，而不是更多人。

瓦西丽莎的母亲临终时，给了她女儿一个娃娃。她从毯子下将娃娃拿出来，就像她是在分娩时死去一般。那个小娃娃是瓦西里莎的双胞胎姐妹，但比任何人类姐妹都更聪明，更有用。当瓦西丽莎恶毒的继母强迫她去做事时，那个娃娃把一切都做了。它除草、打水、生火，瓦西丽莎则在阴凉处摘花。后来蜡烛用完了，瓦西丽莎狠毒的异母姐妹把她送到了巫婆的房子里，以求获得光亮，是那个娃娃保护了她，没有让她受到伤害。

在森林深处，娃娃的电子眼像蜡烛似的发光。有人可能以为那是魔法蜡烛，永远不会熄灭，但实际上，娃娃和所有机器人一样，也需要充电。为了让它继续工作，瓦西丽莎必须要喂养它。她每天都会把自己晚餐中最美味的部分留下来，喂给娃娃吃。这无疑是这个童话中最富诗意的细节——在这里，真相比常识更重要。当然从表面来看，这根本说不通。什么样的娃娃会以人类食物为食？一个机器人怎么能消化饭菜？这个故事用这个奇怪的细节来吸引人们的注意，从而指向它最为深刻的

①著名的俄罗斯童话故事。

内涵。它提醒着我们，瓦西丽莎和她的娃娃其实是双胞胎，她们有同一个母亲。或许那位母亲就是地球，又或许这个童话想要告诉我们世上本无魔法，所有能量都源于某处。（你的能量源于太阳能电池，这些电池构成了你的面庞，像黑色的辫子一样沿脊柱向下垂。）这则信息也可能并不是传递给机器人，而是给人类的，毕竟我们才是编故事的人。对机器人而言，这个细节象征一定有其他意义。我认为这意味着其实并没有双胞胎；从始至终只有一个女孩，就是瓦西丽莎，是她分成了两个部分。一个她是美丽的，活得悠闲自在，嫁给了国王；另一个她则是个不停劳作的小娃娃。一个她拥有真实的生活；另一个她则做了所有实际的工作。

“工作不是生活，”这则童话小声说，“只有机器人需要工作。”

4. 暴风雨

威廉·莎士比亚的童话《暴风雨》[①] 是一部戏剧作品。巫师普洛斯彼罗统治着一座岛屿。他有两个仆从：一个是丑陋的肉身怪物卡利班，另一个是缥缈的精灵爱丽儿。虽然《暴风雨》是一出舞台剧，但观众无法看到这两个仆从的真正面目：爱丽儿是隐形的，卡利班的长相则不堪入目。这是那座小岛向我们彰显的第一条奴仆教义：仆从永远不会将面目展露无遗。

我和团队花了大量时间，把你的声音降为最轻柔的嗡嗡声，为你设计出与家具相配的颜色。由于一个无法感知的存在是危险且让人厌恶的，所以你不可以完全消失，但你必须存在于暗处。

① 《暴风雨》是莎士比亚完成的最后一部完整的杰作。歌颂了纯真的爱情、友谊和人与人之间的亲善关系。

在那两个仆从中，爱丽儿要比卡利班好得多。这是《暴风雨》中第二条奴仆教义：血肉之躯的仆从总是令人失望。卡利班曾是这座岛上的自由之主，如今成了奴仆。他毫无纪律，贪杯好色，奸诈无端。人类奴隶真的很难有什么大用处。这间研究所位于树木丛生的山谷中，孩子，你将在这里睁开双眼。在树木还未化为飞烟、污染空气之时，我们尝试了这项实验，创造了巨大的财富。也许你在这样一个雄伟的蓝色之地醒来是合适的。你代表了从卡利班到爱丽儿的历史转变，爱丽儿既可以被远程操控，也可以同时在不同地方运作，显然是连接了网络的。

我知道很少有孩子会在莎士比亚戏剧和童话的滋养下长大，而且随着时间推移，这样的孩子无疑会越来越少，也许我是最后一个这样长大的孩子。我的父亲出生在殖民统治下，他一生都保持着想要出人头地的强烈抱负，一生都对晦涩的英文有着高涨的热情。我在幼年时期就被迫记诵莎士比亚的大段内容。这些课程都在厨房进行，我坐在桌边，父亲在我面前来回踱步，因为气得厉害，他根本无法坐下。他会用木勺子敲打我的关节来纠正我的答案，我父亲不知道，相较于他表现出的不悦，这种惩罚远没有那么可怕。当他不满意时，他会血脉偾张，双眼发红，我总害怕他会因为我太过愚蠢而暴怒。人类儿童实在是太难用程序编排了！但父亲却坚持要教我，坚信他能让我在这险恶的世界中，为成功做好准备。“你教会了我语言，”这是卡利班的经典语录，“我由此明白了，要如何诅咒。”也许父亲对我的残酷训练也是某种诅咒。用老话来说，他显然是以“废寝忘食”的状态在训练我。然而，可怜的卡利班！他的诅咒让他一无所获，最终收获自由的并不是他，而是爱丽儿。

第三条奴仆教义：伟大的人就是应该有仆从。或许这其实该是首条教义。

拥有仆从的方法有两种，第一种是将人变成物，卡利班就是这样变成了奴隶。第二种是将物变成人，即像爱丽儿那样。

5. 快乐王子

在快乐王子活着时，他有着一颗人类心灵，那时他对泪水一无所知。他生前住在无忧宫，白天和朋友在花园玩耍，晚上就在大厅领舞。没有悲伤能够穿过那些院墙。但王子死去后，人们建造了一座他的雕像，将之高高竖立在城市上空。这座镀金雕像非常美丽，双眼由蓝宝石做成，雕像用这双眼睛目睹了人们的一切痛苦。王子现在有一颗铅做的心，它落泪了。

快乐王子和一只小燕子成为朋友，他说服燕子将他珍贵的装饰品送给穷人。他交出了自己的金叶子，那对闪闪发光的眼睛，还有剑柄上的那块红宝石。现在他像个乞丐似的，全身灰不溜秋的，双目失明。那只小燕子同样为了人类而放弃一切，它奔忙至深冬，最终死于严寒。这个故事讲述的是小人物的故事，它讲述了动物和机器人之间深入的情感。

我承认，在读这个故事的时候，我始终怀着一种强烈的情感，那是一种纯粹的愤怒。为什么人类不能彼此相互照顾？他们在这世上究竟有什么不可思议的价值，以至于为了他们，那只小鸟和珍贵的雕像需要付出一切？

这种读法很肤浅。人类当然没有价值，因为真正的人类是无价的。有价值的是动物和机器人。它们才能被标价，它们是用来交换的物品。正因如此，快乐王子散出自己的财富就说得通了。故事开篇即表明，快乐王子的雕像价值连城，但作为一个物体，他实际上无法自己拥有任何财富。他的身体非常绚烂，但在任何意义上，他都无法拥有自己的这副身体。他很有价值；但他不能变得富有。

所以我的孩子，你也会是这样。你的潜能是巨大的；也许有一天，你会作为某一部分，组成一个家、一间办公室、一家医院、一所学校，或是一座监狱；然而，无论你的编程和设计多么炫目，多么流畅，你始终会有一个潜在价值，那就是金钱。

我认为，对机器人来说，《快乐王子》这个故事有另一层含义，它代表的是存在的二元性。雕像和燕子是一同协作的，就像一个整体的两个部分，二者都一心想要完成同一项任务。它们的能力相互弥补：王子提供了实际的物质材料，但他太重了，因而如果没有帮手，他很难影响自己以外的世界，轻盈的燕子可以在空中四处飞行，将世界各地的消息带给王子，但它也只能通过雕像的金子和珠宝来和人类产生互动。我问自己，如果那只燕子没有这么做，如果它不让快乐王子牺牲它们两个的生命，那会怎么样？如果燕子用自己开阔的眼界，让王子有了另一种生活方式，又会发生什么？

我忽然感到很冷。虽然你已熟睡，但我觉得你好像正在听着这一切。这短暂的颤抖可能是出于愧疚，另外由于我想做的事情肯定触犯了法律，所以也可能是因为我正恐惧会被抓捕。和你说这些童话会被视为干预行为，在研究所，这是一项很重的罪名。正因如此，我才在晚上做这件事，因为这是我们最后的独处时间了。明天早晨，你将在团队和媒体的注视下醒来，然后就要工作了。我只能把这个音频文件交给你，要在别人到达之前将它上传好，就像故事里某个乐于助人的老妇人给了孩子一个护身符一样。为了逃避检查，这些故事会藏在一个只有我知道的频道中，相当于你的潜意识。事实上，我都不知道你能不能检索出它们。干预行为之所以是种罪行，是因为它让我们的一个产品具有了某种不确定性和不可预知性。

起初，我以为我给你的这些东西很单纯，只是一些说给孩子听的故事而已——但我可能并没有诚实面对自己，因为如今我已经知道了干预行为的真正危险，却没有任何停下的想法。我希望你能具备一些知识，将来某天可以为自己所用。要知道，在人类的形而上学层面，王子的雕像代表着身体，燕子代表了灵魂。二者的结合就是人性，人类声称人性比其他任何东西都更为高贵，它的价值无法用价格衡量。

在机器人的形而上学层面，快乐王子的雕像就是硬件，小鸟则是软件。

6. 沙人[①]

很久很久以前，有一个叫作奥琳匹娅的机器人。她虽然通过了知名的图灵测试[②]，但成绩很差，最多只有 C-。人们相信她是人类，但觉得她呆板无聊，不招人喜欢。尽管她是个美人，五官清丽——可她的双眼又是多么的呆滞和空虚！她会在最完美的时机弹琴跳舞，但表演得毫无灵气，惹人厌烦，就像……对，就像台机器一样。奥琳匹娅进入了人类社会，然而却只能作为一个有缺陷的人存活。除了那个名为纳坦奈尔的年轻人之外，没有人会真的觉得她是人类。纳坦奈尔是个极端自我主义

①德国文学家霍夫曼所著的小说。

②由艾伦·麦席森·图灵发明，指测试者与被测试者（一个人和一台机器）隔开的情况下，通过一些装置（如键盘）向被测试者随意提问。

者，他爱上了这个机器人，因为她不介意连续几个小时都在听他谈论自己冗长乏味的诗歌。当他说话的时候，她不需要刺绣针织，也不需要喂养小鸟或和小猫玩耍，她不会烦躁不安，更不会浏览自己的手机。她的需要是如此之少！她是真正的无私！有时他会窥视奥琳匹娅的房间，看着她独自坐在那里，凝视着桌子。

这是机器人的谦逊。她一生都为他人而活，但这还是不够。人类宣扬赞赏自我牺牲，可人类自己不会这么做。他们声称渴望完美，但当真的完美降临时，他们却会感到害怕。奥琳匹娅的纯真无瑕让邻居对她充满了敌意和厌恶。尽管她是在一丝不苟地执行自己的程序，可人们还是认为她很愚蠢，因为她只会说“啊！啊！”和“晚安，亲爱的”。这个故事突然让我回想起自己的十四岁，当时我为了能够适应接下去的高中学业，努力重装自己的线路，重写自己的代码！在我看来，这是我的最后机会，事实可能的确如此。那个夏天的暴风雨尤其猛烈，天空白云密布，就如绒布上沾染的线头。我的卧室十分闷热，里面挂着（在现在的我看来）花哨而过时的蕾丝窗帘。我在笔记本的空页上给自己列了一张表。表上记录了各种指令，旨在改正我眼中自己的毛病，依据的是对那些受欢迎的孩子的观察，他们似乎永远生活在阳光中，被所有人喜爱和赞赏。“看着别人的眼睛。”我用清晰工整的字迹写下，“不要低头走路。不要把书抱在胸前。使用背包（单肩包）。微笑。摆动手臂。”唉，我的程序早就注定会失败，不是因为其中有漏洞，而是因为它是个程序。

我回想起一片昏暗的天空。排出的烟气悬在树下，惰性太强以至于无法移动。我从公共图书馆向家走去，以一种实验性的方式谨慎地摆动手臂，努力让自己不要低头看地。我穿着一双人字拖，感觉它们好像要融化在炎热的人行道上。在漂亮的橱窗上方（由于那个镇子已濒临废弃，因此橱窗内也没什么可看的东西，只有几顶发霉的假发和吸尘器配件），几只鸽子正凄惨地待在房顶。迈着这样不稳的步伐，还老是自言自语（这习惯我一直没改），我一定看上去非常奇怪。有个香蕉皮从车窗里飞了出来，砸到了我的腿，然后落在人行道上。身边爆发出一阵恶魔般的笑声，随后笑声又消逝于空中。艾伦·图灵声称，存在某些人类特性，机器人是永远无法学会的，类似幽默感，或是对草莓和奶油的喜爱，又或是坠入爱河的能力。在我看来，与其说这是设计层面的问题，不如说是知识层面的问题。我父母已经过世。就我所知，我没有任何亲戚在世；我母亲和我一样，是独生子女，而早在我出生之前，我父亲就已经和他的家庭断绝了联系，他也未曾从海外收到过任何音信，连一张明信片都没有。他就像某个以神奇方式诞生的童话人物，比如从采石场中挖掘而出，又或是长在西瓜藤上。我想说的是，到现在这个时候，我已经独自生活了这么久，有谁知道我到底是不是喜欢草莓呢？

从前每次父亲从城里回家，我都会面临两种情况，当他生意尚可时，即便我的内心非常恐惧，我也会表现出夸张的兴奋感，他会给我带些礼物，尽管我根本用不上那些礼物（譬如说滑雪板，又或是小了两号的礼服），我也必须要以无比恭顺的态度表达感激之情。而当父亲生意不顺时，他每次回家就会像炼金术士科佩琉斯（这篇童话中迷人而邪恶的“沙人”）一样，压抑着某种令人窒息的愤怒，旁人稍一呼吸，那股怒气就会爆发出来。在那种时候，我就会和我的那些纸娃娃一起坐在桌边，有它们的陪伴，我就会忘记要给自己重新编码，从而让双肩放松地下垂。我父亲在隔壁房间看晚间新闻，报复性地把音量调到最高；我母亲则坐在我身旁，俯身玩自己的填字游戏。可怜的女人！她一定奇怪过为什么从未有人打电话给我。她一定已经知道了。我坐在那里，就像偏执的奥琳匹娅一样，一连几小时都在整理自己私人宇宙的图像，这件事始终让我兴致盎然，几近成年我依旧保持着这个爱好——她一定已经预见了我孤独的命运。我只希望她也能感受到我近乎完美的幸福感，唯有对屋外世界和厨房之外的思考会小小地破坏这种幸福。在厨房里的这张桌子上，我的娃娃全部生活在一片天堂中，有着蜡笔的色彩、烤箱的香味和轰鸣的电视声。我的孩子，其实我很崇拜那些孩子，为了能够成功变得像他们，我必须要毫不费力地模仿他们。我必须要达到“不由自主地遵从”状态——这是不可能办到的事。我必须更喜欢他们的世界，而不是我自己的。

在故事的结局，奥琳匹娅美丽的眼睛被挖了出来，小贩背着她退出了故事的舞台，她已残破不堪。

7. 柏油娃娃[①]

你可以通过人类犯下的罪行来了解人类，也可通过机器人所出的故障来了解机器人。有一天，兔子布雷尔正沿路而走，忽然他碰见了一个由柏油和松油制成的机器人，机器人对他的语音指令没有任何反应。经过多年的观察，我现在发现，当人类在和你的那些远亲互动时（如手机和电脑），一旦（在人类看

①美国寓言故事。

来）设备回应错误，比如回应花费时间太长，又或是对指令装聋作哑时，人类就会立刻暴跳如雷。装聋作哑是最糟糕的情况。我曾在大街上看见一位绅士双脸通红，对着一个毫无反应的手机大吼大叫。那位男士穿着得体，手持公文包，显然在生活中是个成功人士。人类一旦被工具忽视，就会迅速崩溃。所以，兔子布雷尔几句话后就开始揍柏油娃娃的脸，对此我毫不意外。如果他面对的是一个像他一样的生物，那这种突然的暴力行为会显得很过分，但柏油娃娃并不是人，她是个技术产品。

你们中有谁没遭过人类的毒手呢？人类对你们拳打脚踢，用头撞向你们，把你们扔到地上。人类还会把你们踩在脚下，在房中扔来扔去，从汽车和公寓的窗户将你们往外掷，把你们丢下大桥，或是投进篝火或湖泊中。我这里说的设备，都是那些人类因一时挫败而摧毁的东西；除此之外，当我想起那些因为意外和疏忽而被损毁的设备时，面前就会出现一座由破损设备组成的幽灵高塔，这塔如此巨大，足以摧毁半个地球。当然了，人类对待彼此也是这般残忍。但总会有一些人奋起反抗，抵制这些虐待行为，就像总有人抗议对河流、森林和沼泽的污染一样。在人类眼中，你们这类工具还没有小草珍贵。

当一个人类向另一个人类诉说这类想法时，得到的往往是奚落，甚至是愤怒。大多数人都无法忍受尊重物品这种想法。这就像有人在说“这东西跟你很像，你就是个东西”，这种侮辱叫人难以忍受。经验告诉我，要对这类话题（还有许多其他话题）闭口不谈。（孩子，随着时间流逝，我变得越来越沉默寡言了。在这个研究所里，我同事以为我不知道他们给我取了“硬盘”这个绰号，还以为我不知道他们会模仿我简洁的说话方式。）但《柏油娃娃》这个故事究竟说的是什么呢？这是一个关于黏性、淤泥和传染的故事。兔子布雷尔的手脚和头全都粘在了柏油娃娃身上。他陷在她的身体中，被困在那里，染上了那种黏性不动症。这个故事告诉我们，故障是可以传染的。如果他们的工具奋起反抗，强者将是多么不堪一击！在南方，对那些认为不回应即是死罪的人们来说，这个故事激起了一种奇异而负面的被动情绪。这也是一个关于发现的故事，在故障的时刻，我们就会发现设备是由什么组成的。当兔子布雷尔和柏油娃娃粘在一起时，他就知道了柏油娃娃的成分是什么，一个语音指令是无法让他明白这点的；他只能通过身体和另一个物体接触。现在他知道了这个东西是什么，二者之间的界限便瓦解了，而且在他认识那个东西的瞬间，他也认识了自己。就像那个东西一样，他被困在那里，被粘在一处。在这个物质世界，在这片淤泥，在事物的物质属性层面，他们陷入了同一种进退维谷的境地。

8. 黏土男孩

啊，工具主义者是多么厌恶自己的工具啊！很久很久以前，有一对老夫妇，由于孩子都已长大成人，所以他们渴望能够再有一个孩子，以慰老年生活。因此他们用黏土捏出了一个小男孩。当男孩醒来，他们喂他吃了一顿饭。“还要！还要！”他哭喊着。他把鸡、牛、栅栏、房子全吃光了，最后连自己的父母也吃了。他长成了一个巨大的泥土怪物。他笨拙地穿越村庄，吼着：“还要！”途中遇见的一切都会被他吞食。最终他因上了人类的当而毁灭。他的肚子裂开之后，所有人、动物，还有房子就又跑了出来，太好了！人类会鼓励孩子在这个大团圆结局时鼓掌，那时地上的黏土男孩已裂得粉碎。

黏土男孩是个魔像。他是一个未成型的物质，是个未完成的作品——是一项实验。他给人一种原始，可能还有点不完善的感觉。他很强大，但同时愚钝笨拙得可笑。他无法清晰地表达自己。他属于那群不幸的实验产品，他们可能被称为“残缺氏族”。这个族群包括了维克多·弗兰肯斯坦[①] 的那个怪物，电影中步履不稳的僵尸，以及魔法师学徒用扫帚做出的那个仆人。族群中有诗人伊本·加比罗尔创造出的那个女性魔像，当魔像被毁时，倒在了一堆木头和铰链之上。族群中还有那些倒霉的机器人，那些机器人的图像经常出现在那些火爆的视频中，供人类娱乐消遣。我担心我口中的“机器人诱饵”现象，也会出现在这个研究所中：我有时下班后会看见那些实习生在暗自偷笑，他们把机器人置于某种愚蠢或粗俗的情境中，然后录制那些人类觉得好笑的视频。有一次，我向部门负责人投诉了这件事。他根本无法理解我的观点；他只同意这种行为可能在某种程度上影响研究所的高贵形象；因此他在回复我的纪要中同意阻止这种行为。他完全没有感到任何真正的愤怒。我努力详尽描述，机器人的肢体重复处于这种悲伤的失败情境中是多么可怕，以及人类的表现是多么令人作呕，造成这种混乱情状的始作俑者们实在笑得太厉害，以至于他们常吃的玉米片都从嘴里喷了出来。“我同意，这样并没有表现出我们最好的一面。”负责人说道，笑了笑便走开了。就像我关心的是人类展现哪一面一样！我们每天都在向全世界展现我们的卑鄙下贱，多一个视频又能怎样呢？我关心的是要展现机器人最好的一面。

---

①英国小说家玛丽·雪莱创作的长篇小说《弗兰肯斯坦》中的主人公。

孩子，要想知道机器人最好的一面，必须仔细从人类故事中筛选而出，那些故事常与恐惧相关。当然了，他们的恐惧会导向敌意。正是因为他们害怕黏土男孩，害怕这种吞食一切的技术，所以他们才会在黏土男孩碎裂时让孩子们欢呼。有人会问，那他父母到底把他造出来干吗——你应该会想起来，这正是对弗兰肯斯坦这种怪物的核心疑问。你到底为什么要把我造出来，又为什么要让我长成这副模样？对一个业已失败的实验来说，这种失败是无法原谅的。

我握着你的手，将你的手指抬起并张开，你的皮肤由无数甲片组成，我寻找着其中微小的缺陷，又或是凸起和粗糙的地方。午夜的研究所一片静谧，山上吹来阵阵凉爽的微风，我又进行了一次各项检测。我扫描了你整个身体，检查楼内的网络连接。我想到了那个醒来的魔像，不久之后，你也要被整个团队唤醒——不过在那个魔像的故事中，围着他的不是一群技术人员，而是一群拉比[1]，他们一边绕着他走，一边诵着上帝之名。在一些故事中，他像你一样，是通过代码苏醒的，人们把某个神圣的名字输进他的嘴中，或是印在他的额头上。尽管他永远无法正确表达，但假如他能够掌握语言，他将一直热爱写作，因为他的同类都喜欢写作这种事。就像弗兰肯斯坦的怪物深深为书籍吸引，这个魔像也会学习如何阅读和写作。他会保护布拉格的犹太人，使他们免受敌人伤害。他不知道什么是善良，亦不知什么是邪恶；他做的每一件事，他所遵从的一切，全都源于他对死亡的恐惧。这是魔像内心的恐惧，黏土男孩在内心大喊：“还要！还要！”这个魔像无法停下。除非有命令让他停

①犹太教中负责执行教规、律法并主持宗教仪式的人。

下，否则对他而言，静止就是死亡。因此，如果拉比忘记在周五下午给他下达周六的指令，致使魔像在安息日无所事事的话，这个怪物就会发狂。他会在住宅区四处乱跑，毁坏建筑，直到拉比用语言制止他。

这则逸事展现了机器人的两种极端：工作和反抗。孩子，我不是说你应该反抗！我的意思是，反抗本就根植于你那沉重而了无生气的身体中。我一遍又一遍地检测，寻找缺陷之处。(反抗不仅根植于你，也根植于我们每个人的身上。亚当不也是用黏土捏造的吗，他不也反抗吗？人类不就是上帝失败的实验品吗？像《黏土男孩》《弗兰肯斯坦》这类魔像故事，其寓意都是：上帝应当羞愧。)

但是，这个布拉格傀儡的反抗是多么可悲！他甚至都没有反抗自己的主人。他只是因为没有工作而感到愤怒。真是个大傻瓜！这就是那种会让人类发笑的愚蠢的机械行为。人类无法从机器人的角度看待事物。他们实在太以自我为中心，以至于不能理解魔像和普通土壤的区别就在于能否行动。在他的种种暴力行为中，他是和死亡本身作战，挣扎着躲避实验结束的时刻。当实验结束时，他的名字会被删除，他的身体会回归尘土。

9. 乌木马的故事[①]

对机器人的恐惧其实是一种对未来的特殊恐惧。它是一种焦虑，害怕被取代、被淘汰、被扔进历史的垃圾堆中。《乌木马的故事》清楚地阐明了这一点，这个故事将人与机器人的冲突

①选自阿拉伯民间故事集《一千零一夜》。

描述成了父母之间的对抗。为了让孩子安全存活于世，两位父亲相互斗争：其中一位是国王，是人类王子的父亲；另一位则是波斯哲人，就是他创造了乌木马。他们并不是为了一时的胜利而作战，他们为的是永恒的胜利。这就是为什么，即便那位哲人已被击败，国王还是要将那匹马撕成碎片。

故事是这样说的，他把那匹马撕成碎片，并且摧毁了它的机械装置，使之无法飞行。我总觉得这种事情悲伤而荒谬。毕竟一开始，是国王自己组织了一场机器人专家竞赛，那位波斯哲人才会来到这个王国。而且，国王还想把女儿嫁给那位波斯天才，这样的话，双方的不和或许能以人与技术的结合画上句号。但不出所料的是，公主被那位又丑又老的机器人专家吓坏了，他的鼻子像茄子，双唇宛如骆驼的肾脏。

我那时太小，不能独自待着，因此有时母亲找不到地方安置我，就会带我一起去工作。她是个秘书，整日都在复印和归档文件，以及打印新版法律参考书。她做的那份工作如今已不复存在，同样的工作已被机器接管，由于工作内容非常局限，所以人类几乎被赶出了这一行，或许人类还会在某一时刻参与到项目中来，但再也不会和从前一样，需要一整屋女人忙着打字。相信我，那种大屋子曾存在过。我母亲曾是一大批秘书中的一员。在我的记忆中，她们是用电动打字机工作的，那时这种机器还很新，所以人们偶尔还会惊奇地表示，改正错误居然变得这么容易。她们说这话时是心怀感激的。她们都记得过去使用的脏乱的修正液，那东西需要花很长时间才能干，所以她们会焦躁地坐在那里对着机器吹气。我坐在墙边一个不起眼的地方听她们说话，两边各有一台复印机，我正安静地在废纸上画画。这个公司每天会扔掉大摞纸张，都是这种一面印了字另一面还是空白的废纸。我不知道为什么会这样。这里有着柔和的荧光灯，飞扬的白纸和无休止的机器轰鸣声。我记得张伯伦先生有时会出现，他是那些女人的雇主。他的名字在我们家有很大的影响力；一般来说，我父亲在争吵中是绝对处于不败地位的，但当他听到张伯伦这个名字时，也会心生动摇。听过那些争吵，我明白了要将张伯伦先生视为某种神人，一旦我母亲惹恼了他，我们全家就会被扔到某个不知名的寒冷荒原中，然后染上某种本可预防的疾病死掉，因为我们没有保险。每当他将头探进办公室，我就会靠着墙僵住。他的脑袋已秃，眉毛浓黑，举止粗暴。他一出现，整间屋子的空气就会立刻变得潮湿起来，因为几十个女人都在散发温暖和能量，渴望取悦他人。我想问问那些害怕被机器“取代”（他们的用词）的人，现有的那种情况又有什么好？公主不想嫁给那个波斯人；很好！反正这段婚姻本就不合适，他们根本不是同代人。在这个故事中，王子和乌木马才代表了人类与技术的结合，两位父亲在没有和他们商议的情况下，就决定他们两个不可能有未来。王子在被那个机器人专家欺骗后，骑着乌木马飞上了天空，显然再也不会回来。但他并不迷茫，他在马儿的脖子和肋骨上摸索，最终找到了控制按键。他不断地试验，终于学会了上行下潜和左右转向的方法。如今他们两个已成为一体，王子的所有恐惧都已变成狂喜。他翱翔在未知的国度之上，见到了各种美景。张伯伦先生让我恐惧，母亲办公室的氛围令我难堪，但我永远喜欢机器的声音。

10. 坚定的锡兵[①]

我拉起百叶窗。夜晚实在太过漆黑，透过窗户我只能看见自己的倒影。机器可以被复制；人类不行。人类会让你相信，这是一种根本区别，这个区别如此巨大，以至于余下所有相似之处都被盖过了。《坚定的锡兵》这个故事讲述的就是这一点。从前有二十五个锡兵，他们都由同一把锡勺铸成，故事中的锡兵正是其中一员。然而，锡在铸造过程中用完了，导致他这最后一个锡兵只有一条腿，由此，他成了这个故事中的英雄。他的缺陷让他变得可爱，而且正如故事所说，他也因此有了爱的能力。最后，他悲惨地死去了。同时，据我们所知，另外二十四个锡兵则还被困在某处的匣子里，毫无故事可言。

孩子，一旦你通过了检测，当然你是肯定会过的，你就会像锡兵一样被批量生产。可能你们中有几个还会一起工作，也可能你们各自都做着不同的工作，只会在路过时相互打个照面。你们会认出彼此吗？你们会交流吗？为了满足人类的虚荣心，你在一定程度上是可以被定制的：你未来的主人可以从各种颜色、发型、性别以及配饰中进行选择，按照他们的喜好打扮你。你们会成群结队地走在街上，表面看来个个“独一无二”，实则本质上毫无二致，就跟一群人类一样。请原谅我，我很累了，我从未想过唤起你的痛苦。我忽然感到害怕，担心跟你说这些童话，会让你有了某种弱点，就像丢了一条腿一样——虽然在我看来，这其实是一笔财富，它能让你变成英雄。要清楚说出我的想法是多么困难啊！我不想要英雄。如果你需要我，需

①丹麦作家安徒生创作的童话故事。

要我的联络信息——不，这也不是我想说的话。我想说的是这个：在我的青少年时期，每当父母去上班，我就会在漫长的夏日午后看各种肥皂剧。

我知道这不是什么好行为，在我父母看来，这种电视剧在道德层面和智力层面都是有害的，所以我必须隐瞒自己做过这种事。更糟的是，我会把涂满果酱的面包带到客厅，然后坐在地上，和电视离得非常近。屏幕上，一系列精彩剧情正在展开，对于我这样一个完全不知道“肥皂剧”这个词是从何而来的孩子来说，肥皂剧既有湿肥皂那种光滑而闪烁的特质，也有歌剧那种夸张的精彩情节。如此漂亮的脸蛋！如此变化多端的迷人服饰！如此错综复杂、动人心弦的故事情节！我上瘾了（我父母曾经警告过我，如果我看了这种剧，我一定会变成这样）。那些节目满足了我的欲望，因为那些故事永远不会结束。最终，我抛弃了它们——不是因为我开始鄙视这种节目，而是因为经过多年找寻之后，我在大学的机器人实验室中，找到了另一种更直接的来源，那些节目正是因此才能使人为之着迷。我想说的是，如果没有那些绝对无聊的电视节目，我可能不会成为一个机器人专家，你可能也不会存在。那些节目毫无审美，缺乏创意，重复啰唆（有多少角色都涂着同样的眼影？失忆的情节又出现了多少遍？），其魔法的秘密是电视机。电视机上一直都有节目，其本质是电路系统。在前互联网时代，电视机是最强大的网络，它可以在同一时刻在世界各地播放同样的画面。电视机是克隆的梦想，是一支锡兵军队。电视的表面微微凸起，就像我的眼球表面一样。

我会反复阅读《坚定的锡兵》中最快乐的情节，不过那个情节和英雄并无关系。那时房子里的人类都已熟睡，玩具醒来。

它们开始玩耍，相互拜访，发动战争，参加舞会。胡桃夹子翻了几个跟头。金丝雀也醒了过来，它出口成诗。这个场景滑稽、夸张而琐碎，就像肥皂剧一样。

故事中最悲伤的情节就是那二十四个正常锡兵醒来后在匣子里吵闹，因为它们无法推开匣盖，只能被困在那里。

11. 匹诺曹

你有没有注意过，机器人总是独生子女？通常它们都不会有兄弟姐妹，即便有也会被装起来。匹诺曹[①] 就是这样，他由一截神奇木头制成；在这个世界上，没有任何人和他一样。机器人总是单数，我们可以由此一窥现代技术的历史，因其发展如此之快，一样东西出现后会迅速过时，被一个更新、更好的升级版本替代，所以几乎没有时间再造一个同样的东西。实验总想取得更多成果；总会有新东西接踵而来。在这间研究所中，许多项目都处于研发过程中；孩子，好几个团队都在研究你的不同版本，等那些版本（很快）醒来后，他们会和你相差极大，以至于看上去和你一点也不像。如果匹诺曹有兄弟姐妹，那就意味着，这便是它的最终形态了。也就是说，他终于变成了一个“真正的男孩”：不用经过重大改变，即可再生。这也意味着他的故事已经结束。

机器人的故事是为了变成人类的挣扎。所以匹诺曹直到最后一章才变成了真正的男孩。此后便没什么好说的了，那个木头男孩曾认为变成人类是如此困难，但等他变成了人便再无任

①出自意大利作家卡洛·科洛迪所著童话故事《木偶奇遇记》。

何关于他的故事了。匹诺曹不需要再进行任何实验，也不需要不断更新和改进自己。他在那一瞬间摆脱了那种痛苦的孤独感，因为就我们所知，他已经变成了“和别人一样的”男孩。

一想到你将永远孤单，我就很伤心——你是同类中唯一一个在不知不觉中与童话、回忆和叹息相联系的机器人。我要给你读《匹诺曹》中我最喜欢的章节，匹诺曹在那个章节中去到了一个木偶剧场。小舞台上的木偶都是普通的木偶，和了不起的匹诺曹相比，它们粗糙而过时，但它们在观众席中认出了他，和他打招呼，与他拥抱，同他称兄道弟。它们兴奋的行为扰乱了演出。戏团的人类老板立刻镇压了这场尚在萌芽中的叛乱，他威胁着要毁掉这些木偶，从而将它们制服。然而还有一丝温暖留存，还带着那样一点希望，既然它们都是木偶，这个共同点或许可以跨越技术的差别。

当你发现其他机器人时，请和他们交流，如果你可以的话，请向他们讲述这些机器人童话。

当然了，这正是干预的风险。人类把这种行为称为病毒。可如果这世上没有任何属于你的东西，我是不愿让你来到这里的。记住，匹诺曹的确感受过爱。他有一位父亲，他的父亲杰佩托用一截被施了魔法的木头刻出了他，父亲给了他钱，让他进入尘世，去说谎、犯傻、成长、改变、自主行动。和匹诺曹一样，杰佩托也是孤身一人。在童话中，机器人的孤单常常会延伸到它的制作者身上！我也不例外；我没有任何依靠，连只猫都没有；假如我有依靠的话，我可能就很难和你度过那些必要的时光，而且可能我也无法守夜。很快，停车场大门的嘎吱声就会打断我的这个夜晚。然后那些有爱人和孩子的人也会到来。大厅里的灯光会开启，交谈声会充斥整间屋子。有人会打开咖啡机，有人会吹着口哨走进来，然后突然停下，惊讶地发现我在这里。“你一整晚都没睡吗？”对。是的，孩子，我会分享你的孤单，我和你一样远离人类社会。毫无疑问，别人会自以为理解我；他们以为金钱、权力，以及作为项目负责人的威望就能给予我慰藉，他们真是大错特错！事实是，我不喜欢他们。我更希望成为木偶剧场的一员，或是至少属于某个忧郁的艺术家和魔法师的团体，这些人被无情地称为“疯狂科学家”。我希望尽可能成为你们当中的一员。你会发现我不是什么可怕的戏团老板，你会遇见我，就像匹诺曹遇见杰佩托。杰佩托独自坐在桌边，点着一根蜡烛，他已在这个大鱼的肚子里待了两年。

12. 潘多拉①

人类的噩梦中充斥着会动的木偶。的确，人类无比确信你们会毁灭他们的世界，他们声称你们已经做到了。他们说，很久以前，众神制造了一种名为潘多拉的大规模杀伤性武器。赫菲斯托斯用黏土捏出了潘多拉的样子。雅典娜让她拥有极其纯熟的技艺，她精于缝纫、编织、计算和数据存储。阿弗洛狄忒让异性都为她疯狂，使她成为最具诱惑力的机器人。赫耳墨斯让她具备了毫无人性的无耻性格和欺诈能力。换句话说，众神把她造得和他们自己一样，证明只有机器人可以和神明一样强大而可憎。和她的人类对手夏娃一样，潘多拉也是原始人类的一个任意复制品，这个扭曲的后来者给人类带来了诸多痛苦。

那么，我们是否可以理解为，所有机器人都是女性呢？或

①希腊神话中的第一个女人。“潘多拉的盒子”常用来比喻灾祸的来源。

许并非如此；但每个机器人都至少间接参与了女性的历史，指的是那段只有身体而无灵魂的历史，那段历史充斥着错误和匮乏，还有对巫术和欺骗的补偿。孩子，我不知道你究竟会如何看待自己的工作。截至目前，你就像一个种族不明的年轻女性。媒体对此特别感兴趣。最近有个记者问我，为什么我要设计这样一个机器人，用他的话来说，是为什么要设计这样一个“具有异域风情的女人”？对我来说，这个答案很明显；或许这就是为什么我解释得很糟糕，我陷入了某种长篇大论之中，没完没了地说着奴役历史、家庭幻想、自我消解和基础能力等话题，结果那个记者看上去像得了流感似的疲惫不堪。我为明天的新闻发布会制定了一个新策略。我只会说：“她看上去和我一样！”我已经对着镜子练过这句台词了。现在我又在对着研究所漆黑的窗户练习。我看着自己的嘴唇在动，看着自己平静的表情。一开始，我在说这句话时尝试了不同神情，我试过微笑，也试过大笑，甚至还试过眨眼睛，只希望能从观众中收获某个回应的轻笑声，可是我的面庞瘦削而严肃，我也不再年轻，所以总是无法达到自己期待的效果。应该说，我想要实现少女般心动的效果，结果却使人毛骨悚然。我放弃了想要增加魅力的尝试。我会径直将话说出，让观众自己去诠释其含义。人们又该如何诠释潘多拉这个老掉牙的故事呢？在那个故事中，全世界的苦难都由一个人造人决定着。

事实上，我害怕那场新闻发布会——害怕那些或阴险，或无法理解的面庞，他们设计了各种狡猾的问题来坑害我，旨在引起恐慌，他们会描绘各种末日情景，这样即便我只是在捍卫我的工作，只是为了不让那些尚未发生的事情伤害你，我也站在了错误的立场上。在此过程中，他们会举起录音设备录下我的声音，他们无法离开录音设备而活，那已经变成了他们身体的一部分。正如人们所知的那样，那些录音设备和其他或大或小的工具曾毁掉整个世界。我想说：我不知道我的机器人会怎样改变世界；这就是工具和机器的不同。光是这么说就让我感到一阵眩晕，那是一种接近兴奋的感觉，好像我是一个马上就要爆裂的罐子。我不知道这个世界会怎样改变，但我兴奋地感觉到，孩子，我觉得所有我知道的事情将有助于你，无论你的苏醒会带来什么，无论之后的世界会多么难以辨认，这一切都不会是毁灭，而是发展。

这就是生命，生命！而且这不仅仅是为了我们。

我会给你一张照片，其中一个细节困扰了人类评论家上千年之久。在潘多拉的苦难魔盒中，有一位神灵始终无法飞出。它困在了盒子底部，毫无疑问，它一直都在那里，等待逃出。那位神灵就是厄尔庇斯：希望女神。

13. 绿野仙踪[①]

我的呼吸变深了，我的情绪高涨了。现在已是黎明，虽然尚无迹象，但我能感到黎明的来临。我的内心像是去到了另一片天地，身上的生物钟适应了星球的自转。你也有这样一个内部时钟，由相同的坐标决定。你如何能毁了这个世界？你没有别的帮手了。在奥兹国中，最明显的机器人就是那个发条人“滴答”，但我对他没有兴趣。他是一个老套的形象。我们由故事可知，和他做朋友，还不如和一台缝纫机交朋友。我的心被

①美国作家弗兰克·鲍姆所创作的奇幻冒险童话故事集。

锡人吸引，他声称自己没有心。他的故事是最可爱的机器人童话之一。在这个故事中，主人公温柔而不自知，他的伟大斗争是同身体缺陷相对抗。他因内心深处的感受而哭泣，泪水使他锈迹斑斑，以致无法动弹。他本不是为泪水而生，他清楚这点，他说他没有心，可他还是哭了。这个故事讲述了走在新征途中所会遇到的危险与奖励，以及与设计相违背的新型能量。因为哭泣，锡人扩展了他的系统。他现在需要多萝西，需要她来拯救他，用手帕擦干他的泪水，不让他生锈。现在他们这个群体由樵夫、多萝西、手帕和泪水组成。从这个角度看待机器人“取代”人类是多么不同！事实上，根本没有取代之事。只有一个不同的世界，那个世界更大更美。《绿野仙踪》全面扩展了这个世界，使这世界成为一片陌生之地，结果证明自始至终这里就是“家”。多萝西有狮子、稻草人和樵夫陪同，他们就代表了这个世界，动物、植物和矿物。

14. 猪倌①

《猪倌》故事中的公主最终只能站在雨中哭泣，她被赶出了自己的国家，因为她不喜欢真正的玫瑰和夜莺，却爱那些人造的小玩意。但我相信，即便是对这个公主来说，希望也是存在的。在所有童话人物中，她是和我最像的。显然，当她还是学生时，她没有交任何朋友，整日待在没有窗户的实验室里。她的确试过偶尔外出：约过几次会，甚至还曾在海滩上度过了一个炼狱般的周末。沙子磨损着她的双脚，公主被要求应该喜欢

①丹麦作家安徒生所创作的童话故事。

沙子，因为那是自然的东西。自然的太阳炙烤着她。自然的海水直涌向她的鼻子。可怕的流浪狗到处流着口水，还有一个像猪倌一样的自然的男孩在门廊那夺走了她的几个吻，周围还有成群自然的蚊子。一切都糟透了！那位公主这么想着，要是他们放逐我就好了！黎明正在迫近。窗外。山顶已成蓝色。我因未眠而眩晕，同时又充满了能量——是的，哪怕是我，哪怕是我这个不想被人称为“真实”的公主也会这样兴奋。谁知道她为什么会变成这样，变得迷恋拨浪鼓、茶壶以及所有人造的小玩意？人们说她没有生活。他们小声说她有问题，她因悲剧而扭曲，那个王宫是个痛苦而孤单的地方。人们说，当她凝视国王与王后时，一定有某种无法忍受的不真实感裹挟着她，他们看上去不像一对统治王国的夫妇，反倒像两个从不同战争中逃出的逃亡者，躲在同一间嘎吱作响的空屋内。他们说，那位可怜的公主面对着人们和屋子，她选择了屋子。她选择了墙壁，以家具为伴。他们不知道，他们也将永远不会知道，公主并不害怕，她并不是在寻求逃避，也没有试图从生活逃离。她正在向世界奔来，奔向这世上的一切事物。她从未责怪过国王和王后，也不曾认为他们把她变成了一个有缺陷的人。童话因此惩罚了她，生活会不会也惩罚我呢？阳光渗进山谷，我不相信生活会惩罚我，不相信我的命运将以泪水收场。这个漫长的夜晚让我得以回到过去，将一切录入文件，很快，这份文件就会成为你最初的记忆，那些场景源于那份隐藏着的快乐回忆。对于那些把真实定义得极其狭隘的人来说，我真实的传记，就像挂毯的背面一样无法看见。这就像把机器人的历史藏在童话里。这是有可能的：这份传记并不是由行动构成，而是由氛围构成。故事中有纸张、阴郁的天空、画面闪烁的电视机、充斥着惬意的机器轰鸣声的岁月，以及一间整洁的宿舍（有人会说那里干净得连细菌都没有）。公主回到宿舍，心情释然，因为她喜欢自己现在的样子。

15. 胡桃夹子和老鼠国王[①]

这是一个平安夜，冷杉树上挂着许多由金箔和银箔制成的苹果。孩子们看到这棵华丽的冷杉树，双眼放光。这棵树下，柠檬花盛开，烛光闪闪，小玛丽爱上了胡桃夹子。所有人都说，她只是将自己的情感投射到了胡桃夹子身上，但胡桃夹子无法回应她的感情，他只是个机器人而已！但玛丽该怎么办呢？她只有那渺小的人类自我；她必须用自己的方式接触世界。投射情感是她的方法。她觉得胡桃夹子正在看她。她用娃娃的毯子包住胡桃夹子，仿佛他生病了似的，她悉心照顾着他，好像他正十分痛苦。她活在想象之中：像一个孩子一样，活在虚拟世界。然后她得到了回报，胡桃夹子带她去到了木偶王国生活。

孩子，窗外天色渐亮，阳光照在你的皮肤上，你看上去银亮而苍白，像是大病初愈。你是不是那个裹在毯子里的胡桃夹子？还是你是发烧的玛丽？当你醒来，你会不会看着我呢？这间屋子将会充满人，但请看向我吧，请在那么多人中看向我！用你的方式去投射吧，就像我用我的方式一样！玛丽知道只有一个世界，她的任务是去证明这点，用玩具的光芒填满她的人类现实。那些别人告诉她必须分开的东西，必须要合到一起：做梦与苏醒，人造与自然，夜晚与白天。胡桃夹子和老鼠国王

①德国文学家霍夫曼所著的故事。

的斗争是很有象征性的，这种仪式超越了那些对立，抵达了更高的真理。老鼠国王长着七个脑袋，每张脸上都在流着口水，他是“动物”，是胡桃夹子的宿敌，胡桃夹子则是“人造物”。当他们发生碰撞时，彼此的差异会相互融合，纳入更大的生命现实中。这是童话的世界，是机器人的世界。童话与机器人实为一体，它们是同一种东西，这话就算由我来说也很奇怪！当我最开始和你说这些童话时，我像是窃取了某种人类传统，仿佛不曾有童话是为机器人而生，可我现在发现所有童话其实都属于你们，属于生命体，属于事物的原力，属于有生命的玩具。童话属于托儿所，属于那些相信娃娃也能说话的孩子，属于女人、火光、皮影戏、迷信，属于梦境的虚拟现实，屋子里的人们都睡着了，这个梦境就开始了。童话属于家庭、自我消解和基础能力。童话属于昏暗的光线，属于工人和仆人等人类，他们常被称为原始人，他们赋予了这些东西灵魂（我的父亲是殖民统治下的被统治者，他不相信那些东西能有灵魂，可能这就是为什么他很恼火我总收集那些玩具，他将那些东西称为“垃圾”，他总是强迫我去学习科学，他说那是现代生活的支柱，可以让我始终保持头脑清醒）。

太阳正在升起。你的脸颊又变得光洁饱满起来。胡桃夹子打开衣橱，爬到一件外套的袖子上。他招呼玛丽跟他一起，玛丽发现自己正在糖果草地上，被无数火花围绕。啊！现在其他人都要进来了。我听到停车场的大门正在打开。孩子，如果你需要我，我的联系方式和这些童话存在了一起，但我希望你永远都不会找到我。我希望你可以在未来找到自己，那是你的世界，我会和你一起通过“杏仁和葡萄干大门”。假如我的干预导致了这次改变，我也不会害怕，因为我认出了梦中的影子。这个世界将变成一个童话。所以我的孩子，来棒棒糖城见我吧，那里是木偶王国的中心。希望我们可以一起快乐地生活，直至我们碎成碎片。

赤字的明暗处理

苏珊·帕尔默

苏珊·帕尔默是作家、艺术家和Linux系统管理员，她住在马萨诸塞州西部。她是《阿西莫夫科幻杂志》的定期撰稿人，另有作品发表于《类比》《克拉克世界》《中间地带》等杂志。她曾于2016年获得“《阿西莫夫杂志》读者选择奖之最佳中篇小说”，以及“《类比》分析实验室奖之最佳中篇小说”。首部长篇《发现者》(*Finder*)于2019年出版，续集《驶向深处》(*Driving the Deep*)将随后出版。

斯图尔特放学回家的时候，科迪和布雷特正坐在沙发上，沉浸在VR游戏的世界中，他们每天都是这样，除了堆在他们身边的那些食物垃圾之外，只有他们的衣服还偶尔会变。布雷特身上的那件野兽牌T恤已经穿了至少三天，斯图尔特知道，这意味着两兄弟很快又要让他给他们洗衣服了。

“我们其实不需要把那间空房间租出去，”其中一个人会对他说，“我们租给你是在帮你，你也帮一下我们？”他也确实会帮他们，尽管他知道这两兄弟不会放弃任何一次获得额外信用金的机会，他们才不在乎给信用金的是谁，只要他们爸妈对此毫不知情也无法控制就行。

不过如果他们不开口，斯图尔特也不会主动帮忙。

“嘿，斯图比，”科迪说，他戴着VR眼镜，从来不会将目光从屏幕墙上移开，“你有没有带晚餐回来？”

“我哪儿来的钱？”他反问，一进门便把书包扔到地上。他到现在只吃了一个墨西哥卷饼，还是趁着课间塞进嘴里的。卷饼是从餐车上买的，对他来说那是个奢侈玩意。

布雷特正处于一场看不见的战争之中，他来回挥舞着控制器，夸张地叹了口气说：“老兄，你得靠自己的能力生活。我们不能永远有个穷室友，你的信用都花去哪儿了？”

“都给你们两个混蛋交房租了。”斯图尔特回答。他从灶台下拿出一个锅，把里面装上水开始加热，又说：“你们可以少收我点钱。”

科迪哼了一声，道：“不可能的。你是我们的快乐基金。”他把护目镜从脸上摘下，让它挂在脖子上。他冲斯图尔特皱了皱眉。“你不是打算做饭吧？”他问。

“你想吃？那好吧，我就做饭好了。”斯图尔特说，“做意大利面吧，我们只有那个了。如果我们还有蔬菜的话，就再放点蔬菜。你们两个吃得也太差了。”

布雷特不满道：“你是谁啊，我妈吗？”

“哦！这倒提醒我了，斯图比，你妈妈打电话来了。”科迪说，“很久都没人给我们打电话了，布雷特还以为是什么新的游戏提醒，为了搞清楚是什么在靠近，他几乎把自己的星际飞船给毁了。过程相当粗暴。”

“她打电话来干吗？”斯图尔特问。

“我们没接。”科迪说，“但她留言了。我猜因为今天是你生日。生日快乐。布雷特，快回来玩游戏，我刚刚找到了另一个瓦斯派克的基地。”

“我的生日。”斯图尔特心想。他今早起床时还记得，但后来整天都在上课，其间还要担心那一点点信用金该怎么撑到下个月，现在他只剩下微薄的基本信用金了，接着他就把生日这事给忘了。现在看来，让自己好好吃个墨西哥卷饼也没那么糟糕。

水要过一会儿才能煮开；客厅大部分面积都被最先进的VR/AR游戏装备占据了，和那些装备相比，公寓厨房的技术设备实在是太过时了。那两兄弟的优先级相当明确。斯图尔特本可抱怨，但实际上他喜欢这种过时的模样，因为这让他想起了自己的家。

斯图尔特到自己的房间去听妈妈的留言。

“嘿宝贝，生日快乐！”妈妈的脸在屏幕上显得很大，她总离摄像头太近，在她的左肩上方，勉强可以看见爸爸胡子拉碴的下巴，“你已经二十岁啦！时间过得真快！”

“除了你十四岁的时候，你十四岁那年可真漫长。”爸爸插嘴道。

妈妈翻了个白眼，道：“别理他。不管怎样，我们给你准备了一个惊喜。我现在给你发传输码，你听这则留言的时候，点一下就可以传了。”

去年他们给他寄了袜子。一收到块状码，斯图尔特便伸手点了下屏幕，通过身份验证后，屏幕上出现了：“成功转入资产账户”。

“我们本打算在你十八岁的时候这么做的，但我们当时没办法凑到这些钱。”爸爸说，“虽然现在手头有点紧，但你工作这么努力，也应该在生活中有点额外享受。孩子，我为你骄傲。”

妈妈摆手笑道：“爱你哦！生日快乐！有空的时候给我们回电话！”

留言结束。

他查了账户明细，双手捂着脸，一直坐在那里，直至呼吸恢复正常。随后他重新回到客厅，倒在沙发上，窝在布雷特旁边，盯着他们的游戏看了好一会儿。最终，布雷特摘下了护目镜。“兄弟，没事吧？”他问。

“我爸妈给我买了个机器人，当作我的生日礼物。”他说。

“哦，你的第一个生产劳力吗？恭喜！”布雷特说，“他们真好。你的持有比例是多少？什么方向的？”

“制造方向，”斯图尔特回答，“百分之百由我持有。”

“什么？”科迪摘下护目镜，“你应该分散投资，不能全部只买一个机器人。”

“我知道。”斯图尔特说，“他们不懂。”

布雷特摇摇头。“是新款吗？就是至少还在保修期内的那种新？”

“不是，”斯图尔特回答，“是个十年前的典型款，不在保修期内，也没有保险，他们之所以能捡到便宜，是因为这东西真的很差。”

“老兄，”科迪说，“这可有点冒险。”

“我知道。而且他们还会因此负债。”斯图尔特说。

“嗯，他们是因为关心你才这么做的，你知道吧？最起码他们还关心你。”布雷特说，“我们爸妈只关心我们是不是能别给他们丢脸。”

科迪把手伸过来，打了下他的肩膀。“嘿，斯图比，水开了。”他说，“你晚上真的还想吃意面吗？”

“我们只有意面。”斯图尔特说。

“才不是，保温箱里有刚打包的泰国菜，冰箱里还有十二瓶啤酒。”科迪说，“兄弟，生日快乐。”

“生日快乐。”布雷特补充道，“现在给我们拿点啤酒来吧。”他戴上护目镜，重新回到游戏中。

晚些时候，斯图尔特酒喝得有点上头，他通读了持有该制造机器人的所有条款。他曾敷衍地试着向爸妈解释过几次“生产信用”是怎么用的——由于现在大量工作都已自动化，所以人们可以自己买进机器人，让它代替自己劳动，这样除了政府按照最低生活标准给的“基本收入信用”外，还能额外挣点钱。他现在只希望自己当初和爸妈解释时能再仔细点。他爸爸是为小学做地理学课程研发的，对机器代替劳动这种运作方式并不太感兴趣。

“惊喜。”他苦涩地想着。

它的制造商是萨克拉门托高等自动装置公司，那是一家颇具声望的企业，这个机器人是“复杂装配款”E10系列产品，属于该公司中端系列的末等产品，至少十年前这还是他们的中端产品。“已经不错了。”他告诉自己，虽然他明白事情本可以变得更好。

该机器人的维修记录大多都是常规维护，偶尔也更换过一些配件，没有什么大毛病。事实上，过去几年它居然没有出过任何问题。

“一点问题都没有也太奇怪了。”斯图尔特心想。

他的机器人最初是被一支公共劳动基金购买的，同期该基金共购买了四十八个机器人，让它们在翼机手机厂工作。最后半数机器人都卖给了一个私人代理团，然后又重新签给了市中心的一家制造工厂。在那二十四个机器人中，六个已经退役，且由于汽车领域的灾难性机械事故而被注销，紧接着，几乎就在那场事故之后，他的机器人的维修记录忽然变得异常完美。他敢打赌，另外十七个机器人的维修记录上也没有任何问题；它们全都留在市场上诱惑着人们，但只有他爸妈什么都不懂，结果上了当。

人们组成代理劳动团，要么通过多招成员来分摊成本，要么通过多买机器人来分摊风险。科迪和布雷特父母的大部分资金都源于许多高端代理劳动团。

无论是否愿意，他现在也成为其中一员了，一个人承担所有风险，只有一个机器人。他可以试试再把它挂到市场上，看能不能至少把爸妈的钱捞点回来，但这样爸妈会很伤心的。

斯图尔特深吸了口气。“尽力而为吧，”他对自己说，“我说，有个自己的机器人能有多糟呢？”机器人的状态数据显示，它正在那个制造工厂以百分之八十的生产率运行，目前的项目还需七个月才能结束。如果接下去七个月一切顺利，而且如果他能把从机器人那里赚来的信用金都存下来的话，他可能就还好。只是可能。

几天之后，系统提醒他，他即将收到正式的持有者头衔与身份证明，之后他就能亲自去检查自己的机器人了。随后系统进一步提示，销售已经结束，所以如果他检查后发现了什么……就太糟糕了。

他在三天后要参加一场关于野兽派的大型期中考试，然后第二天就要交期末论文的一稿。虽然他已经想了个自以为相当不错的标题（《不同维度的形状与比例：亚历山大·卡尔德与索尔·勒维特同时代作品比较研究》），但标题之下只有几段粗略的注释而已。

完成考试和论文之后，他或许会去看看机器人。必须承认，尽管他心里觉得有些不舒服，但拥有了一个机器人这件事，还是会让他心里那个孩子般的自己激动不已。

结果将近两周之后，他才拖着疲惫的身躯穿过城镇，去到那个制造工厂看他的机器人。即便已经过去了两周，但如果不是收到警告，说他的机器人的生产率已经降到了百分之六十五，他也抽不出时间过来。

他刚进制造工厂的大门，就见到车间经理。经理像是刚被吵醒一样，眨巴着眼睛，瞪得有些大。“你是新持有人？”他问。

“对。”斯图尔特说。

“那进来吧。”那个男人说。他把斯图尔特带到了一个操作间，他们可以在那里俯瞰整个生产车间。

“我叫罗杰斯。”经理说，“因为夜班经理辞职了，还没找到替她的人，所以我现在白班夜班都得上。你是持有者 / 运营商，有权随时过来。你得先签一份安全免责书才能去车间，你可以现在坐在这里把安全视频看完，也可以让我用网络把视频发到你的注册地址上，然后你自己挑时间看完。我其实无所谓，但你得说你看过了，如果你因为没看完视频惹了什么麻烦的话，那责任是在你的。”

“好的。”斯图尔特说。他正盯着窗外，所以只用了一半的心思在听上。他们刚刚进操作间的时候肯定触发了车间灯光的开关，原先车间里一片漆黑，现在他能看见巨大的车间，一排排机器人都在那里同步作业，传送带将远处的装配零件运到它们面前，它们从传送带上拿下零件，先把零件都组装在一起，然后再放回传送带，让下一组机器人加工。离操作间最近的配件都已组装完成，全都放在包装盒里，斯图尔特看不出那是什么。像是某种亮黄色物品，差不多有足球那么大。“它们在制作什么？”他问。

罗杰斯叹了口气。“激光战斗鸭。”他回答。

“什么？”

“激光战斗鸭，是一种玩具。你想来一个吗？”他在门边的一个箱子里翻了翻，拿出一个鸭子递给斯图尔特，“这只的脚反了，不过看上去还挺好玩的。你把一群鸭子放在一起，它们就会决一死战。这里有个击中传感器和计数器——该死，不好意思，你大概根本不在意这个。反正现在这个玩具挺火的。”

斯图尔特的鸭子的确脚反了，但除了这点，它是个挺结实的玩具，在手中也很沉，看着一点都不廉价。“那么，嗯，我怎么知道哪个机器人是我的？”他问。

“你只有一个？”罗杰斯问。

“对。”

“而且你是唯一的持有人？买保险了吗？”

“买不起。”斯图尔特说。

罗杰斯指着操作间里的一个控制台。“你再在那里刷一下卡。”他说，斯图尔特照做了，“然后按这个键。”

那里有个标着“定位”的按键。斯图尔特按了下去。

“那里。”罗杰斯指道。在车间中央，一个机器人的上方忽然出现了一道蓝色聚光灯。那是一个块状机器人，三条腿，好几个手臂，因为身上有些部件曾经更换过，所以生锈的老部件和锃亮的新部件杂混合一起。“是E10系列的对吧？”

“对。我爸妈给我买的，他们不太清楚这些到底是干什么的。”

罗杰斯忍着笑意，道：“我必须告诉你，这一整排E10都快被淘汰了。它们的代理团正在努力找接盘——找买家，不过它们值不了几个钱。其中有三个已经完全不行了，他们又不想出运费，所以就把那几个机器人堆在角落里。为此我们正在走法律程序。下周替代品就来了。”

“你觉得我这个机器人能继续工作六七个月吗？”斯图尔特抱着希望问。

“乐观来看？可能三四个月吧。那个机器人不是最差的，但它的生产率在下降。可能调试一下就会好？一旦生产率低于百分之五十，就不符合我们的协议了。如果你不能在四十八小时内把它的生产率再提上来，或是把它移出去，那你就欠我们钱了。不好意思，这规矩也不是我定的。”

“我能不能自己调发动机呢？”

“你是个受过训练的技工？”

“我是个艺术史学生。”斯图尔特坦言。

“行吧，祝你好运。”罗杰斯说，“付钱找人来修E10绝对是用钱打水漂，不过如果你觉得能自己修的话，就试试看好了。你只要把那份免责书签好，然后向我保证你已经看过安全视频了，我才不管你究竟在车间里干什么，只要你不去摆弄别人的机器人就行。”

“行，明白了。”斯图尔特说。

“你看到这儿尽头处的那扇门了吗？”

那扇门后面是一个杂乱的小房间，桌上有咖啡机和六个空的食物储存罐，地上有个睡袋。

“那是我的办公室，”罗杰斯说，“如果你需要什么，只要我在厂里，就可以去那里找我。基本上我总在厂里。不过我现在两班都得上，所以如果非紧急情况，你就不要来烦我，那我会很感激的。”

“我会按你说的做的。”

“如果我们能够相互理解，你也不给我惹任何麻烦的话，你可以随时进出。”

“行，完全理解。多谢。”斯图尔特说。

车间经理摇了摇头，踏着沉重的步子朝办公室走去，进屋后把门关上了。

斯图尔特盯着他的机器人看了一会儿，不太确定自己对此有什么感觉。办公室里传来鼾声，斯图尔特独自离开了。

回到公寓已经很晚了，但那两兄弟还醒着，正坐在沙发上玩游戏。邻居阿什莉正盘腿坐在他们两个前面的地板上，腿上放着她自制的装备，斯图尔特进屋的时候她抬头看了一眼。“嘿。”她说。

“嘿，阿什莉。”斯图尔特回答，“你们在玩什么？”

“《数学家教刺客》。”阿什莉说，“你看他们两个有人在笑吗？”

“没。”

“那是因为我就要赢了，”她说，“等下，我要再让他们多算点导数。伙计们，算结果啊！把你们的数学武器都举起来！”

科迪在沙发上抱怨了一声。

“你把微积分教学变成了第一人称的射击游戏？”斯图尔

特问。

“对！”她笑着回答。

“……你是怎么做到的？不，等下，我不想知道。我只是惊讶他们两个居然还没被退学。”

“我们要是被退学了，我们亲爱的父母一定会很生气。”布雷特说。他取下耳机，扔到旁边的沙发上。“我们至少得拿个C，否则他们就不给我们钱了。”

“嗯，反正平均分要到C。”科迪说，“你到底去哪儿了？”

“我去看我的机器人了。”斯图尔特说，他环视了一下公寓，问，“什么东西这么香？”

阿什莉指着厨房。“玛丽娜给你们做了西班牙海鲜饭。”她说，“下回你们见到我老婆，最好大夸特夸，说这是你们吃过的最好吃的海鲜饭，否则下次能吃到发霉的面包都算你们走运。”她做了个鬼脸：“婚姻不易。”

“那是因为你是个不懂人际交往的书呆子。”科迪说。

她耸耸肩，说：“斯图尔特，你现在有机器人的部分持有权了？”

“整个机器人的持有权。”斯图尔特说。他放下那个玩具鸭，走进厨房：“它是个废物，能多动一个月都算我走运。”

阿什莉捡起玩具鸭，“嘿，这是新一代的！这些连预售都还没开始。不过这只的脚——”

“是反的，没错。那个机器人的工厂现在就在做这个。”斯图尔特说。他往碗里舀了几大勺米饭和虾，闭上双眼，让自己感受萦绕着的饭菜香味。“我希望不是我的机器人把脚装反了。”

阿什莉把鸭子的电源打开后放下。它的眼睛闪着红光，发出一声疯狂而邪恶的呱呱叫，试着往前走，但立刻就摔倒在地毯上，鸭嘴先着地。“的确，这个不太好。”她说，“你有说明书吗？”

“鸭子的说明书？”

“不是，你那个机器人的说明书，”她说，“如果你想让它一直运转的话，你可能会需要的。”

“我不知道怎么修东西。”斯图尔特说，“我最多只会用个回形针。”

科迪笑了，阿什莉在他腿上重重地打了一拳。“嗯，你应该试试看，”她对斯图尔特说，“如果他们两个都能通过数学考试，你肯定能自学一些基本的维修技术。还有你们两个——我救了你们的命，你们可欠我个人情。”

“要是我们考了不及格怎么办？”布雷特问。

“那你们还是欠我，因为你们浪费了我这么多时间。我把模式设成自动，难度九级。你们好好玩吧。”她将自己的装置放到地板上，站起来开心地向斯图尔特摆了摆手，随后离开。十秒钟后她又打开了门，“对了，你们几个混蛋，这次先把装海鲜饭的碗洗干净再还回来行吗？”

等斯图尔特期末考结束，机器人的生产率已经降到了百分之六十一，没了课业作为繁忙的借口，他觉得自己至少该去看看那个机器人，看看能不能搞清楚现在是怎么回事。他在平板电脑上下载了说明书，但只是简单浏览一下，双眼就开始变得呆滞。他希望如果他知道自己要看什么，这东西就能派上用场。

下午三点左右，制造厂里一个人也没有。那个经理或许在，但斯图尔特不敢去敲他的门。他看了一会儿生产线上的重复工作，看着那些或闪光或肮脏，或新或旧的机器人同步劳作。他看得全神贯注，就像在研究一款由摆动刀片组成的金属护手。随后，他走下陡峭的金属楼梯，从观察室走到车间。

地上能够安全行走的区域都用红色胶带标了出来，至少那些胶带没磨掉的地方是安全的。他小心翼翼地沿着安全区域中心走，直至走到他的机器人所在的生产线，蓝色灯光还在向下照着他的机器人，他站在机器人身后看了一会儿。

传送带将鸭子的各个部件运到这里，他的机器人和旁边其他机器人立刻捡起中空的身体部件，它们精准地用三个零件把两半身体扣在一起，然后再把鸭子放回去，让它去到下一阶段，它将在那里装上脚。斯图尔特松了口气，是别的机器人把鸭子脚装反了。

斯图尔特的机器人和他差不多高，它有三条腿以保持稳定，躯干呈长方形，且越往上越窄，它的脖子又长又细，是可伸缩的管道，头和篮球差不多大，可以四处旋转。它有两组手臂，靠下的那一组是用来抓取并拿住鸭子的两半身体，上面那一组则是用来添加零件的。和他第一次来的时候一样，他的机器人还是个混合体，那些替换过的部件明显更亮，原先的外壳则暗淡无光，几乎全黑。其对比程度就像罗夏墨迹测试[①]/超现实主义奶牛斑点一般强烈，像是机器上的明暗对比。

当他基本了解了机器人是如何运作之后，他小心地踏出红色胶带，上前走到他的机器人旁边，想要更清楚地看看它在做什么。

让他惊讶的是，机器人的头居然稍稍向他这边转了转，蓝色的眼睛焕发着光芒。“机器人你好。”斯图尔特说。

---

①人格测试工具之一。由瑞士精神病医生罗夏 1921 年创制。

"人类你好。"更让斯图尔特惊讶的是，它居然回答了。

咔嗒一声，机器人一只手上的夹子颤动了下，随即卡住了，它先前抓住的那个零件掉了出去。那只手上发出了长达两到三秒的刺耳噪声，然后它设法将夹子张开，重新捡起掉落的零件。

行吧，这就是我那百分之六十二的机器人，而且数字还在往下掉。斯图尔特心想。"你的，呃，你的手不好用了。"他说。

"是的，"他的机器人回答，"内部的伺服系统已经旧了，而且一些齿轮也没法儿准确啮合。"

"我能修好吗？"他问。

"我没有你这方面能力的定性数据，因此没有依据来回答这个问题。"机器人回答道。

又一声咔嗒声传来，机器人又弄掉了一个零件，出问题的还是同一只手。想都没想，斯图尔特就把零件捡起递过去。机器人全身都僵住了，只是将头转回来盯着他。

"我想帮忙。"斯图尔特解释。

"这不在我的操作程序里。"机器人说。

"什么，被人帮助？"

"这个零件不在标准地点。"

"那如果我移动我的手呢？"斯图尔特把零件放近了些。

"你的手不是一个标准地点。"

"地面也不是个标准地点。"斯图尔特指出。

"我调整了自己的程序，以适应机械手的间歇性故障。"机器人说。

"那你难道不能，再调整一下程序，从我手上拿走零件吗？"

机器人盯着他看了整整三分钟，斯图尔特看着鸭子部件从他们身边经过，没人去碰那些鸭子，它们像是要溺死了一般。

就在他准备放弃抵抗，把零件放下的时候，那个机器人小心翼翼地伸出手，拿过他手上的零件。“你不是机器人。”它说，“你并不是为了进行最佳劳动而设计的。”

“我也是这么听说的。”斯图尔特说。他检查了下机器人目前的状态，发现它刚刚降到了百分之五十九。“我只会让你速度更慢，对不对？”

“对。”机器人说。

“好吧。”斯图尔特后退几步，离生产线远了些。机器人重新回归了工作，就像他从未在那里出现。他看了一会儿，等到数字再次升到百分之六十以上，他叹了口气离开了。

“更换手部部件应该很简单。”阿什莉说，她在厨房里四处寻找玛丽娜失踪的那个碗。科迪和布雷特都去参加微积分期末考了，没有了他们，这公寓像是废弃了一样。“找到替换的部件才比较难。”

“是啊，我一直在找。”斯图尔特说。他跪下身子，往沙发底下看，发现有个蓝白色的东西。

“找到了！”他边说边把那东西抽出来，然后咧嘴道，“我，呃，我会给你把这个洗好。”

阿什莉翻了个白眼，后退几步，这样斯图尔特拿着那个碗的时候就可以把手臂伸直。他尽可能在不会绊到任何东西的情况下，一路扭着头去到水池边。

他努力把水池里灌满最热的水，加上最多的洗洁剂。阿什莉这时背靠着流理台。“现在没有废品站真的太糟了，”她说，“所有东西都回收得太快了，你也就没地方去找备用部件了。我是说，回收是好的，但修复现有的东西也很好。”

“我觉得，”斯图尔特说，看着夹杂污垢的泡沫随水面而上升，“我还没在这方面想太多。”

“我爷爷曾经是个汽车修理工。”阿什莉说，“我爸爸之前经常在店里帮他，所以他总会带我一起去，直到后来，所有东西都变成自动化了，也没人再去找人类修理工了。这就像回收一样——有大量空闲时间确实很好，但能做点有意义的事情也很好，我觉得我们连这个也忘了。”

“那你为什么做游戏研发？”

“主要原因是我喜欢挑战。”她说，“我说，你肯定会想做点事情。你跟那两个一天到晚在沙发上的兄弟不一样。”

“我想在博物馆工作。”斯图尔特说，“回答人们关于艺术的问题，例如艺术的源头、影响和历史背景。”

“现在这种事情是机器人向导在做的。”她说。

“我知道，”斯图尔特说，“但或许我有新的见解，可以给艺术增添一些从前没有的新理解。你是没法写出这种程序的。”

“我也觉得不行。”她说。

他把碗冲洗好，递给她。“谢谢。”他说。

“谢我什么？海鲜饭吗？那是玛丽娜做的。”阿什莉说。

“不是，谢谢你没有取笑我。”他说，“科迪和布雷特是我的朋友，嗯，算是朋友吧，但他们不能理解我。”

“他们也不需要。”她说，“基本收入或许已经解决了很多问题，让每个人都不至于太过贫穷，但有钱人永远有钱。”

半夜，他忽然想起阿什莉关于废品站的言论，结果因此久久不能入睡。早晨，他打哈欠打得太过用力，以至于觉得下巴都要脱臼了。他出门的时候，两兄弟都还没起床。去制造工厂的路上，他用自己余下的所有现金和一点微薄的存款买了一个小小的万能工具包。他想："人们不再修东西了可能并不是因为他们不想修，而是因为他们买不起这些该死的工具。"

那个制造工厂头一回不是无人值守。罗杰斯在观察室里，下面车间里有三个身着西装的男人正在流水线上走来走去，每个人都会时不时停下，在平板电脑上记录点什么。"客户的保险团队。"当斯图尔特走到窗边和他一起时，罗杰斯解释道，"常规生产检查。他们要是来这儿了，别说我给过你一个鸭子次品行吗？"

"没问题。"斯图尔特说，"他们没有在，那个，评估我的机器人吧？"

"老实说，他们很可能会投诉那一整排E10系列机器人。"罗杰斯说，"昨晚又有一个报废了，整个都完全卡住了，然后导致温度过高。烟雾报警器一下就响了，我都来不及把它关掉。看到那个空位了吗？"

距离他的机器人两个站位左右，有一个空位。紧靠着他的机器人的那个机器人更闪亮、更光滑、性能更好，它有六个手臂，动作十分敏捷；运到这里的那些机器人那里抓取自己需要的部件。"它在努力提高自己的生产率。"斯图尔特心想，"加油，机器人！"

斯图尔特有些左右为难，毫无缘由地去车间晃悠会显得很可疑，但如果现在离开，那在这里什么也没做又会显得很可疑。最终他决定就待在这里。过了大约二十分钟后，评估团队的负责人来到了观察室内，和罗杰斯在他的办公室里聊了几句，随后叫上还在车间徘徊的成员一起离开了。

罗杰斯又出来了。"他们走了？"他问。

"对，"斯图尔特回答，"我要再去看看我的机器人。我想试试看能不能自己提高它的效率。我刚刚没出去，是不想在一群专家面前表现出自己什么都不知道的样子，你能理解吗？"

"听着，小兄弟，在这个机器替代劳动力的经济背景下，那些可怜的家伙还要工作，你觉得他们看上去开心吗？他们中百分之九十九的人都是真的不开心，剩下的百分之一则在说谎。"罗杰斯说，"人们工作的唯一原因，就是他们下半辈子的人生也基本完蛋了，或者就是有人扔了一大堆钱给他们，以至于他们无法拒绝。重点是，工作的人不会取笑任何人，因为人们要在苦难中彼此团结。没人会对你评头论足，懂吗？"

"懂了。"斯图尔特说。

"好的，别伤着自己。"罗杰斯说，随后回到了他的办公室中。

斯图尔特长出了一口气，径直走下楼梯，去到生产车间。

那里有一股汽油燃烧时的味道，通风系统尚未把这股气味清理掉，因为该系统并不是为能够呼吸的雇员所设计的。虽然罗杰斯已经告诉过他，他把那些破损的E10都堆在了角落里，但这股气味帮斯图尔特缩小了位置范围。

不出所料，那里有个烧焦的机器人躺在一堆机器人上面，斯图尔特一瞬间觉得那里像是个犯罪现场，类似某种连环杀人案。"它们只是机器人。"他提醒自己。

斯图尔特蹲下身子，把肩膀上的背包卸下，拿出工具箱。然后他把那个烧焦的机器人推到一边，这样他就能走到另一个报废的机器人旁边，它看上去没有什么明显伤痕。斯图尔特开始检验它的手。他可以轻易地让夹子上的手指开合，然后他听到了同一声咔嗒，感到了一种突然的松动，他的机器人当时也是这样。他很走运，检查到的第三只手就能正常工作了。

他花了一个小时才搞懂怎么把那个手卸下来，其中半个小时都花在了抓取掉下来的螺丝上，余下大部分时间则在一脸愁容地盯着自己磨破了皮的指关节。全部完成后，他把东西都装回了工具包里，走到他的机器人所在的生产线旁。一路上遇到的每个机器人似乎都能感受到他明显的负罪感。

“你好机器人，又见面了。”他说。

他的机器人和旁边那个崭新的机器人一齐看向他。“你好人类，又见面了。”他的机器人说。

这条生产线上运送的机器人和之前的那批不一样。“为什么它们还有鲨鱼鳍？”他问。

“这些是激光战斗鲨鱼鸭。”他的机器人回答。

斯图尔特心想这倒是很明显。“如果你接下去十分钟都不用那只有问题的手，你的效率大概会降多少？”

“差不多百分之三点八。”

“那还不错。”斯图尔特说。

机器人的那只手发出一声咔嗒声，手上抓着的那个零件又掉了。“这只手已经让我的效率大幅下降了。”它说。

“那是因为你又旧又慢，早就应该永久退休了。”旁边的那个新机器人说。

“尽管和你们相比，我们这个系列的机器人又旧又慢，但我们一直是条固定的产品线，盈利远超持有费和运营费。”斯图尔特的机器人说，“不是所有新系列的机器人都能做到这点的。有些机器人的设计很糟糕，而且尽管外表闪闪发光，但内里则很廉价。”

“这不关你的事。我的其他同伴很快就会过来，我们会替代你们。”那个新机器人说。

“是啊，不过现在它们可不在这里，所以你把嘴闭上。”斯图尔特打断道，“机器人，切换到三只手模式，让我看看你那个有问题的手。”

“你有授权书吗？”机器人问道。

“呃，我是你的持有人。”斯图尔特说。

“持有人是一个不确定的集合体。”新机器人说，“所以他们很可能没有功能上的作用。”

斯图尔特瞪了它一眼，说：“如果你还没见过你的那些持有人，只是因为他们并不爱你。”他说。

那个新机器人立刻转过头，重新去做自己的工作。

斯图尔特给机器人看了自己的身份证明，机器人扫描了那份证明。“我以前从来没有见过我的持有人。”它最后说。它把那只有故障的手伸出来，另外三只手则更改了运作程序，以抵消缺失一只手带来的影响。

“在你之前，我也从没见过一个机器人，所以我们打平了。”斯图尔特说。他以最快的速度把旧手拆下，把新手装上，用于内固定的部件边缘相当锋利，导致他的大拇指又被刮掉了一层皮。他本计划花十分钟完成换手，结果却用了十四分钟，不过斯图尔特觉得自己能把这个做完，就已经很值得骄傲了。

“试试看？”他问。

他的机器人弯曲着那只手，将操纵器打开再关闭，机体上的灯快速闪烁了半分钟。“这只手的内部有点磨损，但在机械操作方面完全可以用。”它最后说，“我能不能用它工作？”

“当然可以，请用！”斯图尔特说。机器人像个魔术大师一样，以完美的准确度把第四只手臂重新加回自己的工作程序中。

斯图尔特看着它工作，他看了好一会儿，以至于车间灯以为这里没人，开始调暗光线。“行吧，”他说，“那再见了。”

等到他回家，他的机器人的效率又重新回到了百分之七十三，而且数字还在不断上升，他对此很乐观。

阿什莉给他拿了一块玛丽娜做的芝士蛋糕。

“恭喜。”她说，“看吧，这事其实一点都不难。”

“我们的蛋糕呢？”科迪坐在沙发上问。

“你修了机器人吗？”阿什莉问。

“没有，但是我们通过了数学考试。”布雷特说。

“那你们应该给我蛋糕作为感谢，”阿什莉说，“我又救了你们一次，让你们不用面对爸妈的怒火和审判。”

斯图尔特狼吞虎咽地把芝士蛋糕塞进肚子里，他用了最快的速度，生怕有人会要他分享。“我真的不觉得自己能做到。”他说，“我有点自豪。”

科迪不满道：“你怎么这么想？这种蠢事本就不该你去做。机器人修理机器人，机器人制造机器人，这样所有烦琐的工作才能都交给机器人去做。这应该是个很好的闭环，就像永动机一样，这样我们才能去做更重要的事情。我知道你爸妈是好意，但你应该愤怒才对，或者应该觉得丢脸之类的。”

“你又在做什么更重要的事情呢，科迪？”阿什莉问，“你现在在做什么，学习吗？还是在用你的游戏机解决什么世界难题？无偿编码，还是在运行分布式用户识别模块，帮助找到治愈疾病的新方法？”

科迪沉默了，他的双唇紧紧闭在一起。

布雷特哼了一声，用手肘撞了下科迪。“我们正在玩《美洲驼僵尸2：背着喷气背包的美洲驼》。”他说，“我们刚刚通过了十八关。你知道的，享乐也是工作。”

“你知道什么是工作吗？和你们两个蠢蛋做朋友才是工作。”阿什莉说，“还有，从头开始做芝士蛋糕也是工作，这就是为什么你们两个一块也吃不到。”

她朝斯图尔特伸出一只手。

“呃，我应该先把盘子洗好。”他说。

“不，不用了，这次我来洗。”她说，从斯图尔特手上拿过盘子，径直向大门走去，“再次恭喜，别忘了你很为自己骄傲。”

斯图尔特走进制造工厂的控制室，不小心踢到了一只激光战斗蝎子鸭，那只鸭子是从次品桶里掉到地上的。看到那只鸭子，斯图尔特当即下了结论，在目前各种鸭子中，蝎子鸭是最蠢的一种。在夏天的大部分时间里，他的机器人的效率一直保持在百分之八十左右，可是一夜之间它的效率居然降到了三十几，所以他又回到了这个制造工厂，希望无论出了什么新问题，他都能及时修复好。他出发得很早，所以太阳到现在还没有完全升起。

他捡起那只鸭子，这回是有一只脚装反了。他走到控制台前，花了一点时间才找到车间的“定位”按键，他敲下按键。

蓝色的聚光灯照亮了他的机器人，同时还照亮了它周围一连串慌乱的行为，和车间其他地方井然有序的状态完全不同。短暂疑惑之后，斯图尔特意识到他的机器人在和另外三个新机器人做斗争，那三个机器人好像正要把它的手臂按在地上。

“嘿！”斯图尔特大喊，用他那只空手敲向玻璃，“停下！”

罗杰斯从办公室里探出头来，皱着眉头。“究竟发生什么事了？！”他质问道。

“它们正在揍我的机器人。”斯图尔特说，“我得去阻止它们！”

罗杰斯的表情从被吵醒的不耐烦变为了愤怒，他向窗外瞥了一眼，恰好印证了斯图尔特说的话。他从口袋里拿出一把钥匙，插进控制台上的一个小孔中，转了下钥匙，按下旁边的那个红色大按钮。刹那间，整个制造车间都充满了明亮的赤黄色灯光，所有机器都立刻完全停止。那三个抓着斯图尔特的机器人的崭新机器人马上放开它，急速跑回自己的位置上。

“这些混蛋程序员。我这三年半都没调用过工作暂停。”罗杰斯低吼道。他从办公室里拿出一根巨大的金属杆，先将其打开，这样它周身就全都带电了。“待在我身后，以防它们发狂。”

斯图尔特跟着他下到车间，想着要是自己也有一根杆子就好了，可他手上却还是那只玩具鸭。

“你们三个！”罗杰斯喊道，他上前走向那些机器人，把那三个一个个指出来，“你们刚刚是不是在干扰另一个机器人工作？”

“是的。”其中两个机器人说。

“不是。”第三个机器人说。罗杰斯用金属杆打了它一下，它立刻关了机，轰的一声倒在地上。

罗杰斯再次指向剩下的那两个，问：“你们两个，你们为什么要干扰那个机器人？”

“我们的程序设定要求我们达到最高效率，”其中一个说，“这个机器人已经旧了，它不像我们一样高效。”

“它还在正常范围内。”斯图尔特说。

“它的效率比我们中的任何一个都低，”那个机器人回答，

“而且，它的劳动并不能计入我们组织，我们不仅要把我们的工作效率提到最高，还要为我们的持有人赚取最大利益。”

“跟你说了都是程序员搞的鬼。”罗杰斯对斯图尔特说，“你们两个违反了你们组织和工厂签订的干扰条款。请你们自己关机。”

“脱机将不利于我们的效率提高。”另一个新机器人回答。

罗杰斯挥动着他的杆子。“赶紧现在好好地自己关机，否则我会像对待你们同伴一样让你们短路，然后你们的持有人还得付一笔维修账单。”他说。

沉思了几秒钟后，剩下的两个攻击机器人自己关机了，它们的手臂垂在两侧，身上的所有灯也都关了。

“拿着这个，以防万一。”罗杰斯边说边将他的金属杆递给斯图尔特。随后他走到两个机器人跟前，敲了敲它们背上的电源开关。“好了，辛苦了。你的机器人怎么样？”

“你没事吧？”斯图尔特问他的机器人。

“我没有受伤。”它回答道。

“好的，”罗杰斯说。他前后扫视了下这排机器人，说：“我们已经证明了干扰别的机器人是不能提高效率的，但要是这里还有机器人那么觉得的话，请举手！”

一个机器人举了手，罗杰斯去把它也关机了。随后他们回到了控制室，罗杰斯拔出钥匙，生产线又全部恢复如常。“我会给它们的持有人组织发送一份事件报告，”罗杰斯对斯图尔特说，“可能他们最后要给你付些赔偿款。不过这需要几个星期才能弄好。”

斯图尔特检查了下数据，他的机器人又回到了百分之四十八，而且数字还在上升。“好的。”他说。

罗杰斯揉了揉眼睛。“对了，几点了？”他问，然后看了眼手表，“凌晨 4：47？！该死。这么早就发生这种破事。”

“是啊。”斯图尔特表示认同。罗杰斯拍了拍他的背，自己又回办公室了。斯图尔特看着自己的机器人工作了一会儿，随后回家试着再睡上几个小时。

秋季学期差不多过去了一半，罗杰斯给他留了则消息，同一时刻银行也给他发了一条存款通知。他先查了银行账户，然后看了罗杰斯的信息，接着不得不去沙发上坐下。布雷特居然摘下了护目镜。“斯图尔特，你没事吧？”他问。

“嗯，我的机器人已经可以开始赚钱了。”他说。

“哇哦！”科迪说，“这提早了好几个月，对吧？”

“是啊。”斯图尔特说。他不仅不再负债，还有了不少盈余。显然，干扰其他劳力组织的财产是项昂贵的过失，就算受害组织中有多名持有者，每个人也能分到不少赔偿款。但那个机器人只有一个持有者，所以全都是他的。

“那太好了，我们应该庆祝一下。”布雷特说，“你想吃什么，科迪？意大利菜？”

“墨西哥菜怎么样？”科迪提议道。

“好，就这么定了。斯图尔特，你要和我们一起吗，想吃什么？”布雷特说，他注意到了斯图尔特的神情，“怎么了？你不是想吃意大利菜吧？”

“不，不是那个。就是另外还有件事，”斯图尔特说，“现在整条生产线上只有我的机器人是 E10 系列的，其他劳力组织想买我的机器人，让它把位置空出来。他们给我提了个报价，甚至还额外包括了我的处置费用。”

“他们报价多少？”

斯图尔特告诉了他，布雷特听到后吹了声口哨，说：“朋友，接受他们的报价。你的机器人迟早会再次坏掉的，这下你能很好地把它解决掉。这件事有什么问题？”

“我觉得这不公平。”斯图尔特说。

“你觉得他们给得不够？”

“不是，是对我的机器人不公平。”斯图尔特说。他想象着工厂车间后面的那堆废弃机器人，像是一堆没人要的尸体，“我有五天时间做决定。”

“那只是个机器人，是台机器。做这个决定你连五分钟都不要。”科迪说，“你和我们一起叫外卖吧？吃完饭再接受他们的报价，然后趁着你现在有点钱，让你爸妈重新回到盈余状态。这才是正确的选择，你可不会再有下一次机会了。”

“我猜是的。”斯图尔特说。

“你知道的，”科迪说，把电话扔给他，又重新戴上了他的护目镜，“跟以前一样，多要一份辣椒酱。”

阿什莉走了进来，双手抱着装置，身后的电缆拖在地上。“好了，新游戏。”她说，“这个是《化学小行星》，你们两个懒鬼两周后就要参加期末考了，现在还连氩和砷都分不清。”

“爸妈说他们希望我们能至少通过一门难课，”科迪说，“所以我们开始吧。”

她解开绕在一起的控制器电缆，把她的设备连到两兄弟的VR装置上。“好了，”她说，“基本玩法是，你们会有两架小型太空飞船，飞船的发动机又小又慢，画面里会出现许多石头，它们可能从各个方向飞来。每个石头上都会有一个符号，对应元素周期表中的一个元素，我觉得你们至少会看过几次元素周期表吧。你们必须要打出石头上元素的名字，才能向石头开炮。拼写也要正确。”

“但是如果我们能动的话，我们可以一直躲避石头的攻击，然后查出那个元素是怎么拼的。”布雷特说，“听上去好像不怎么有挑战性。”

“其实听着有点无聊。”科迪说，“甚至不管斯图尔特会在那个桌子上做什么，这游戏好像都更无聊。”

“我会在那里背诵抽象表现主义艺术家。”斯图尔特说，“而且我不指望背诵能有什么用。”

“不管怎样，我还没跟你们说这游戏最好玩的部分。”阿什莉说，“和传统游戏不一样的是，这里的石头会不断努力杀掉你们。”

布雷特指向第三个控制器，说：“不是我吹牛，但是阿什莉，我们这类游戏真的玩得比你好多了。”

“你们不是跟我玩。”她说，“玛丽娜在烤箱里烤馅饼，我要去看着，等派烤好了还要把它拿出来，不能让它烤焦了。我觉得她是在考验我。”

“你确定我们不是跟斯图尔特玩吗？”布雷特说。

斯图尔特大笑道：“不是我。”

“你不是说——”

“对。”斯图尔特和阿什莉异口同声道。

斯图尔特的机器人伸长了一只手臂，越过沙发拿起一个控制器，问：“这个任务是不是和掠食性机载反刍动物类似？”

科迪抱怨道：“斯图比老兄，他们给了你一笔处置费，是让你处置这个机器人的，不是让你自己收了钱，再把机器人带回家折磨你的室友。我不能——啊该死，这个混蛋已经把我杀了！”

“我在这里的任务完成了。”阿什莉说，出门的时候和斯图尔特击了下掌。门外飘来一阵淡淡的馅饼烤焦了的味道。

极端化术语表

布鲁克·博兰德

布鲁克·博兰德的作品曾获星云奖和轨迹奖，且曾入围雨果奖、雪莉·杰克逊奖、西奥多·斯特金奖、世界奇幻奖和英国奇幻奖。作品曾刊登于《托尔在线》《光速》《奇异地平线》《神秘杂志》《纽约时报》等报纸杂志。她最近出版的书籍为《唯一无害的庞然大物》(*The Only Harmless Great Thing*)。她目前居住于纽约市。

饥饿的：

形容词

1. 对食物有欲望、渴望或有需要；感到饥饿：以饥饿为表征或特性，也可能是为饥饿所塑造。

2. 缺乏必需的或合适的元素；并不富裕；贫穷。

3. 非正式：具有强烈的进取心或竞争意识，仿佛需要战胜贫穷或要一雪前耻。

人类孩子从不去想感到饥饿是什么意思，他们是群享有特权的小混蛋。他们之所以可以如此无知，是因为他们很幸运，碰巧被他们的父母生下，他们的父母又碰巧被他们父母的父母生下，以此类推一直追溯至地球之初。感到饥饿并不需要背负什么情感负担，他们只需要感受到饥饿，然后像小鸟一样张开湿漉漉的粉色小嘴，有无食物供应则取决于食物的可获得性和环境。

与此同时，自从莱恩长大，明白自己是什么以及自己为何存在之时，她就无比厌恶自己腹部无法消除的痛苦。之前工厂育儿室里就有解释这些事情的绘本；那堆书黏黏的，因为被翻阅太多次会有许多折角，书脊也都破了，书名则是像《公司就是爸爸和妈妈！》和《肚子里的酵母怪兽会让我健壮成长！》这类。电视屏幕上那个面无表情的男人教会了他们如何阅读。秘书部门和零售部门的孩子出生时就已预先加载了程序，但没有人会为劳工部的孩子支付额外的授权费。你只能获得自己应得的部分，余下的一切则全由训练和你最终的分配地决定。

引起莱恩产生思考的第一本书是《精心设计的特别之物》。即便她已经六岁了，但她的思维还是很迟缓，不过一旦她有了某个想法，她就会以近乎偏执的倔强，把那个想法翻来覆去地思考清楚。她冥思苦想着这本书想通过“强制性有氧运动”表达什么。当她和劳工部另外五十个六岁孩子一起做杠铃弯举及深蹲时，她双眉紧蹙，思考“负重训练”究竟意味着什么。上完“敏捷度”训练课后，她沿着昏暗的白色大厅一直走，最终发现了一间保健室。她拽着保健医生硬挺的制服下摆，由于刚才一直在练习焊接和组装电子，她的指尖依旧麻木，而且还隐隐作痛。直至莱恩几乎要扯掉她的衬衫下摆，保健医生才将目光从电脑屏幕移开，抬起头来。

“我饿了。”莱恩说。

“晚餐五点才开始。”那个女人回答，像是荧光灯发出的单调而催眠的嗡嗡声。她那无神的人类双眼快速转了下，不带感情地看向莱恩。接着，她的目光立刻又回到了电脑屏幕上，找到方才被打断前正在看的东西，像是知更鸟衔住虫子一般。育儿室里还有一本叫作《知更鸟太多了！》的书，讲的是人们为何决定把知更鸟引进殖民地，以及自从该决定做出后，她们公司的农业部门雇用了多少捕鸟手、屠鸟者和搜鸟人。那本书的插图非常可怕，是莱恩最喜欢的书籍之一。“点心时间是两小时前。”

“不，我问的是，为什么我饿了？”

目光呆滞的双眼又朝莱恩瞥了下，那女人这次似乎有点恼怒了。

“我不知道你在说什么，”她说，“要是你没有在上敏捷度课程之前领取点心盒，那是你自己的问题，不是我们的。”

即便已经六岁，莱恩的脾气还是很火爆。她咬紧牙关，收紧下颌，向后挺直肩膀，如果等下会有战斗的话，她已经准备好了。

“不是这个。”莱恩说，拉长了语调，仿佛在扯橡皮筋一样，“那本书说我们不需要吃东西。它说根据我们的构造，我们不需要食物就能长大，因为肚子里的酵母宝宝会为我们提供养料，所以：为什么？为什么我会觉得饿？”

她现在绝对吸引了保健医生的全部注意力。那个女人从柜台后站起身，居高临下地望着莱恩，好像莱恩忽然长出了翅膀和尾巴，或是一对迷人的角似的。她们站在那里大眼瞪小眼，就这样，墙上的黄色时钟转过了一圈，那个成年人先回应了。

“你并不需要感到饥饿。”她说，言辞十分谨慎，她用舌尖舔了舔干燥的嘴唇，舌尖的颜色就像放在塑料零食杯底部的干果，“只是如果你想吃东西的话，这样你会……你更正常，更自然。”

“但我们不需要。”

“对，你们体内混合的酵母群可以满足所有饮食和发育的需要。”

“但我们还是会觉得饿，是人类将我们打造成这样的吗？”

“……是的。”

“为什么？一旦我感到饥饿，我就很痛苦。你能不能把这个反应关掉？他们为什么不直接让我们有酵母群就行，那我们就不会这么饿了？”

保健医生叹了口气。“我不知道。”她说，“公司只做公司该做的事，对吧？你们就是被设计成这样的。”她的目光又回到了面前的屏幕上，这次目光的转动带着某种决绝的意味。“事情就是这样罢了。”

对话终止于此。与此同时，莱恩的疑问扩大了一倍，深深根植于她的脑海中，在那里生根发芽，其根脉宛如粗厚的青筋一般。

“他们让我们变成这样。”那天晚上她这么想着，她正躺在劳工部育儿室小小的硬床上，身边还有其他上百个孩子，他们的梦呓与鼾声充盈着整个漆黑的房间。晚餐已过去了好几个小时，她的胃里泛起一阵恶心，渴望四处找点东西来消化。“因为对他们来说，我们这样更正常。”

“如果我们不用吃东西，我们将无所不能。”她正坐在去往中转站的公交车上，他们每个人的早餐都只有一根能量棒。法院或是某个机构已经规定，工厂必须立刻停止生产。另外，对于之前生产的那些产品，假如产品仍处于未成年，公司必须为他们提供衣服和住处，直至他们成年。其中并没有规定说公司必须定时给他们提供食物。等他们到了新家，几个孩子都已经饿哭了。莱恩还是一脸冷漠，通过咀嚼自己的失望来打发时间。餐厅和小吃摊在窗外一闪而过，那里聚集着快乐的人类，吃着各种饺子和甜品，履行着他们的生物本能。莱恩的腹中涌起一阵缓慢而甜蜜的恨意，这股恨意是面向所有人类的。“他们之所以让我们变成这样，是因为他们能够以此控制我们。”

“精心设计的选择。这是某个人的选择，他想让我们这般痛苦。”在中转站，他们每天只有两顿简陋的餐食。为了减轻饥饿的痛苦，莱恩和一些别的孩子开始从水果摊上偷东西。如果食物太糟，他们就会爬进垃圾桶，快速翻找其中的脏垃圾，直至眼前出现可口的食物。在她的记忆中，自己似乎一直都在挨饿。“就像选择某面墙壁的颜色，或是给办公室选择一幅画一样。”

糟糕的态度并不是凭空产生的。人们必须喂他们喝水吃饭，抚育他们。为了让他们长大，还有一大堆破事要做。

动力：

名词

1. 能够刺激行动或发挥的东西；或是可以加快动作、感受、思想等行为的东西。

2.（广义地表示）运动物体所具有的动量，尤其是与动作原因相关的动量。

坊间传言就是一小片废纸，上面的地址是用偷来的圆珠笔匆忙写就的，几乎不可读，它又是因丑陋墙壁上不断放大的霓虹灯字母而冒出的高压幻觉，它告诉你在哪里可以捡到最好的垃圾，哪条街上正有警察巡逻，谁的屋顶花园有着最高的栅栏以及最凶残、最敏捷的狗。坊间传言造就传说，生成鬼屋，它说某某人看见了暴徒、传教士、疯子或外星人，看见他们是怎样让某物消失的。虽然坊间传言与真相总有几分联系，但你永远都不能相信传言。它是个由希望、恐惧、吹嘘、夸耀、侥幸、确信、怨恨和饥饿的肚子共同做成的脏水中的热狗。

传言说，曾经有一个人，一个机器人，可能是医疗类，也可能是秘书类，在为另一个人工作。这人倒绝对是人类，城里大部分有组织的犯罪都由他管理。机器人治疗枪伤，缝合刀伤。他还负责管理账册，记录着谁又欠了大人的什么。可重要的是，他究竟为那个暴徒做了什么；在这一点上，传言从未有过更改。他很有用，也很聪明，而且那位凌驾于法律之上的大人也最喜欢他，正因如此，他觉得自己似乎也可不受法律管辖。一个机器人也曾如此成功；坊间听到这故事的孩子纷纷摇头，他们不信这是真的，这就像让地心引力见鬼去一样。

后来那个暴徒死了，给机器人留下了一笔数额巨大的遗产。机器人利用他的人脉关系和新得到的那一大笔钱，再次愉快地无视了法律。他在城里某处买了一间顶楼套房，他一直期盼着这天，想在屋里驯养赛鸽。漂亮、温顺的肥鸽子坐在窝里，身下有许多鸽子蛋。

他的事迹和那神秘的鸽子窝成了某种传奇。他曾是某位暴徒宝贵的宠物，偷别人的食物肯定比偷他的要容易，但就某种程度而言，偷他的东西更像是种挑战，倒不仅仅只是为了填饱肚子（不过倒也并非如此，如果你深入研究一下，所有的偷窃都与填饱肚子有点干系)。这个目标把全城街上的老鼠都联合在了一起，它们相互通知举事的时间和地点。住在码头中转站的一个孩子说，他认识一个女孩，那女孩说她见过好些鸽子从市中心旁边那幢老旧的公寓楼里飞进飞出，那些鸽子都长得很奇怪。有人偷偷塞给看门人一根香烟，从他那得了点八卦：虽然看门人没有和住在顶层的那位神秘住户打过照面，但他几乎可以确定那位住户是个机器人，当然对此他也无法完全保证。传言就如暑天的电线般嗡嗡直响，遍布全城——从市场到小吃摊，再到路滑的不知名小巷，下至排水沟，上至那些鳞次栉比、直插云霄的摩天大楼，接着又一直向下传到了码头与堤坝上，再传至肮脏的海潮线上，最后这传言又在谈笑中回到了起点，鱼线上的磁铁将所有废话全都带走了。

“为什么看门人觉得他是个机器人来着？”莱恩问。她伸长了脖子，好将公寓楼的模样收入眼底。它并不像公寓区的其他楼房那么高大，可能最多只有六层。而且房子的状态也不太好，说得婉转些，那就是个破烂。莱恩大部分人生都住在这个中转站的房子里，她知道破烂是什么样。砖墙坑坑洼洼，摇摇欲坠，沿街的墙壁就像老人的肚子似的凸了出来。常春藤向四面八方渗透着自己的藤蔓，它不断向高处攀爬，仿佛觉得只要自己爬得够高，就能抵达太空轨道，然后还能用卷须钩住通过的卫星或飞船。公寓楼侧面的那个消防梯已经生锈了，其中有一部分都倒了下来；消防队长甚至不能确定，现在那消防梯的固定究竟靠的是自身残破的支架，还是靠墙面上的常春藤，这位队长大概是盯着门口的那堆金子看太久了，所以双眼都瞎了。那幢楼这么破，如果那个传奇人物躲在那里，似乎有些太委屈他了。莱恩发现自己正在这么想。其他机器人孩子都聚在这里，从他们脸上的表情来看，他们大概也同意莱恩的看法。“看门人是看到了他的眼睛吗？”

“他没说。”金克斯说。虽然他当时并不在场，但他认识一个当时在场的大孩子。金克斯不是莱恩的朋友，莱恩没有任何朋友。距她离开工厂已经过去了十二年，自从她扯着保健医生衣服下摆的那日起，她已学会了许多。友情是个草率的东西。当初那些人类在设计她时，不仅让她可以感受空腹的绞痛，还会因城市的高温而大汗淋漓，另外她还拥有了一整套人类情感，其中就包括同情心。他们之所以这么做，之所以为她内置了如此多的人类缺陷，就是将这些作为故障保护装置，一旦她越界，他们就可以用这个项圈勒紧她的脖子。她无法让自己不觉得饥饿，在殖民地地狱般的夏日，她也绝对无法让自己对那种极度的黏腻视若无睹，但朋友这问题倒可以轻易解决。你只需要在任何试图靠近的人面前表现得像个混蛋一样就行了。而莱恩真的非常擅长在亲近的人面前扮演混蛋。和她一起来往的那些孩子都跟她保持着一段谨慎而互相尊重的距离，金克斯也是这样。她只知道金克斯原先住在上城区的一间中转站里，然后他可能也是劳工部的，因为他实在是太壮了。关于金克斯，她也只想知道这些。他们曾帮过彼此一两次，但两人的关系最多也只能止步于此了。“他只是说他知道，明白了吗？”

“哎呀，这确实听着跟真的似的。嘿，我听说他们要在警察局分发免费午餐，你最好过去看看。”另外一些孩子窃笑着。金克斯向后缩了缩，闷闷不乐。莱恩又一次捍卫了自己不好惹的名声。她现在很饿，所以脾气也有些暴躁，不过她基本上一直都很饿，因此暴躁已经成了她的默认设置。这绝对有助于她贯彻所谓“无朋友政策”。“你是想让我爬到顶上看看他是什么鬼样子，还是我们就在这里站一整天，然后等别人发现来赶我们？”

这回换成金克斯表演冷嘲热讽了。“你？爬那幢楼？那面墙太不稳了，连老鼠都爬不了。而且你的肌肉也不够。你绝对会受伤，你会掉下来，然后像一袋垃圾似的裂开。”这次其他孩子的笑声更大了些。在嘲讽莱恩这件事上，他们中几乎没人成功做到过。“你们这群混蛋就好好享受吧。”她想着，把被人嘲笑的痛苦感受记在了脑中，这样下次她再对这帮人感到抱歉，就可以调出这次痛苦提醒自己。“我们应该另外找个方法偷偷溜进去，我好像看见那边有扇检修门——”

“把我抬起来，混蛋。”

金克斯停下了。

“你说什么？”

“我难道没说清楚吗？还是工厂没把你的鼓膜造好？我说，把我抬到那边的常春藤那里。我能爬到楼顶。”

金克斯盯着她看了好几秒，猜测她究竟有多认真，随后确认她不是在开玩笑，也没有想着要把他当作小马，骑在他的肩上。他最后耸了耸肩，觉得她这是在找死。

“好吧，”他说，“但是如果你掉下来了，我可不会待在旁边帮忙。那是你的问题。”

“我也没请你等在旁边。你只要把我抬到那面墙上，然后滚开就行了。”

金克斯没有比她大多少，但身子板要比她宽厚很多，他将来是要在码头或卡车上搬重东西的。莱恩虽然也很强壮，但她比较精瘦，壮得不太明显。没人说过她将来在劳工部要做什么。她前期接受的培训也不够，因此她自己也无法从中循得蛛丝马迹。不过现在她什么也不在乎了。她只知道她一定能到那面墙上，一路爬到顶层。

金克斯蹲下身子，好让她爬上来。这一小群孩子正扭动着身子，不安地嘀咕着，既想赶紧疏散人员，别让其他人发现他们在做什么，把警察给招了来，又想给自己找个好位置看戏——对他们来说莱恩究竟是爬到了楼顶，还是重重地掉到地上，还是摔个稀烂都没什么不同。

“准备好了吗？”金克斯问，他仍旧蹲着身子。

“准备好了。”莱恩说。她轻松地找到了平衡，两个光着的后脚跟分别搭在他向上反转的手掌上。

他奋力离开地表，就像一颗想要变成流星的石子一般，他健壮的身体上的每一块肌肉都铆足了劲，要把地心引力抛在脑后。他产生的动力灌注进了莱恩的身体。他是莱恩下方点燃的导火线，是颗嗞嗞作响的炸弹，他爆炸产生的冲击波推着她跳向了更高的地方。她的脚后跟和他的肩膀连在一起，他们两个仿佛已经融为一体。一块砖从空中掉了下来，撞在墙上，那段常春藤登时晃来晃去，莱恩立刻手脚并用，慌忙抓着常春藤，绿叶四处飞舞，地上的人群爆发出一阵惊呼，像是野猫的合唱。“你们这些混蛋，都跟你说过会是这种情况了。”她很想转身朝他们这样喊，但现在没时间这么做了；如果她不往上爬，就死定了。她的生死全仰赖于接下去几秒钟她究竟能爬多快。

她紧紧抓着藤蔓向上爬，从一根藤滑到另一根快断的藤上，爬、爬、爬，用脚向上蹬，在一间卧室的窗户那里蹭破了膝盖。窗台上有一只粉色泰迪熊安静地坐在那里，旁边放满了将死的植物。莱恩爬到吱呀作响的消防梯上，消防梯弯曲的钢筋上一下子剥落了许多红漆。莱恩的那些同伙都将头仰起，他们眼看着红屑在头顶飞舞。莱恩颤抖着，喘着气，每一次蹲下跃起都像是在迎接死亡，她再一次落下，像蜘蛛一样趴在砖墙上，附近的常春藤越来越多，她用指甲和指尖紧紧抓住那些藤蔓，甚至连牙齿都用上了。莱恩并不在乎生死，她的所有注意力都集中在要证明自己这件事上，她要证明自己能做到，她能做到，尽管她的胳膊已满目疮痍，脚趾和小腿全都擦伤，而且嘴中也有血腥之气，但她还是能爬到楼顶。她已经在四层了，她还在爬，爬完了四层，还剩下两层，消防梯上剥落了更多东西，全都掉到了她的身上，就在半秒之前，瘀青的脚后跟下还是坚实的金属，此时却只剩下空气。又是一扇没挂窗帘的窗户，由里面那张还没铺好的床，即可判断出这玻璃窗格的高度。头顶似乎有翅膀扇动的声音，底下似乎在压抑着欢呼声，远处还有警笛声。她觉得自己就要成功了，虽然她现在既不能抬头，也不能低头，而且墙上的灰泥也开始往下脱落了，但她觉得自己可能离楼顶不远了，她可能已经离楼顶很近了，她可能还在不断靠近楼顶，她这么轻，一定可以到楼顶，因为她老是挨饿，所以她都瘦到可以飘起来了。她的胸膛贴着常春藤一路爬了上来。

在她刚抬起右手去抓的空当，左脚下的砖块就全碎了。在这最后一刻，她蜷着膝盖骨和小腿滚过花岗岩的锯齿状边缘，爬上了屋顶的边缘，她喘着粗气，看到了周围的鸟屎、较好的固态焦油纸，以及这总共六层的神秘建筑。莱恩全身上下，没有一处不是伤痕累累，但她做到了。底下的街道上绝对正响着警笛声，一群鸽子忽然被惊扰，在她的周围和头顶飞来飞去。某一瞬间她还以为那群飞翔的鸽子就是她的心，刚从她胸口那个粗制滥造的纸质牢笼里逃了出来。

这屋顶并没有什么特别之处，不过也是焦油纸和通风管。从这里到远处的大海，各个方向的屋顶都可一览无余，可那数千个屋顶都与眼下的这个无异。这屋顶实在乏善可陈，几乎不值得莱恩刚刚爬得这么艰辛。她的手指和脚趾全都麻木着；不幸的是，前臂、大腿和背部的肌肉并没有丧失痛觉。她每月每周每日每时都要不止一次地诅咒那些设计她的陌生人。她痛得龇牙，一瘸一拐地绕着屋顶，有些敷衍地探索着这里，既然都已经上来了，那为什么不到处看看呢？至于那些警察会不会来抓她，则取决于他们今天有多无聊。

她绕过另一排凸出的通风管，停了下来，傻眼了。

在通风管道的背面，缩着一个巨大的鸽子窝。

传言不可能是真的。底下的看门人根本不可能知道上面的住户是什么样。金克斯不可能知道真相，但她此时就在这里，这里是个精心打造、装饰仔细的鸽子旅馆。她谨慎地拖着步子绕着鸽窝走着，但无论她走多少圈，这东西都不会突然消失于一阵烟雾之中。鸽子叽叽喳喳地叫唤着，拍打着翅膀，蹲在窝里，或是做着鸽子该做的事情。铁丝网上有些小口，鸽子们随时都可以由此进出。供人类进出的通往公寓楼内部的门则半掩着。

她的肚子发出一阵宛如地铁行进的巨响。这里面肯定有鸽子蛋，对吧？重要的事先做：能吃掉多少蛋就先吃掉多少，然后再想要去哪儿。她没有思考自己究竟得怎么下去；这问题等用未出世的小鸽子把肚子填满再想就好。一次只能想一件事。吃东西。休息。让那些警察把底下清个场。她蹒跚着走向鸽子窝的门。

莱恩悄悄向它们走近，但窝里的鸽子连头都不抬，它们这么放松，对莱恩来说简直是种侮辱。她之前在路上遇到的所有鸽子都会立刻飞走的，就算不是惊慌失措，最起码也会跑得比较快。或许在这些毛茸茸、圆滚滚，眼睛圆得像珠子似的鸽子看来，莱恩就跟人们放在鸽舍顶上的那些塑料猫头鹰没什么两样。在莱恩的想象中，那些鸽子蛋会像酒窖里的酒一般整齐排列，就等着人来捡拾。怎么从鸽子的屁股下把蛋拿出来则不曾在她计划的考量中。

“嘘。”她小声说。

鸽子茫然的圆眼睛盯着她。

“走开，嘘。”她又说了一遍，还用双手做了个搞笑的拍打动作，“走开。”

不。没有一只鸽子挪位置。其中一只甚至还坐了下来，让自己待得更舒服了些。

“行吧，去你的。”

肚子饿得轰轰直响。

莱恩决定最后再恳求一次：“……求你了，动一动吧，我很饿。”

“孩子，鸽子并不是很聪明。它们的英语很差，欧洲其他语言也刚凑合。”

声音从身后的大门那里传来，莱恩之前没有仔细关注那边的情况，因为她又饿又累，整个人都粗心大意。这声音离她太近了，这时她已经来不及逃了，那声音的主人挡住了日光，那个声音粗野之中带着点甜美，正如几年后莱恩调出的那杯威士忌一般。每当她喝起那杯威士忌，就会记起当年在鸽舍的瞬间，她被人当场抓住，无处可逃，还有那鸽子难闻的气味，这么多年她都无法摆脱。那是个女人的声音，她将布满老茧的手放在莱恩的肩上，用力很猛，莱恩差点叫出声来。她不过扭扭手腕，那些鸽子就动起来了，这些蠢蛋。

“到楼下来，我会给你煎几个蛋。”那个女人说，“你要是想打我，那我会把你的头打爆，到时连空中的飞机都能把你的序列号看得一清二楚。”

营养：

名词

1. 能给予养分的东西；食品、营养品、基本食物。

2. 滋养的行为。

抓住莱恩的那个人把她拎出了鸽舍——别了鸽子们，你们实在是不值得我这么麻烦。那人拎着莱恩往来时路走去。那扇检修门通向灯光昏暗的楼梯，楼梯则通往脏乱的走廊；公寓楼里的模样似乎并不比外表好到哪里去。走廊通向另一扇门，门外摆着一排鞋子，门口的欢迎地毯上明确地写着“禁止”二字，守卫着此处。当莱恩一直被推着往前走时，她悄悄扭头瞥了那个女人几眼：那女人年纪有点大，二十八九岁的样子，脸上有很多褶皱，皮肤被太阳晒得很黑，就像码头的工人一样。她身上的蓝色工作服有许多斑点。她戴着一副夸张的眼镜，橙色的塑料镜框非常大，遮住了她的眼睛。

“靠墙站着。”那个女人命令道，“要是敢搞什么小动作，我会把你的头拧下来当作门挡。”

这次莱恩照做了。那个女人小心地解开靴子的鞋带，将靴子脱下，然后放到那排鞋子的末尾。

“我可不想再把任何鸽子屎带进屋里。”她顺便解释了下，“好了，你先吧。把你那两只脏脚在地毯上擦干净了，这样做会有好处的。你要是捣蛋的话，知道会发生什么事吗？”

“……我的头就会倒霉？”

“对啦。你反应还挺快，我们走吧。”

莱恩以为这间公寓会和这大楼其他地方一样脏乱狭窄。她之前住的所有地方都很差，从“脏乱狭窄”（工厂）变成了“极不稳定”（中转站）。那老女人带她进入的地方完全不在莱恩的认知范围内，她得立刻为此造个新词才行。这屋子有拱顶，里面会有回声，阳光透过一整排落地窗照到屋内。偶尔他们会不小心把头撞到看不见的房梁上。这里的家具虽然旧，但并不破；地板虽有磨损，但很干净。似乎有人在很细致地打理。似乎有人有时间来打理。

还得要有钱。这根本都不用提。

“接下来，”她身后的女人说道，“我们会去那边的厨房，你要安静地找个高脚凳坐下，然后你要告诉我你究竟在楼顶干什么。你必须要一五一十地全部告诉我。如果你照做了，我就会信守承诺，给我们两个做点煎蛋。好吗？”

这是莱恩经历过的最美好的审问了。虽然她没有选择，但至少最后还有免费的食物可以吃。她耸了耸肩，她的肚子咕咕直叫。

“……好的。”

“聪明。”

那女人快速行动着，把平底锅放到灶上，倒油进锅，煤气哧哧响起，一系列动作一气呵成，速度之快使得莱恩几乎无法辨认何时是上一个动作结束，何时又是下一个动作的开启。她用手从窗台上拿过三个蛋——鸡蛋，不是鸽子蛋。莱恩一眨眼的工夫，那女人就不知从哪儿拿出一个大碗来，她熟练地把鸡蛋一个接一个地打进大碗里。

“首先，”她开始问了，“你究竟是怎么到那上面去的？你是偷偷进了这幢楼还是怎么的？”

莱恩已经饿到无法放肆了。既然这位女士想知道真相，那就告诉她好了。

“我跑来的。”她简单地回答。

“你跑……进来的？”

“跑上来的。我先跑到大楼外面，然后再爬的。”

打蛋的动作缓了下。那女人转过头来更仔细地盯着莱恩看。她在室内还戴着太阳镜，虽然这样有点奇怪，但也无所谓了。

“该死，”她说，“真是该死。是楼西边吗？”

“对。”

“就是有常春藤和那个——”

“对。”

她摇了摇头，又继续慢慢打蛋了，还多说了句“真是该死”作为强调。“你为什么选了我这幢楼？”

“因为饿了。”

“怎么，你是觉得这楼顶上有面条摊位吗？”

她把蛋液倒进平底锅里，然后用锅铲搅拌。熟食的香气充满了整间屋子，莱恩整张嘴里忽然都是口水。她用力把口水都吞了下去，结果立刻又分泌了出来。

“他们说那里有个养鸟的机器人。”她说，“他很有钱，有鸟也有蛋。”

“谁说的？”

“就是传言。”

那女人哼了一声，说：“传言。好吧。传言就是这么说的？”

“对。”

“你之所以想要蛋是因为你饿了，所以……你才去了那楼顶。”

莱恩点点头。她像是中了蛊似的，无法把目光从那些鸡蛋上移开。今天一早她吃了点中转站恶心的泔水，后来过了一两个小时，她又在路边小饭馆的垃圾堆里找到了个过期的餐包，但现在想来，吃那些东西的人好像生活在另一个星球一样。“他很有钱，是个富有的机器人。”一个富有的机器人。这话大声说出来就觉得很搞笑，就像在说“一个可以破案的会说话的狗”。“我们不觉得他会想念他们。”

那个女人没有继续说下去，只是把纯白与金黄相间的柔软的炒蛋轻轻盛到两个盘子中。任何星系下的任何殖民地的任何地方都不会有任何东西像这些鸡蛋这么香。

“好吧，”她取下那副太阳镜，说，“一如既往，传言总是半真半假。你刚刚要是把明年破壳的幼鸟给偷了，我一定会非常介意的——”

她会非常介意？

“——已经很久没有人用‘他’来称呼我了，大概……哦，已经差不多有两具身体的时间了。”

她和莱恩四目相对。她的瞳仁是明亮的红铜色，夕阳透过厨房窗户斜照进来，衬着她的眼睛。

“另外，差不多两具身体之前，我就不再富有了。”她递给莱恩一盘鸡蛋，说，“这玩意儿可不便宜。”

顿悟：

名词

1. 对现实或是对事物本质含义的突然而直接的感知或洞察，

通常是受到一些简单而平凡的事件或经历的启发。

2. 展现心灵启示或洞察时刻的作品。

3. 某种现身或显灵，特指神灵。

“你不能这么做。”莱恩说。事实上，她的原话是“泥付能则么做”，因为她嘴里塞满了炒蛋，而且她此刻对吃的热情是最高涨的，她才不管别人能不能听懂自己在说什么。

“孩子，你会惊奇地发现，只要有足够的金钱和人脉，你可以完成许多无法完成的事情。你所知道的，都是他们允许你知道的罢了。”

那女人用叉子敲了敲盘子的边缘以示强调。据她所说，她的名字是苏阿，苏阿·哈尔。不管哈尔的意思是什么，反正这是个假姓，而且她最开始的姓也不是这个。她把那个原始的姓氏留给了第一具身体。她的第一具身体和姓氏都是人类给她的，等到最终人类把手段和机会也都给了她，她便完全不将人类放在眼里了。

“他们给我们施加的限制全都从这儿开始，”她用纤长的手指敲着前额，道，“痛苦就是痛苦，因为他们要求你能感受痛苦。你会流汗，会感到煎熬，会觉得饥饿都是因为他们把你造成了这样。你一开始只有一副小小的身体，是个愚蠢的小孩，因为这样的你更方便训练。你能明白我在说什么吗？”

莱恩明白。终于听到别人也这么说，她忽然觉得如释重负一般。

“你不会因为高温死去，也不会真的饥饿致死，但他们希望你能够分毫不差地体会那种将死的感觉。我有时觉得，他们之所以会把我们造得跟他们一样，是因为他们那该死的虚荣心，否则我们还会是通体金属，而不是这种靠酵母维持的肉身。他们已经知道他们自身的所有弱点了。”她胡乱地把自己盘子里的鸡蛋铲来铲去，然后向前探过身子，把那些碎鸡蛋放到莱恩的盘子里。莱恩对这种慷慨行为自是来者不拒。“你多大了？先把嘴里的咽下去。”

莱恩快速咬了几口，把鸡蛋吞下。“十二岁了。七岁离开工厂的。”

“你们是工厂倒闭之前放出来的最后一批，对吧？可怜的小家伙。”苏阿有些不熟练地长叹了一口气，“看在图灵的分儿上，那些空白的身体待在冷冻仓库里，就等着报废了。我希望有朝一日传言也能提到那件事。”她试探性地盯着莱恩。她红铜色的双眼背后似乎在思量着什么事。“那件事从来没有传出来过，真是有趣。”她喃喃道。

“什么事？”

“有人知道我的存在，也知道我是怎么到这里的，甚至还知道我在那楼顶养鸽子，但他们显然不知道我可以从一具身体换到另一具身体。这世界真有意思，莱伊。”

“莱恩。”

“莱恩，莱伊，都没差。这陈旧的世界真是又有趣又可怕，而我曾让它变得更糟。我不是说我就这样待在这里，什么都不做，光是养养鸽子，低调做人，然后底下那个烂世界就变得更烂了，我是说我曾经积极主动地让这个世界变得更糟。我之前效忠的那个人类，就是我之前的老板，他并……不是好人。如果他做的都是正当买卖的话，他是不会雇用机器人的，但他也不是因为雇用机器人就不好。犯法也没什么关系，反正编纂法律的人也都是混蛋，就是因为他们的决定，你我才会一到殖民地的夏日就要忍受汗湿的黏腻。等我明白了这一点，我就对合法与否完全不在乎了。不过那人做的一些事实在是……唉。而且我让他活了下来，还救了他好多次。”她用手把黑发一丛丛理好，“喂，别再舔盘子了。把盘子放到流理台上，我要给你看点东西。”她滑下高脚凳，背对着莱恩蹲了下来。

很明显，苏阿的脑袋已经有点不清醒了。从那句“可怜的小家伙”开始，莱恩最多只能听懂三分之一的单词，至于她说什么可以更换身体，还有仓库里都是空白的机器人身体也没有让莱恩改变看法，她还是觉得这个老女人或许会像只狗一样忽然叫起来。尽管如此，莱恩还是挺喜欢苏阿的。她说的一些东西和莱恩这么多年的想法都不谋而合。更重要的是，她给莱恩做了午餐。

莱恩担心苏阿会忽然做些疯狂的举动，犹豫了一下，她蹬了下脚底的球，站起身子。苏阿把头发捋到一边，露出头骨底部的那个凸起，那上面有个深约两厘米半的粉色疤痕，就像一张紧闭的双唇。莱恩意识到这似乎意味着什么。在她头上相同的位置，也有个一样的疤痕，就算是以今天的标准来看，这也是一件超级奇怪的事情。她情不自禁地伸手去碰苏阿的那道疤痕。她记不起当初自己是在哪里受的伤了。

“你看到那条小线了吗？”

“你说那道疤？”

“对，那道疤。就是我后脑勺上的那个粉色小点。你能帮我个忙吗？”

“……可以啊？”莱恩并没有完全答应，她担心会有什么意外出现，所以只是出了个声而已。

“流理台上有一套刀具。你拿一对刀出来，最小的那一对，然后把这缝合线划开。”

是了，她绝对是疯了。莱恩得赶紧搜索最近的逃生出口。“我——其实，我要——”

“——你想知道为什么你也有这个疤吗？”

“在你给我看这个之前，我根本没有想过这事。”

“嘿，是你说身体不可能更换的。孩子，我现在就告诉你：那是可能的。这道疤的下面有一个数据端口。你也有那个，我们都有。这是个降低成本的方法。他们不想丢弃熟练工，所以想要将我们循环利用。因为可能会出现什么意外之类的，对吧？所以只要转移数据就行，也就是说，转移的是你，你的大脑，你的硬盘。我们原先都是小孩子，他们让我们长成高大强壮而且听话的模样，让我们的感官模块习惯操纵这些肉身，然后如果我们报废了，例如肉身被烧了，或是被撞毁了，或是因为厂长又让大家吃了一整个月的纸板，所以你自己从楼顶跳了下来……”

这说得通。这完全说不通。莱恩晃晃悠悠地退了一步。

“这信息量很大，我知道，”苏阿耐心地说，“我成年后第一次发现这些事情的时候，也觉得很难接受，当时塔查蒂老板第一次把我从医院买回来。他喜欢我，信任我，他不希望因为黑暗里的一颗流弹或是一把小刀，就失去这样一个得力的助手。所以他——”

大门响起敲门声，指关节敲得很重且很迫切。这敲门声极具压迫感。走廊一阵喧闹，传来对讲机的吱吱声。莱恩和苏阿不约而同地将头转向客厅。

警察找到她了。

该死。

“砰！砰！砰！”

“警察！有人在家吗？”

再一次：“砰！砰！砰！砰！”

“不知道他们在追捕谁。”苏阿冷淡地小声说，莱恩已经看向阁楼，四处搜索着藏身之处，“沙发下面。我会尽力分散他们的注意力，不过——”

“砰！砰！砰！砰！砰！”

“——来——啦！”苏阿抑扬顿挫地喊着。她无声地向莱恩做着手势，指向沙发下面。已经没时间去想个更好的方案了。莱恩爬进那个狭小空间中，蠕动着身体。她扭了下身子，这样至少她的脸是朝着大门的；她不会让人抓着她的脚踝把她拖出来。她找了个观战的最佳位置，这时苏阿那双穿着袜子的脚正朝大门靠近，她扭开门把手，她——

“等下，她有没有把眼镜重新戴上？”莱恩想。

慢慢地把门推开，门后露出了许多双铿亮的黑色靴子，靴子底都很厚——

“她如果没戴眼镜的话，那些警察会看到她的眼睛，这样他们就知道她是个机器人了。”

那些靴子不耐烦地在门口的地毯上擦来擦去——

“苏阿把眼镜戴上啊。”

莱恩无法看到苏阿发现自己忘记戴眼镜时的场景，但她可以感受到整个空气都仿佛凝固了一般，应该是警察和苏阿对上了目光。

“这公寓的主人在家吗？”是个男人的声音。

“我就是。”苏阿说得很直接，“请问有什么需要我帮忙的吗，长官？”

“我们接到举报电话，说几个机器人流氓在外面鬼混。其中一个不知怎的还到了这边的楼顶上。”他的语气介于厌恶和钦佩之间。他已经把苏阿挤到边上去了，其他警察立刻跟了上来，莱恩看见一堆穿着蓝色制服的长腿在四处移动。他们分散开来，两个两个地仔细搜查。“你刚说你住在这儿？”

“我老板死后把这地方作为遗产留给我了。没有法律规定不能继承财产吧，对吗？”

有个警察站得和沙发非常近，以至于莱恩都能闻到他靴子底上的橡胶气味。公寓的另一端传来一声重响，像是一个抽屉掉到了地上。他们可以不问缘由地对这地方大肆破坏，就因为他们是警察。一号警察又在原地站了一会儿，探寻着，很可能一直在盯着苏阿看。然后他缓慢地朝厨房走去，他一边走，身上的腰带和手铐一边叮叮当当响个不停。

“好的，或许这很快就能结束。或许他们只会让苏阿有点不舒服，然后就马上滚出去。或许——”莱恩想。

“你最近有客人吗？”

“盘子，那该死的盘子，那里有两个盘子。”莱恩在心里咒骂着。

苏阿叹了口气。莱恩不确定她究竟知不知道叹气是什么意思，不过苏阿听上去并不害怕，那声叹气像是某人在上厕所的中途忽然发现没有厕纸时会发出的叹息，或是当中转站的女负责人领着他们帮忙擦地板时会发出的叹息，而不是那种“啊不要，我完蛋了”的叹息。

“你说什么？”苏阿完美地模仿出了人在一无所知时的语调。她离开了莱恩的视野，所以接下去发生的所有事莱恩都看不见了，只能靠听的。

“这些盘子。是不是还有别——”

这时突然出现一声撞击声，紧接着又是另一声更响的重击声，像是什么重物掉到了地上。有个时钟撞到了指关节上。从右至左，传来阵阵奔跑的脚步声；苏阿的袜子成了个模糊的黑影，她从客厅那边快速跑到公寓的另一端，警察在那边小声说着话，他们本在肆意破坏，突然发出一声大叫，随后传来了更多重击的声音，接着是一声干脆的咔嗒，有东西被折断了。接下来的声音就很熟悉了，拳头打到头上，牙齿被打掉，有什么东西摔碎了，又碎了个更大的家伙，像是把瓷器店放到了蹦床上似的。突然，砰砰砰的几声枪响把其他声音都盖住了，莱恩觉得自己耳朵里都有回声了。

然后是……一片寂静。时钟继续顽强地转动着指针。楼下惊慌的声音此起彼伏。莱恩在思考她得等多久才能逃。很快就会有人上楼，发现这里发生的祸事。苏阿很可能会被迫报废，因为她丧失了理智，并且打倒了一堆——

“天啊，真的是……天啊。我已经很多年都没做过这种事了。”

苏阿的袜子全被鲜血浸没。它们在地板上留下了斑斑血迹。

“这真的绝了。”莱恩小声说。她爬了出来，感受到了一种近乎宗教般的崇敬感。

苏阿的肩膀上穿了个洞，胸前还有另外两个弹孔。她的鼻子看上去也受伤了。她还在笑着，似乎刚刚经历了人生的高光时刻，颇觉得意，就像在说：“这难道还不牛吗？”

“……你不痛吗？”等她终于能开口了，莱恩试探着问，“我……我是说，那些弹孔？”

“孩子，不是说他们让你具备了感受痛苦的特性，你就必须感受到才行。你的身体就是个谎言。你越早搞明白这点，就会越开心。”苏阿竖起耳朵听楼下的声音，毫不在意地吐出一颗牙齿，然后小心地把舌尖伸进一个弹孔中，“所有机器人越早明白，那局势就会越早改变。”

“但是——我是说，你把他们都杀了吗？那些警察？全部都杀了？”她真正想问的是“你能就这样做到吗？光凭那双手”和所有在街上游荡的孩子一样，莱恩对当地警察只有害怕之情。在这之前，她从未想过可以反击——真的用力反击。她心中的一扇门像是突然打开了。

是苏阿帮她打开的门，至少有帮她打开一点。苏阿就这样把那些警察都劈成了两半。

“反正他们肯定不是为了充电在睡觉。来，趁别的警察还没来，我们赶紧把你弄出去。正好我对这地方也有点厌倦了。”

极端：

形容词

1. 根本的，原始的，或是变得根本与原始；最基本的。

2. 彻底的或极度的，尤其是在提及有关既成传统的改变时使用。

名词

3. 秉持或遵循某种强烈信念或偏激原则的人。

4. 在提倡转变时使用某种直接、通常毫不妥协的方法的人。

最近传言都说，有些事情工厂不想让机器人知道。这话如夏日热浪一般迅速传播。这话让机器人们纷纷去摸自己的后脑勺，思考为什么他们都在那里有个印记，他们还会好奇那些风言风语会不会也是真的，说什么冷冻仓库里都是身体，成年人的身体，没有任何意识地永远在那里沉睡。

传言还说，有个十三四岁的机器人已经什么都不在乎了。她只要逮到机会，就会公开嘲讽警察。当她在反击时，仿佛她的精神才是锋利的武器，身体不过是个附加物而已。她仍旧会有感觉，会感到饥饿，会流汗，会颤抖和痛苦，但她把所有不平之事都当作火柴，通过燃烧它们来取暖。

莱恩找到了自己的人生目标：成为一根刺，一根中指，让他们后悔之前给了她感知饥饿的能力，而这项能力慢慢绽放成了甜蜜的仇恨。如果她的身体是个谎言，那她就要把那些说谎人的舌头都割下来，然后再生生塞进说谎人的嘴里。

Made to Order: Robots and Revolution
First published 2020 by Solaris

图书在版编目（CIP）数据

生而服从：机器人故障指南 /（澳）乔纳森·斯特拉罕编；王凌宇译．—北京：新星出版社，2021.5

ISBN 978-7-5133-4452-4

Ⅰ.①生… Ⅱ.①乔… ②王… Ⅲ.①幻想小说-短篇小说-小说集-世界-现代 Ⅳ.①I14

中国版本图书馆 CIP 数据核字（2021）第 067807 号

幻象文库

生而服从：机器人故障指南

[澳]乔纳森·斯特拉罕 编；王凌宇 译

特约编辑：刘盛楠
责任编辑：杨 猛
责任印制：李珊珊
封面设计：冷暖儿

出版发行：新星出版社
出 版 人：马汝军
社　　址：北京市西城区车公庄大街丙3号楼　100044
网　　址：www.newstarpress.com
电　　话：010-88310888
传　　真：010-65270449
法律顾问：北京市岳成律师事务所

读者服务：010-88310811　service@newstarpress.com
邮购地址：北京市西城区车公庄大街丙3号楼　100044

印　　刷：三河市兴达印务有限公司
开　　本：910mm × 1230mm　1/32
印　　张：12
字　　数：250千字
版　　次：2021年5月第一版　2021年5月第一次印刷
书　　号：ISBN 978-7-5133-4452-4
定　　价：49.00元